DE LA MÊME AUTRICE

Aux Éditions Gallimard

UN ROMAN ESTONIEN, *roman*, 2010.

ARITHMÉTIQUE DES DIEUX, *roman*, 2013.

LE PAYS OÙ LES ARBRES N'ONT PAS D'OMBRE, *roman*, 2016.

LA MÉLANCOLIE
DU MONDE SAUVAGE

KATRINA KALDA

LA MÉLANCOLIE DU MONDE SAUVAGE

roman

nrf

GALLIMARD

À Mati Kalda

Je déteste l'art dans la nature. Toutefois, nous nous sommes tellement éloignés de la nature, nous l'avons tellement modifiée, manipulée, détruite, nous avons si bien oublié qu'elle est l'art par excellence, que seul un artifice de plus, celui de l'art humain, peut nous aider à la retrouver. Parce que nous avons perdu toute relation d'immédiateté avec la nature, nous avons besoin de la médiation supplémentaire de l'art pour restaurer l'unité que nous formons avec elle.

HERMAN DE VRIES

L'eau s'apprend par la soif.
La terre – par les mers franchies
L'extase – par les affres –
La paix – par tous ses combats –
L'amour, par l'effigie –
L'oiseau, par la neige.

EMILY DICKINSON, *Poésies complètes*

Ça n'a été qu'un ronronnement à peine audible, absorbé depuis par le virage de la cascade. Une oreille non avertie le confondrait avec le bruissement du vent dans les hêtres. Pas la mienne. Depuis le temps que je vis seule ici, je sais discerner les sons inhabituels. Qui peut encore se permettre le luxe de rouler sur cette route de montagne peu accessible, à vingt kilomètres de la ville la plus proche ? Il ne serait pas raisonnable d'utiliser du carburant et des quotas de CO_2 juste pour le plaisir d'emprunter cette route bucolique. Sauf si on se cache. Sauf si on fuit. Sauf si on a une vengeance à accomplir. Sauf si on est des forces de police ou de ceux qu'elles chassent.

J'ai couru à la remise pour attraper la vieille carabine. Ceux qui s'approchent dans le ronronnement du moteur ne sont pas censés savoir qu'elle ne contient pas de cartouches et que, malgré les avertissements de Bachir, je n'ai jamais appris à m'en servir. Si ce sont d'anciens urbains qui n'ont plus les moyens de se procurer de la nourriture depuis que le prix des matières premières s'est emballé, une arme pointée sur eux suffira à les dissuader de franchir la rivière. Si ce sont des sans-terre que la montée des eaux a forcés à partir, c'est une autre affaire. Ceux-là ont subi tellement d'atrocités que certains sont prêts à risquer la mort pour s'approprier un espace habitable. Mais même parmi eux, la majorité restent fragiles, perdus, simplement humains, si cet adjectif a encore un sens. *Humain* a toujours signifié dans l'ordre du langage *doué d'empathie, capable de faire preuve de compassion.* Dans l'ordre de l'action, il est plutôt synonyme de destruction, de prédation et de cruauté. Maintenant que la plupart des grands mammifères ont disparu, et même si les imagiers de nos enfants restent peuplés d'éléphants, de tigres et de baleines, désormais aussi imaginaires que des licornes, on peut conclure que la peinture de l'espèce humaine en gardienne et conscience de l'univers a été la plus grande mystification du dernier millénaire.

Pour mettre la main sur du carburant, il faut être prêt à se battre, à voler, peut-être à tuer. Après tout, comment ne pas le comprendre ? La vie de l'être humain serait-elle la seule à demeurer sacrée ? En vertu de quelle équation ? Combien de vies d'éléphants vaut une vie humaine, combien de vies de poules pondeuses ? Les bruits de moteur n'incitent pas à l'hospitalité. Les bruits de moteur peuvent indiquer qu'on n'aura bientôt plus jamais l'occasion de faire preuve d'hospitalité.

Le moteur résonne à nouveau. Ils ont passé la clue du Pérouré. Ici, dans le silence du Vélodrome qui a eu des millions d'années pour se forger, le moindre bruit artificiel fait l'effet d'un coup de tonnerre. Ils ne vont pas tarder à voir la maison. Je me campe sur mes jambes. La voiture va surgir dans un instant. À la distance où elle se trouve maintenant, je perçois jusqu'au chuintement des pneus. Je me force à respirer lentement. Mes sensations sont décuplées. Je sens le moindre caillou sous la plante de mes pieds, la masse énorme de la roche sous mon corps, l'air frais chargé de gouttelettes d'humidité.

J'ai été photographe, j'ai dessiné, j'ai peint. J'ai pétri et sculpté l'argile de ma maison. J'ai teint des tissus avec les plantes du bord du chemin. J'ai brodé des racines, des oiseaux de feu, des éclairs et des nappes de brouillard. J'ai brodé le passage des saisons. Aujourd'hui, je suis une femme vieillissante perchée sur une corniche de pierre, à la merci de n'importe qui, libre et prise au piège.

Je pose la carabine par terre. Quelque chose vient vers moi à travers le crépuscule. Trois formes humaines qui progressent à pas rapides. J'en déduis qu'elles savent où elles vont. Mais je ne peux pas deviner leurs intentions, seul le visible m'est accessible. Deux hommes et une femme. C'est peut-être pour maintenant. Cela devait arriver un jour. Ils passent la rivière sans hésiter et s'avancent vers le câble de la tyrolienne qui relie le chemin de terre à mon promontoire. Les traits de leurs visages apparaissent. Les hommes semblent à peine sortis de l'adolescence, la femme est plus âgée, trente, peut-être quarante ans, les cheveux coupés court, noir corbeau ; elle porte un treillis militaire. Nos regards se croisent. Ses yeux sont d'un bleu très pâle, presque gris ; ils me ramènent à quelqu'un que j'ai connu, il y a des siècles. Depuis, le temps s'est fissuré et nous a laissées chacune de part et d'autre de la crevasse. Une décharge me traverse, de surprise, de peur et d'espoir. La jeune femme s'arrête ; les autres obtempèrent. Leurs corps fonctionnent à l'unisson. Son regard clair brille un instant avec la ferveur des croyants ou des assassins, puis se fait terne et indifférent.

Le paysage s'est replié comme un mouchoir et nous sommes là, elle et moi, ensemble au fond de celui-ci. Je n'ai pas prévu de fuir. Il n'y a pas d'endroit où fuir la peur. Je l'attends avec l'amour et la peur à mes côtés, comme de vieux chiens fidèles et mal peignés, debout dans la lumière finissante d'un monde.

PREMIÈRE PARTIE

1

Notre appartement n'avait que deux pièces, la chambre de maman et le salon. Une armoire en contreplaqué séparait ma chambre de la salle de séjour. Certaines choses n'avaient pas le droit de passer la frontière. Mes jouets étaient interdits dans le salon parce que, dès qu'on cessait de les surveiller, ils envahissaient l'espace. Maman avait peur du caractère imprévisible des objets ; elle les maintenait sous contrôle en les conservant dans des lieux déterminés. Le monde était cloisonné. Les mouvements qui le parcouraient obéissaient à des lois. Et ces lois obéissaient au cerveau de maman. Les journaux par exemple arrivaient dans la boîte aux lettres, étaient dirigés vers le salon puis vers ma chambre. Ils pourraient servir plus tard pour emballer des épluchures de pomme de terre. Vers mes huit ans, maman se convertit aux frites surgelées, mais les patates continuèrent à servir d'alibi pour la sauvegarde des vieux journaux. J'étais chargée de les ranger sous mon sommier. Avant de les entreposer, je couvrais leurs marges de dessins ; je passais des heures à y tracer des motifs répétitifs jusqu'à venir à bout de l'édition du jour.

Maman avait grandi dans un village perdu du nord de la

France. Les générations qui s'étaient succédé dans la ferme familiale lui avaient transmis l'idée que tout peut toujours resservir. Quand elle était arrivée en ville pour travailler à l'usine de dentelles Jacquard, elle n'avait pas réussi à s'adapter à la civilisation du produit éphémère. Elle récupérait donc les chutes de bobines à l'usine. Après son licenciement à la suite du rachat de l'entreprise par un industriel sri lankais, elle se mit à collectionner les fils de polyester dès qu'un pull se décousait. Quand j'ai atteint l'adolescence, ces restes-qu'il-ne-fallait-pas-jeter avaient pris toute la place dans l'armoire et en avaient chassé mes vêtements neufs, qui pendaient à des clous sur la porte du placard.

Derrière le contreplaqué de l'armoire, dans un appartement HLM, en périphérie d'une ville à laquelle il ne restait rien de son ancienne splendeur si ce n'est la pluviométrie la plus importante de France, nous vivions dans la civilisation de la matière. La mer s'étendait à dix kilomètres à peine et les mouettes se posaient sur les barreaux rouillés du balcon pour y picorer des résidus de sacs plastique. Il aurait suffi de traverser le centre-ville pour voir la plage, mais nous n'y mettions jamais les pieds ; la pauvreté dressait des barrières invisibles entre nos quartiers et ceux des autres, et nous préférions faire du lèche-vitrines au centre commercial. Les objets dévoraient notre attention, nos désirs et notre temps. Nos logements n'étaient pas assez grands pour les contenir. Nos vies n'avaient pas assez d'envergure pour nous permettre d'obtenir ceux que nous convoitions. Je rêvais de poupées qui marchent et font pipi, de maisons Lego à la pelouse turquoise, d'une grande télévision, puis de joggings noirs à trois bandes blanches. Sans les bonnes bandes verticales au bon endroit, on était un moins-que-rien.

Maman possédait les vieux journaux, mais ces trésors n'avaient de valeur aux yeux de personne. Il fallait donc les cacher sous le lit. Maman me possédait, moi, Sabrina, et elle ne pouvait pas me cacher. Tout le monde devinait à la mauvaise marque de baskets à mes pieds que mon père avait trouvé mieux à faire que de s'occuper de moi. Quant à ma mère, je ne sais pas si elle m'avait eue par accident, à cause des allocations familiales ou parce qu'il n'y avait guère de perspectives dans l'univers où nous vivions et qu'un enfant pouvait faire l'affaire quelque temps. Notre monde, ce monde qui s'était fossilisé autour du calcul du pouvoir d'achat à défaut de pouvoir sur nos propres vies, la rendait démunie et inquiète. Elle m'aimait sans trop savoir comment s'y prendre, et ses preuves d'amour étaient de maladroites tentatives pour réconcilier la matière et les sentiments.

Maman désirait avec ardeur que les choses nous aident à vivre ; l'année de ma cinquième, pour mon anniversaire, elle cousit des logos Nike sur un jogging acheté au supermarché. Elle les avait découpés sur un pantalon déniché chez Emmaüs. Mais les choses ne peuvent pas être plus généreuses que les hommes qui les ont créées. En une seule récréation, la supercherie fut éventée.

La cour du collège était divisée en trois continents dominés par des bandes rivales : le quartier des toilettes, occupé par les Cow-Boys, le coin derrière l'escalier de secours, gouverné par les Rangers, et le préau que les Requins avaient transformé en zone douanière. Les surveillants s'étonnaient que même en cas de pluie battante les élèves restent plantés au milieu de la cour au lieu de se mettre à l'abri du préau. Ils étaient nuls en géopolitique. Quant à moi, je n'étais ni assez brillante pour susciter le ressentiment, ni assez formée pour éveiller la concupiscence, ni assez désespérée pour négocier mon intégration à l'une des bandes ; cela m'avait permis de passer inaperçue. Mais ce jour-là, j'avais transgressé une loi sacrée. Les Requins avaient tous des joggings et des baskets arborant des logos prestigieux ; puisque leurs parents étaient au chômage, il était évident qu'ils les avaient volés ou qu'ils avaient extorqué à d'autres adolescents l'argent nécessaire à leur achat. C'était ce qui leur conférait cette aura : on voyait rien qu'à leurs vêtements qu'ils étaient prêts à tout. Ils ne pouvaient pas accepter qu'une petite morveuse de cinquième détourne le socle de leur pouvoir. L'un d'eux fonça vers moi, cracha sur mes chaussures et lança avec son accent glaireux du Nord :

« Ramène-toi ! »

Je pris un air blasé, mais mes intestins s'étaient déjà transformés en une crampe de cinq mètres de long. On me poussa vers le fond du préau où régnait une odeur suffocante de fumée froide, puis les Requins formèrent un mur entre la cour de récréation et moi. Leur chef, Brendan, me toisait du haut de son mètre quatre-vingts, au sommet duquel trônait un visage constellé de boutons d'acné :

« Alors petite salope, tu veux jouer à la plus maligne ? »

Tout ce que je dirais serait retenu contre moi. Il ne servait à rien d'essayer de me justifier, encore moins en disant la vérité.

« T'as bouffé ta langue, bébé ? Tu veux qu'un de mes gars t'en file une ? »

J'étais une petite brune gauche avec un corps d'enfant et de gros mollets, pas une jolie blonde avec de la poitrine qu'on avait envie de peloter. Malgré tout, l'un des garçons s'avança. Franck ! Nous étions amis à l'école primaire. À l'époque, il me fourrait dans les poches des bonbons Stoptou récupérés dans les tréfonds des tiroirs de sa grand-mère. Ils étaient périmés et définitivement collés à leur emballage, mais je les gardais précieusement. Comment ce gamin malingre aux yeux doux avait-il pu passer à l'ennemi ?

Brendan fit un geste pour arrêter ses gars. Il fouilla dans son blouson pour en sortir un cutter puis s'approcha de moi et brandit la lame à hauteur de mes yeux. Le monde extérieur devint lointain et nébuleux ; le brouhaha de la cour s'interrompit. Il n'y avait plus que moi et la lame taillée en pointe. J'avais souvent eu peur de ce qui pouvait m'arriver dans le quartier. Maman me mettait en garde contre les drogués qui se shootaient dans les cages d'escalier et les SDF qui pourraient vouloir me piquer mon argent de poche. Mais ce jour-là eut lieu ma première vraie confrontation avec la peur, ce moment où on regarde la peur dans le blanc des yeux et où on sait que quoi qu'on fasse, c'est elle qui gagnera.

Seules des issues avilissantes ou terrifiantes s'offraient à moi : supplier mes agresseurs, tomber dans les pommes ou me faire pipi dessus, mais je découvris que quand on craint de souffrir dans sa chair, tout le reste devient acceptable. J'étais sidérée face à l'imminence de la douleur, consciente jusqu'au fond des os de la fragilité ridicule de mon corps. Soudain, Brendan s'accroupit et attrapa mon jogging. Le cutter n'eut aucun mal à couper le tissu. Je sentis la lame m'entailler la peau. En quelques gestes, il vint à bout du premier croissant blanc, puis du deuxième, puis du troisième et du quatrième. Mes mollets me brûlaient. Je serrai les dents pour ne pas crier. Brendan cracha un énorme mollard, me jeta un regard dédaigneux et murmura :

« La prochaine fois, ce sera toi. »

Le spectacle était terminé, les garçons se désintéressaient de moi. Le mur humain se défit. Je fermai les poings jusqu'à ce que mes ongles s'enfoncent dans mes paumes et fixai mon regard sur la porte à l'autre bout de la cour pour empêcher les larmes de me monter aux yeux. La sonnerie avait déjà retenti. Je m'éloignai en titubant. Mes muscles se liquéfiaient. Je finis par me laisser tomber sur une chaise au fond de la salle. Je n'entendis pas le professeur s'énerver parce que j'arrivais en retard. Mes oreilles bourdonnaient ; mes mains et mon visage avaient perdu toute sensibilité ; je ne percevais plus que le tremblement qui m'agitait et l'air qui s'infiltrait par les trous de mon pantalon.

Le soir, après que maman a eu avalé ses somnifères, je me levai et me glissai dans la cuisine pour recoudre le jogging. Heureusement, nous avions des montagnes de fil noir à la maison. À l'emplacement des trous, le tissu faisait des fronces comme il s'en forme autour des vilaines cicatrices. C'est seulement à la vue de ces blessures mal suturées que je me mis à pleurer. Là où le cutter m'avait entaillé la peau, des traînées rouges s'étaient formées. Je les frottai avec de l'eau et du savon, mais la croûte avait déjà durci. J'eus l'intuition qu'il n'y aurait plus d'échappatoire pour moi, ni au collège ni en dehors. Il n'y avait ni rêve ni ailleurs, seulement ce monde, clos comme une chambre pleine de choses où on n'a pas la place de se retourner. Puis l'intuition se dissipa. Il restait la cuisine avec sa lampe à la lumière jaune instable, l'aiguille qui avait imprimé une longue marque fine dans le gras de mes doigts et le jogging rapiécé. Je rangeai le tout et passai la nuit à dessiner des séries de têtes de mort sur les marges de *La Voix du Nord*, édition du 24 février 2003 où un entrefilet signalait que la dernière représentante de la petite chèvre des Pyrénées était morte trois ans plus tôt, rejoignant la liste des espèces disparues, mais que des scientifiques envisageaient le clonage pour faire revivre ces animaux que les humains avaient éliminés.

2

J'étais devenue un bouc émissaire ; plus personne à l'école ne m'adressait la parole. Le jour de la Sainte-Catherine, je revins à la maison les vêtements et les cheveux dégoulinant de jaunes d'œuf. C'était la coutume locale, le 25 novembre, de jeter des œufs sur les filles, et le principal du collège lui-même avait renoncé à lutter contre. Il y avait bien de temps en temps un nouvel enseignant venu d'une région civilisée qui piquait une colère en nous parlant de la faim dans le monde. Son discours était accueilli par des ricanements. Ceux du quartier avaient beau nous persécuter, même nous, les victimes, faisions bloc avec eux contre les intrus de l'extérieur. Mais cette fois les garçons ne me bombardèrent pas au hasard pour s'amuser à me voir courir comme les autres filles quand ils surgissaient de derrière un immeuble. Ils m'encerclèrent près de la supérette et la seule défense que je pus leur opposer fut de me recroqueviller pour protéger mon visage de mes bras. Je sentais les œufs se fracasser sur ma tête, mon dos, mes jambes, et le liquide gluant couler dans mon cou. Soudain, une puanteur horrible emplit l'atmosphère. L'un des œufs était pourri. Ce n'était sans doute pas par simple malchance qu'il avait atterri dans mes cheveux et s'y était brisé avec un petit coup sec et douloureux. La nausée m'envahissait. Les garçons poussaient des hurlements de triomphe tout en me traitant d'infection. Mais l'odeur les força bientôt à desserrer les rangs. Quand je parvins enfin à leur échapper, il n'y avait plus un endroit sec sur mes vêtements. Je courus jusqu'à la maison, accompagnée de leurs insultes et secouée de haut-le-cœur. Je m'enfermai dans la salle de bains, me débarrassai de mon blouson, de mon pantalon, de mon T-shirt, de mes sous-vêtements, et les jetai dans le bac de douche avant de les rejoindre. Je vidai la bouteille de shampoing, me frottai jusqu'à avoir le cuir chevelu à vif, me rinçai plusieurs fois la tête sans parvenir à faire disparaître l'odeur. Elle composait maintenant un mélange suffocant avec les effluves sucrés de la vanille artificielle. La salle de bains n'avait pas de fenêtre ; j'appuyai sur l'interrupteur pour activer la VMC. Elle se mit en route en sifflant. Je poussai du pied le tas de vêtements sales et rassemblai les fins morceaux de coquilles blanches qui avaient formé au fond de la douche une couche de confettis tranchants. Puis je fourrai les vêtements dans le lave-linge et restai là à les regarder par le hublot tandis qu'ils tournaient en une masse informe et colorée, abandonnée au mouvement du tambour, exemptée d'amour-propre, de pensées, de sentiments.

Le soir, je traversais la cité sur le qui-vive. Un jour de janvier, alors qu'il faisait déjà noir à cinq heures et demie, l'un des Requins me coinça sous un porche pour me réclamer mon argent de poche. Je n'en avais pas ; il me tordit l'oreille si fort qu'un bout de cartilage s'arracha. Je dus aller à la maison médicale et prétendis que je m'étais blessée avec mes ciseaux. L'infirmière qui me fit mes points de suture semblait ne pas avoir dormi depuis plusieurs jours ; elle ne chercha pas à savoir ce qui m'était vraiment arrivé. Tandis que je grandissais, que mes seins se formaient, que mon visage perdait peu à peu les résidus de l'enfance, la ville où nous habitions gravissait lentement mais sûrement l'échelle des communes les plus pauvres de France.

Sur les boulevards, les magasins se mettaient à arborer les uns après les autres un panneau « Cessation d'activité » ; à la sortie de la maternelle, des mères pas tellement plus âgées que moi fumaient, le nez collé à leur portable, pendant que leurs enfants déjà obèses buvaient du Coca et mangeaient des chips pour le goûter. Par nos fenêtres du sixième étage, sur la pelouse déplumée constellée de crottes de chien, on apercevait les va-et-vient des petits trafiquants occupés à écouler leur marchandise. Le soir, tandis que maman et moi avalions des céréales premier prix trempées dans du jus d'orange concentré, on entendait les films de la chaîne pornographique que le voisin regardait en boucle.

À cette époque, le monde se mit à venir à nous sous l'aspect d'hommes basanés fuyant la guerre et espérant passer en Grande-Bretagne. Les premiers arrivèrent d'Europe centrale, c'est pourquoi, des années plus tard, alors que l'Europe avait momentanément épuisé ses ressources en production de réfugiés, les Calaisiens continuèrent à appeler *Kosovars* les Africains qui parcouraient les routes de campagne pour tenter d'atteindre le port. Ils s'intégrèrent à la misère générale et firent rapidement partie du décor. La zone entourant la gare TGV de Fréthun ressemblait désormais à un remake de Checkpoint Charlie : sur des kilomètres, des murs de béton surmontés de rouleaux de barbelés avaient surgi de part et d'autre des voies. Leurs tentatives désespérées pour passer « de l'autre côté », enfermés dans des camions frigorifiques ou attachés sous un wagon du Shuttle, ne faisaient que confirmer à quel point le monde était hors de notre portée.

Un fatalisme sourd m'envahissait. À l'école, chercher à obtenir de bons résultats était une tare. Quand un professeur vous félicitait, vous entendiez en même temps vingt-cinq collégiens vous traiter de minable et de collabo. Je n'avais pas besoin de me battre ; personne ne me reprocherait de n'avoir rien fait pour mener une vie différente de celle des femmes qui m'entouraient. Malgré tout, le désespoir prenait possession de moi. Je commençai à avoir des douleurs articulaires qui m'empêchaient de dormir. Ma nuque me brûlait, ma colonne vertébrale me faisait mal. Mes phalanges rougissaient, gonflaient, et mes doigts devenaient rigides au point que je n'arrivais plus à tenir mon stylo. Malgré tout, la nuit, je poursuivais mes séances de dessin dans les marges des journaux, me forçant à répéter le même motif pendant deux heures jusqu'à en avoir des crampes dans les mains qui me faisaient pleurer. Au collège, je tâchais de dissimuler mes doigts rouges et boudinés en les cachant dans mes poches et ne me résolvais à noter ce que les enseignants dictaient que quand ils me menaçaient d'une heure de colle. Maman m'emmena faire des radios, mais elles ne mirent aucun nom sur ma maladie. Elle était mystérieuse et perverse, secrète et anonyme ; elle faisait surtout preuve d'une constance qu'aucun de mes autres persécuteurs n'avait réussi à atteindre. Je finis par ne plus vouloir me lever le matin. Maman devait me tirer du lit et me mettre à la porte pour que je me traîne au collège, la mâchoire serrée, les jambes lourdes, le dos voûté comme une petite vieille.

Si tout avait continué dans la logique des choses, on aurait fini par me prescrire des antidépresseurs ou m'envoyer en clinique psychiatrique. Mais ma souffrance fut balayée par un événement qui n'aurait pas dû se produire, un événement impossible et pourtant inévitable, auquel rien ne m'avait préparée et qui n'était pas fait pour des vies comme les nôtres : la rencontre avec la beauté.

3

Nous avions travaillé cette année-là sur Rodin. J'avais vaguement conscience que la statue des *Six Bourgeois* dressée devant l'hôtel de ville avait été sculptée par un artiste portant ce nom, mais tout ce qui m'avait été dit à ce sujet avait glissé sur moi sans laisser d'empreintes. De toute façon, le professeur d'arts plastiques n'avait jamais réussi à nous faire cours à cause du chahut qui parasitait sa classe. La plupart des disciplines enseignées au collège étaient sans intérêt ; les programmes de musique et d'arts plastiques étaient, eux, une vraie provocation de la part du ministère.

Je n'avais retenu de l'équipée au pied de la statue que la sensation désagréable des vêtements mouillés, due au crachin habituel qui, bien que constitué de minuscules gouttelettes, arrivait à vous tremper en un temps record. Pourquoi prendre la peine de représenter les figures hideuses de ces hommes hagards et vieux ? L'adjectif *bourgeois* qui leur était associé suffisait à les condamner. À la place d'Édouard III, nous les aurions pendus sans autre forme de procès. Les riches et les puissants étaient nos ennemis, même si nous aspirions à vivre comme eux.

D'où notre professeur avait-il tiré le courage de nous

emmener à Paris ? Notre classe était un regroupement de sauvages dont la plupart espéraient profiter du voyage pour se saouler. Quant à moi, j'essayais surtout de me rendre invisible. Si personne ne me remarquait, j'arriverais peut-être à traverser cette épreuve sans me prendre de coups ni récolter de remarques humiliantes. Dans le bus, je m'installai sur l'un des sièges de devant tandis qu'un groupe de garçons et de filles populaires se constituait au fond. À côté de moi, Sacha, une gamine au visage ingrat, mâchait son chewing-gum. J'appuyai la tempe contre la vitre dans l'espoir d'oublier ses bruits de mastication et d'échapper en même temps au joyeux boucan qui nous parvenait des sièges arrière. Il plut pendant tout le trajet. L'autoroute défilait dans une morne grisaille, le bus imprimait un balancement continu à mon corps et les essuie-glaces qui balayaient le pare-brise en cadence me plongeaient dans une torpeur proche de l'hébétude. Je ressentis un brusque agacement quand le chauffeur s'arrêta en double file et nous enjoignit de nous dépêcher de descendre. La pluie avait cessé. J'écarquillai les yeux, agressée par la fraîcheur de l'air, le soleil blanc du printemps tardif et la cohue de mes camarades lâchés sur les trottoirs de la capitale. Je n'avais qu'une hâte, remonter dans le car, m'emmitoufler dans mon blouson et continuer à somnoler jusqu'à ce que nous rentrions à la maison et que cette journée se termine enfin.

Le groupe continuait de crier et de se bousculer tandis que nous entrions dans le parc de l'hôtel Biron. Puis soudain tout devint silencieux. Nous nous tenions devant la *Porte de l'Enfer*. J'étais engloutie par la puissance de l'arche vert sombre chargée de corps disloqués, tordus, placés dans des positions grotesques ou douloureuses. Des bras, des jambes, des torses et des visages grimaçants se tendaient vers moi, impuissants et impérieux. Mes compagnons de voyage, avec leurs ricanements et leurs gesticulations, avaient été expulsés du champ de mes perceptions. J'étais seule face à la sculpture. Je ne connaissais pas Dante ; je pensai que l'homme assis au-dessus de la scène était un dieu cruel accouchant d'un monde de souffrances. Je reconnus, résumé en une grappe de chairs, de visages et de cris, ce qu'était l'univers dans son essence : une somme de plaintes et de vains appels à une miséricorde que personne ne nous accorderait.

Partout des statues de bronze m'interpellaient. Elles buvaient la lumière, la faisant converger vers elles. Il existait donc une force capable de matérialiser l'esprit, de ramener en plein jour l'obscurité qui habitait chacun de nous, de nous placer devant la réalité de ce qu'est le fait d'être *humain*. Une force qui agissait de telle sorte que tous les tourments inutiles, toutes les injustices, étaient transcendés et retrouvaient un sens par l'intercession de la beauté.

Dans les salles du musée, je fus prise d'un désir frénétique de tout voir. Je me précipitai de sculpture en sculpture, soudain affolée à l'idée que je pourrais *rater quelque chose*. Je n'avais pas beaucoup de temps. Pourtant j'aurais eu besoin d'un temps infini pour vraiment regarder, pas seulement apercevoir. Chaque objet se transformait en l'opposé de soi-même. La pierre se changeait en muscle, sang et souffle. L'inerte devenait vivant. Les corps de marbre du *Baiser* étaient chauds et veloutés, presque transparents. La main de l'homme venait de se poser, légère, sur la hanche de son amante et ce n'était que l'affaire d'une seconde – dans un instant, elle n'y serait plus ; pourtant l'instant ne se terminait jamais. Le dos de *La Danaïde* était satiné et lisse ; la lumière glissait sur les modelés qui faisaient saillir ses clavicules et creusaient sa colonne vertébrale, donnant le sentiment qu'elle venait de sortir de l'eau. Je n'avais pas l'impression qu'elle fût désespérée ; j'assistais au relâchement d'une femme qui venait de nager et qui, repue d'eau et de mouvement, se laissait aller au bien-être qui succède à un effort intense, quand enfin les pensées s'arrêtent et nous laissent en paix. Je passai un long moment devant *La Valse*, essayant de saisir le mouvement des danseurs enlacés, en déséquilibre, aux lignes poursuivies par des drapés trop longs, gonflés d'air, en lévitation, souverains comme des demi-dieux.

Malgré leur nudité, qui pour moi avait toujours été synonyme de pornographie, ces êtres de bronze, de marbre, de terre, en sommeil, suppliants ou extatiques n'étaient pas obscènes ; ils étaient une offrande, un abandon à l'existence, un message à propos de la vulnérabilité, de l'impermanence et de la splendeur inouïe des corps humains. Leur irruption dans ma vie me souleva comme l'onde de choc d'une explosion, faisant voler en éclats le socle de mes représentations et de mes croyances. J'eus la certitude aussi vague qu'indiscutable que quelque chose, là, m'attendait depuis toujours.

4

Au retour, notre vie qui jusqu'alors n'avait été qu'ordinaire m'apparut d'une laideur atroce. Le quartier était hideux, mes voisins vulgaires, et mon avenir s'annonçait comme un sinistre déjà-vu. Je ne pouvais me confier à personne : le jardin des sculptures était un monde inconnu pour ceux qui m'entouraient. Au mieux, on se serait moqué de moi, au pire, on m'aurait cassé la figure pour me faire taire.

Pour une fois, j'attendis avec impatience le cours d'arts plastiques. Mais le professeur se contenta de nous distribuer une fiche et de nous signifier au milieu des hurlements que nous devions la compléter pour le cours suivant. D'habitude il m'inspirait de la compassion. À partir de ce jour-là, je me mis à le détester. J'appris quand même en remplissant le polycopié qu'une partie des sculptures de l'hôtel Biron, *La Valse* notamment, n'avaient pas été réalisées par Rodin mais par Camille Claudel, sa disciple. Découvrir qu'elle avait fini sa vie dans un asile de fous ne me choquait pas. Les artistes formaient une catégorie mythologique dont nous ne comprenions pas les motivations, sauf pour ceux qui vendaient des peintures monochromes ou de gros Mickey Mouse en résine à des prix astronomiques. Quand la télévision en parlait, c'était toujours en insistant sur la façon dont s'étaient passées les enchères autour de telle ou telle pièce que selon nous un enfant de cinq ans aurait pu produire. Leur capacité à entuber tout le monde pour vendre à prix d'or une chose qui ne valait rien provoquait notre admiration et notre ressentiment. Concernant les autres, c'est-à-dire les artistes pauvres, il était plus que naturel qu'ils finissent le cerveau dérangé.

Dans la fiche, une rubrique mentionnait les œuvres de Rodin exposées au musée des Beaux-Arts de Calais. On nous demandait d'indiquer lesquelles nous avions vues à Paris : *L'Homme au nez cassé*, la tête d'*Eustache de Saint-Pierre*, le plus vieux des *Six Bourgeois*, avec sa barbe et sa moustache, et puis des modèles de mains. Des mains et encore des mains dans différentes positions, toujours sculptées avec une précision extrême qui me fit prendre conscience à quel point mes propres mains étaient des organisations complexes, constituées de tendons, d'os, d'articulations, de rides et de plis. Tout de suite, ces mains sculptées m'inspirèrent de l'envie.

Je n'étais jamais allée au musée. Que devais-je dire aux employés de l'accueil pour justifier mon intrusion ? En fait je n'avais aucune idée de la façon dont les gens s'y conduisaient. Il n'y avait dans mon esprit ni courants auxquels raccrocher les œuvres, ni vocabulaire pour les décrire, ni d'autres réalisations auxquelles les comparer. Il n'y avait que les objets exposés devant moi, dans leur radicale solitude. Chacun dans sa singularité. Je savais seulement que ces objets n'avaient rien à voir avec ceux qui encombraient nos vies. Ces objets-là *étaient*. On ne pouvait pas les posséder. Je devinais que, quand bien même quelqu'un les achèterait, ils ne lui appartiendraient pas. Il ne les userait pas. Il ne les *utiliserait* même pas.

Le musée était situé en face d'un parc où traînaient des groupes d'hommes désœuvrés – des migrants qui attendaient la nuit pour tenter de passer en Angleterre. La municipalité n'avait pas encore eu l'idée lumineuse d'y installer des panneaux « Pelouse interdite ». Les dames derrière le comptoir me regardèrent avec une expression méfiante qu'elles essayèrent de transformer en une grimace accueillante. Avec ma tenue jogging-baskets, je ne ressemblais pas au public qu'elles avaient l'habitude de voir. J'entrai dans la salle de l'exposition permanente. Il me suffit d'une inspiration pour reconnaître la qualité particulière de l'atmosphère que j'avais perçue au musée Rodin. Ça ressemblait à de l'ennui, mais c'était autre chose : probablement ce que dégage dans l'oxygène d'une pièce un grand volume de matière qui n'a pas été déplacé depuis longtemps. Je me sentis perdue, mais je n'osais pas partir. On ne pouvait pas sortir d'un musée comme on sort d'une boutique de fripes, après avoir jeté un coup d'œil à la camelote et avoir compris qu'on n'y trouverait rien de mettable. Peut-être même risquaient-*ils* de penser que j'étais venue dans l'intention de voler quelque chose dans l'une de ces vitrines bardées d'alarmes ultrasensibles. Je me résolus à parcourir les salles puis à quitter les lieux en faisant profil bas.

Je passai devant les croquis préparatoires des *Six Bourgeois* sur lesquels les intéressés arboraient des mines tour à tour désespérées, sacrificielles et héroïques, puis devant une maquette en carton de l'église Saint-Pierre. C'est en tournant le dos à cette maison de poupée pour adultes que je tombai sur la main. Une main en marbre, les doigts dressés vers le plafond, fins, graciles, reproduits dans leurs moindres détails.

Je restai un certain temps à scruter cette main. Il n'y avait pas d'autres visiteurs dans la salle, aucun rival impatient qui pourrait vouloir me pousser hors de son champ de vision. Je m'assis sur une banquette dure. J'avais un vieux cahier de brouillon dans mon sac ; je me mis à griffonner en jetant de temps en temps des regards anxieux autour de moi. Je reproduisis grossièrement les contours, ajoutai quelques traits pour suggérer les plis de la peau, l'articulation des doigts, mais quelque chose allait toujours de travers et ma main se transformait en algue exotique, en araignée écrasée ou en bouquet de préservatifs. Je n'étais pas habituée à dessiner les ombres ni les volumes. Pourtant, je voulais à tout prix arriver à rendre ce qui me fascinait dans cette sculpture : la transmutation de la matière inerte en chair, en une chair à la fois frémissante et durable, pour ne pas dire éternelle.

Absorbée par le dessin, je sentis soudain un souffle dans mon cou. Je sursautai et refermai le cahier d'un geste sec. Derrière moi se tenait un grand homme maigre mal fagoté qui puait le tabac froid et arborait une moustache jaunie. S'il m'avait abordée dans la rue, j'aurais changé de trottoir : il avait exactement l'apparence que nous prêtions aux pervers sexuels qui séquestraient des jeunes filles dans leur cave et, une fois leur crime découvert, finissaient au JT. Je lui jetai un regard dissuasif et récoltai en retour un sourire ironique.

« Simple curiosité professionnelle », susurra-t-il.

Il me tendit un épais carnet dont les feuilles blanches étaient couvertes de croquis de mains, d'oreilles, de pieds, de mollets et de seins. Il y avait là assez de morceaux pour reconstituer une bonne douzaine de cadavres.

« Moi aussi, j'aime les choses inertes, ajouta-t-il. Je pourrais dessiner des corps vivants, mais ceux-ci – il fit un signe de tête vers les sculptures – me semblent plus animés que ceux-là », et il jeta un regard en biais à deux mémères qui traversaient la salle avec des chuchotements excités. Je comprenais ce qu'il voulait dire. J'étais en permanence entourée de mains non vivantes. Elles accomplissaient des tâches machinales et évoquaient davantage des gants de caoutchouc gonflés d'air que des appendices d'humains doués d'intentions.

« Comment on apprend à faire ça ? »

Il me répondit, soudain de mauvaise humeur :

« En ouvrant les yeux et en observant. »

Devant ma mine dépitée, il glissa du bout des lèvres :

« Va te renseigner à l'école des Beaux-Arts si ça t'intéresse. »

Son visage fut parcouru d'un tic nerveux ; il m'adressa un salut grotesque et tourna les talons. Je l'entendis discuter avec les employées de l'accueil puis tout retomba dans le silence et, tandis qu'au-dehors un garçon de dix-sept ans se noyait en essayant de traverser la Manche à la nage, que les Américains prenaient le contrôle de Bagdad, la membrane d'ennui autour des sculptures se reforma, enveloppant toutes choses du murmure de son temps suspendu que rien ne semblait capable de perturber.

5

En septembre, je me présentai au secrétariat des Beaux-Arts. Je découvris que les écoles d'art, de musique et de danse étaient ouvertes gratuitement aux enfants de la ville, pour permettre aux familles défavorisées d'y emmener leur progéniture. Les gens de mon quartier en ignoraient l'existence ; elles étaient donc remplies d'enfants de profs et de médecins. Malgré les griffonnages désespérés qui occupaient le plus clair de mon temps, je dus m'inscrire dans le cours pour débutants. Je m'installai donc à côté de gamins de primaire dont l'occupation favorite était de s'envoyer des boulettes de papier mâchonnées à travers des stylos creux. Le cours lui-même n'était pas tellement différent de celui d'arts plastiques que nous suivions au collège. Il y eut la séance consacrée aux couleurs froides et aux couleurs chaudes, la séance où nous devions plier une feuille à petits carreaux puis essayer de la reproduire sans utiliser de règle, puis celle où nous faisions tomber des gouttes d'encre au hasard sur le papier pour les transformer ensuite en insectes, en constellations ou en têtes de mort.

Je m'étais trompée. Aucun des enfantillages auxquels nous nous livrions dans ce cours ne pouvait rivaliser avec la brutale intransigeance de la vie, l'absence de sens des trajectoires humaines, l'injustice des événements. Ils ne pouvaient pas occulter le fait que Maya, ma voisine de palier, n'avait pas fait sa rentrée en troisième parce que son oncle l'avait violée et qu'elle attendait un enfant. Ils ne pouvaient rien contre le fait qu'une vieille dame était morte au huitième étage et qu'on n'avait découvert son corps que lorsque les locataires d'à côté s'étaient mis à s'inquiéter de l'odeur. Ils ne pouvaient pas faire oublier que maman s'était mise à collectionner les pots de yaourt vides : elle en ôtait les étiquettes, les lavait méticuleusement puis les polissait avec tant de soin qu'un Sherlock Holmes doté d'un microscope électronique aurait été bien en peine de deviner ce qu'ils avaient contenu. Ils formaient déjà une jolie tour de Pise près du frigo. Quand elle n'était pas en train d'astiquer les pots de yaourt, elle essayait de surmonter son désœuvrement en buvant de la bière. Quelqu'un lui avait dit que la bière n'était pas de l'alcool et il n'avait pas été difficile de la convaincre. Ça ne l'empêchait pas d'être saoule à longueur de journée.

Un soir d'octobre, je restai traîner dans les couloirs des Beaux-Arts après la fin du cours. La perspective de rentrer à la maison me déprimait. Je poussai la porte d'une salle de classe. Elle était ouverte. Je n'osai pas allumer la lumière. La salle servait de local de stockage. Elle était pleine de tableaux posés face peinte contre les murs. Des monticules recouverts de bâches constellaient le centre de la pièce. J'en soulevai une et me retrouvai devant un jeune homme nu, les jambes fléchies, tenant un disque à la main. Malgré ses testicules qui pendaient piteusement derrière un tout petit pénis, il me fixait du haut de son socle d'un regard fier et méprisant. Je laissai retomber la bâche et me reculai de quelques pas. Le contact avec cette chair froide entraperçue avait éveillé en moi une sensation désagréable. Je m'approchai d'une autre bâche. Elle cachait un buste de petite fille aux cheveux bouclés et aux lèvres retroussées sur un sourire étrange. Je restai longtemps à l'observer, me demandant d'où lui venait cette expression indécidable. De la ligne de la bouche ; de la façon dont elle plissait les lèvres ? À moins que ce ne fût de la façon dont elle relevait le menton ? Je sortis mon cahier pour essayer de cerner son expression. En changeant l'épaisseur du trait au coin des lèvres, ou bien l'ombre dans le cou, ou encore en rendant la bouche un peu moins charnue, je pouvais faire pencher la balance vers la bouderie, la joie ou la provocation. Je pris conscience de ce qui distinguait les statues inanimées des humains : on ne pouvait jamais observer ces derniers aussi ouvertement pour essayer de déchiffrer ce que leur corps trahissait de leurs motivations profondes. Dans le cas des humains de mon quartier, un coup d'œil trop appuyé suffisait à vous attirer de sérieux ennuis, pouvant aller du déferlement d'injures au coup de poing dans le sternum.

Je fis une dizaine de tentatives pour modifier ma copie de la fille en plâtre. À mesure que le jour baissait, ses traits devenaient plus indistincts, mais ma mémoire s'en était imprégnée et je m'aperçus que le fait de me la remémorer plutôt que de la regarder me permettait de mieux saisir sa singularité. Je parvins enfin à mettre un mot dessus : *espièglerie*. Ce mot éveilla un souvenir : une petite fille était en train de cacher les clefs de sa maman dans le compartiment à glace du réfrigérateur. Elle n'avait pas l'intention de lui jouer un mauvais tour ; elle avait seulement été traversée par une salve d'énergie incontrôlable. Cette petite fille s'était volatilisée depuis longtemps. L'adolescente qu'elle était devenue savait qu'il ne fallait pas déplacer les objets, surtout pour les mettre dans des endroits inattendus. Elle savait que sa mère était paniquée devant la tendance normale des chaussettes à se dépareiller, des lunettes à devenir invisibles, des attestations de la CAF à s'égarer dans les piles de prospectus. Elle se souvenait à peine de ce que pouvait signifier être insouciante. Le moindre détail inhabituel, la moindre improvisation pouvaient déclencher une catastrophe. Pourtant, le sourire du buste en plâtre me ramenait à cette part de moi-même. Elle n'avait pas disparu pour de bon, l'oubli ne l'avait pas gangrenée ; elle était seulement enfouie. Elle attendait ce moment pour ressurgir.

La nuit était tombée et un rai de lumière était apparu sous la porte de la classe mitoyenne. Je reconnus une voix que j'avais déjà entendue quelque part. Je sortis sans bruit dans le couloir. La porte de la salle était ouverte. C'était lui : le grand homme maigre moustachu, avec sa posture un peu affectée. S'il avait eu l'idée saugrenue de traîner dans mon quartier, il y aurait sûrement été traité de pédé. Au centre de la pièce, une jeune femme nue, grassouillette, était agenouillée sur un coussin. Tout autour, des élèves dessinaient.

Je compris aussitôt la différence entre ce qui se déroulait ici et mon cours de dessin de l'après-midi. Dans cette pièce, tout ressemblait à la représentation qu'on trouve dans les livres des ateliers d'artistes : le modèle vivant, les étagères couvertes de pots de pigments en poudre, avec leurs nuances infinies de bleu, de rouge, de jaune, le sol maculé de taches de peinture.

Je m'apprêtais à m'éloigner, mais le professeur se retourna et m'aperçut.

« Tu peux t'asseoir là », dit-il, désignant un espace libre.

Puis il poursuivit son tour de salle, adressant un conseil à l'un ou rectifiant un trait sur un dessin. Plus personne ne faisait attention à moi. J'ouvris mon bloc de feuilles. Je n'avais jamais dessiné d'après un modèle vivant. Il m'était arrivé de croquer à la volée mes profs ou camarades de classe, mais ce n'étaient que des caricatures à la sauvette. Maintenant qu'il s'agissait de s'appliquer à reproduire une pose compliquée, c'était une autre histoire. Je tentai de tout petits traits qui s'excusaient d'être là. J'avais peur de brusquer la feuille par une ligne maladroite. J'avais réussi à tracer la courbe du dos quand on annonça un changement de pose. Je faillis protester parce qu'on ne m'avait pas laissé le temps de finir. Mais personne ne paraissait surpris. Je tournai docilement la page et m'attaquai à la pose debout.

La femme grassouillette s'étira puis se pencha sur une jambe, les mains dans le dos. Elle ne semblait ressentir aucune gêne à offrir aux regards son pubis pas épilé et ses cuisses marquées par la cellulite.

Quand le professeur passa derrière moi, il me saisit le poignet et fit décrire à mon crayon de grands traits verticaux comme jetés au hasard sur la feuille. Je me raidis au contact de sa main d'homme.

« Si tu veux dessiner, arrête de faire des crottes de fourmi. »

Les lignes qu'il traçait finirent par se rassembler et reproduire de façon assez convaincante les contours des jambes, du dos, des bras et de leurs articulations. Il n'avait pas cherché à souligner les détails ; il avait saisi le mouvement d'ensemble.

À la fin de la séance, quand les autres furent partis, il fouilla dans le bazar d'une étagère et en extirpa deux blocs de feuilles.

« Il vaut mieux dessiner sur du grand format ; pour libérer le trait. »

Quand nous sortîmes de l'école, le crachin habituel avait commencé à tomber. Nous bifurquâmes sur le boulevard pour aussitôt croiser une bande d'enfants déguisés en loups-garous. C'était le soir d'Halloween. Le professeur s'écria :

« Pourquoi se fatiguent-ils à se déguiser ? Ils sont naturellement affreux, ces gosses ! »

Puis il proposa de me ramener chez moi ; il allait prendre sa voiture pour rentrer à Lille. Je secouai la tête avec véhémence. J'avais horreur des rues vides et noires de mon quartier, mais j'aurais eu encore plus horreur qu'on m'y voie avec lui et qu'on se raconte les histoires qu'on ne manquerait pas de se raconter. Dans le quartier, les réputations se faisaient bien trop vite. Un instant, je le soupçonnai de ne m'avoir tolérée dans son cours que parce qu'il avait envie de coucher avec moi. Mais il n'insista pas. Je le vis s'éloigner en direction du parking et je descendis vers le canal en tâchant de me fondre dans le décor urbain.

6

Le vent envoyait des salves de sable sur ma feuille, dans mes cheveux et dans mes yeux. Mon col en était plein, mes ongles aussi. Le printemps était arrivé, mais le temps demeurait froid pour la saison et mes doigts commençaient à rougir. L'humidité remontait depuis le sol. Je n'avais pas eu la prévoyance des autres stagiaires, enroulés dans des écharpes et des ponchos. Malgré l'inconfort, j'écarquillais les yeux pour capter la course des nuages au-dessus des dunes du Platier d'Oye où le sable s'étendait à l'infini, jaune clair sous les buissons acérés d'argousiers, presque brun là où la mer l'avait imbibé d'eau salée. Le ciel immense se donnait en spectacle, tantôt d'un bleu pâle et sans accrocs, tantôt chargé d'humeurs sombres. Au loin, on apercevait la forme massive de la centrale nucléaire de Gravelines, coiffée de son panache d'un blanc innocent. La silhouette effilée du professeur de dessin se découpait sur l'horizon. Denis était expert en nuages, une spécialité qui ne rapportait rien, contrairement à des vocations comme chirurgien cardiaque ou ingénieur chez EDF.

Ma feuille avait des limites trop nettes, le ciel, lui, n'en avait pas du tout. Les nuages étaient agités d'un mouvement incessant qui les faisait s'effilocher ou s'assembler, glisser sans trêve d'est en ouest jusqu'à disparaître. Les fils de la Vierge se perdaient dans les hauteurs en devenant si fins que le regard n'arrivait plus à les saisir et les gros cumulus que n'importe quel enfant dessine à main levée se révélaient être des amas de lumière d'épaisseurs variables, qui obligeaient à élaborer à l'aide des aquarelles des nuances de blanc impossibles. Les nuages étaient pires que n'importe quel modèle vivant ; on ne pouvait pas leur demander de tenir la pose cinq, deux ou une minute. Plissant les yeux pour en attraper un, je n'avais pas vu Denis s'approcher.

« Tu as fait une jolie peinture pour maman ? » ironisa-t-il face à mes pâtés de nuages, puis il me donna un cadre découpé dans du carton.

« Quoi que tu fasses, délimite d'abord ton sujet. »

Je tendis le cadre devant moi. À l'intérieur de celui-ci, le ciel devenait une entité déterminée. Je me fixai sur un cumulus bombé et entrepris de cerner avec un mélange de gris et de blanc le halo sombre qui attaquait ses flancs neigeux.

J'étais la plus jeune des élèves du groupe et Denis m'avait affublée du surnom de « bébé ». Mais il n'avait jamais remis en cause mon droit à participer à ses cours ; il faisait une entorse aux règles de l'école et cela suffisait pour que je ravale mon amour-propre. J'avais appris à faire profil bas depuis qu'à la fin d'une séance il m'avait ridiculisée devant trois étudiantes. J'étais en train de ranger mes affaires quand la conversation avait dérivé vers un certain petit pan de mur jaune que toute l'assistance semblait connaître. Denis dissertait sur l'inspiration et ses circuits imprévisibles. Je hochais la tête avec enthousiasme. Soudain, il s'était interrompu et m'avait lancé :

« Ne fais pas semblant de connaître ! Ça m'agace ! »

La honte m'avait fait monter la chaleur aux joues. J'avais

baissé la tête et laissé mes cheveux retomber devant mon visage. Les trois étudiantes avaient échangé un regard complice puis avaient poursuivi la conversation comme si je n'existais pas.

Le lendemain, je m'étais précipitée à la bibliothèque du collège pour emprunter *La Recherche du temps perdu*. Des morceaux entiers de culture me faisaient défaut. Les connaissances que je happais au gré des ateliers flottaient en moi, éparses, sans lien entre elles, souvent dénuées de sens, faute de contexte où les resituer. Chaque fois que Denis citait un artiste, un écrivain ou un opéra, ses mots tombaient au fond de moi comme dans un puits asséché. J'avais honte de mon ignorance. Je me mis à lire avec frénésie les livres qu'il citait en cours. Les *Lettres à son frère Théo* de Van Gogh, *Du spirituel dans l'art* de Kandinsky. Les mots que je croyais connaître y prenaient une signification mystérieuse, incompréhensible, hors de ma portée. Mais je persévérais. Des romans. Des livres d'art. Tout ce qui me tombait sous la main, de *Guerre et Paix* à *La Bicyclette bleue*.

Depuis que je fréquentais l'atelier de Denis, l'art tissait une membrane protectrice autour de moi. Mes douleurs articulaires avaient disparu ; j'attendais impatiemment le mercredi et le vendredi, et entre deux séances de cours, je dessinais en essayant d'appliquer les techniques que je venais d'apprendre. Au collège, la bande des Requins s'était disloquée à la suite du départ de ses chefs, et ses anciens membres semblaient avoir oublié que j'avais été leur victime préférée. Je débordais d'envies et d'énergie. À force de lire, je me mis à avoir de bonnes notes en français ; les cours d'histoire me passionnaient, et je cessai d'entendre les quolibets de mes camarades quand je m'asseyais au premier rang et levais la main pour poser des questions. Même les choses laides et insignifiantes acquéraient un intérêt. Tout ne se réduisait plus aux misères quotidiennes des vieux, à l'agressivité des jeunes, aux immeubles de parpaings grossiers. L'ombre qui courait sur une façade de béton se transformait en un motif complexe, les platanes aux branches nues dessinaient des éventails, les gens du quartier avaient des silhouettes caractéristiques, un port de tête ou une démarche qu'une fois rentrée à la maison je tentais de saisir par des croquis.

La plupart de mes amies d'enfance se préparaient à bifurquer vers un CAP coiffure ou agent d'entretien. Chez nous, le fait d'avoir son bac n'avait rien du passage obligé qu'il constituait dans les quartiers aisés. Maman n'était jamais venue aux réunions parents-professeurs ; quand je lui rapportai les papiers à signer pour mon inscription au lycée, elle se mit à paniquer. Elle essaya de me convaincre de choisir le BEP boulangerie comme la fille de la voisine qui prétendait qu'au moins il y avait du travail au bout. Puis face à mon refus catégorique, elle me dit que si je voulais vraiment m'inscrire au lycée, je devais le faire dans celui du quartier. L'autre n'était pas fait pour des filles comme moi. Je sortis en claquant la porte. Maman ne comprenait jamais rien ! Je voulais aller au lycée du centre-ville où on pouvait présenter l'option arts plastiques au bac.

Quand je revins, j'entendis la voisine commenter sur mon passage :

« C'est la fille à Sylviane qui passe ; celle qui pète plus haut que son cul ! Vlà-t-y pas qu'elle va aller dans le lycée des bourges l'année prochaine ! »

J'étais terrorisée à l'idée d'échouer. Mais la perspective de pouvoir me consacrer à ma passion était plus grisante que ma peur. La vie prenait d'autres proportions. Pour qui habite depuis toujours sur une île aride, apprendre qu'il existe un continent au-delà de l'horizon change la perception de l'univers, même s'il doit construire de ses mains le navire qui lui fera traverser l'océan.

7

Une douceur rédemptrice flottait dans l'air. En ce samedi soir d'avril, les rues de Lille grouillaient de monde, les terrasses des bistrots étaient bondées. Denis m'avait emmenée au Tripostal voir l'exposition « Passage du temps ». Bientôt je passerais mon bac et mon dossier avait été retenu dans une école d'art de province. En l'apprenant, Denis m'avait dit :

« C'est dans la nature des choses. Tu pars. On reste. »

Cela faisait quatre ans que nous nous voyions deux fois par semaine et parfois le week-end à l'occasion des stages. Je mis sa mélancolie sur le compte de la familiarité qui s'était établie entre nous. J'étais toujours son vilain petit canard, mais j'avais parfois l'intuition que des ailes de cygne étaient en train de percer mon duvet gris. Était-ce pour cela que, soudain, il aurait eu envie de me retenir près de lui ?

Je me sentais excitée et pleine d'énergie. L'avenir s'offrait à l'état d'ébauche attendant d'être peaufinée, et je tenais fermement les pinceaux dans ma main. J'avais du mal à ne pas sautiller tandis que nous avancions côte à côte sur le trottoir ; je souriais involontairement en laissant mon regard courir sur les façades, les devantures des restaurants et les visages des passants.

L'exposition que nous venions de visiter montrait une collection de photographies et de vidéos réunies sur trente ans par un collectionneur. Je ne connaissais aucun des artistes exposés, qui pourtant semblaient déjà faire autorité dans le milieu de l'art contemporain. J'essayais de graver leurs noms dans ma mémoire – Cindy Sherman, Bill Viola, Douglas Gordon – quand Denis explosa :

« Ils se figurent qu'avec leurs discours creux ils vont réussir à cacher la vacuité de leurs prétendues œuvres. Une œuvre qui ne parle pas par elle-même c'est de la merde ! Il n'y a qu'une merde qui ait besoin d'un cartel avec des explications pseudo-philosophiques pour exister. Mets-toi ça dans la tête et tâche de faire mieux ! »

Ses vitupérations me tirèrent de mon rêve. J'avais trop peu confiance en moi pour le contredire. J'étais incapable de me lancer dans un débat avec lui et l'amertume que je percevais dans sa voix me troublait ; je n'en comprenais pas l'origine. Nous continuâmes à marcher l'un à côté de l'autre, silencieux et tendus.

Le soir, nous étions conviés à un concert privé de jazz. Les fenêtres de l'hôtel particulier où il avait lieu étaient ornées de vitraux aux fleurs Art déco et la rampe de l'escalier monumental reproduisait une gueule de serpent en fer forgé. Chaque pièce était si vaste qu'elle aurait pu contenir notre appartement entier. Les invités avaient tous vingt ou trente ans de plus que moi ; ils portaient des lunettes carrées à monture épaisse et se déplaçaient avec désinvolture. Denis me présenta comme une jeune artiste talentueuse ; j'essayai de rester près de lui dans cette foule d'inconnus, m'accrochant à son bras, mais une femme aux cheveux roux qui tenait un porte-cigarettes m'entraîna soudain sur un canapé en cuir ; je m'y enfonçai plus que je ne m'y installai. Elle rit et me posa la main sur la cuisse en me voyant balayer la salle du regard pour tenter de retrouver Denis. Puis elle attrapa deux coupes de champagne sur un plateau. Je bus, laissant les bulles me picoter la gorge et remonter dans mon nez. J'étais ivre quand, après plusieurs verres, je repérai enfin Denis, debout près du bar, en train de parler à un groupe d'hommes avec de grands gestes nerveux.

J'aurais dû rentrer par le dernier train, mais la soirée avait duré plus longtemps que prévu, si bien que nous nous dirigeâmes vers l'appartement de Denis. L'ivresse me tournait la tête. Denis me fit passer de pièce en pièce en me soutenant par le bras. Je sentais l'odeur de sa sueur mêlée à celle de la cigarette. La cuisine était minuscule ; la chambre également. La pièce la plus vaste, dont les portes-fenêtres donnaient sur la cour, tenait lieu d'atelier. Au sol, la moquette était pleine de taches de peinture. Des toiles grand format s'entassaient partout. Celles accrochées aux murs figuraient des paysages dominés par le vert sombre et le noir, peints avec la technique de la tempera à l'œuf qui donnait l'impression qu'ils étaient faits d'une multitude de couches superposées, transparentes et foncées à la fois. La brillance du vernis cachait certains détails, qui réapparaissaient lorsqu'on changeait de perspective. Sur l'une des toiles, la lune gouttait du ciel dans un étang obscur. Sur une autre, un chemin suggéré par quelques coups de pinceau se perdait entre des silhouettes d'arbres à contre-jour. De temps en temps, un morceau de ciel rose pâle conférait à l'ensemble un aspect irréel. J'avais lu le *Faust* de Goethe et je pensai à la nuit de Walpurgis. Je n'avais pas assez de recul pour saisir qu'aux yeux de ceux qui faisaient l'art de notre époque, ces tableaux figuratifs ne pouvaient être que l'incarnation d'une pratique tombée en désuétude.

Mais à mes yeux, la cuisine exiguë, le lavabo rongé par la rouille, les lampions rouges accrochés dans la cour étaient les signes d'une existence dirigée par la pulsion de création. Ils étaient exactement ce à quoi j'aspirais ; ils rendaient dérisoires des notions comme l'espace, le confort ou la propreté. Denis nous fit un café noir et m'attira sur ses genoux. Je ne m'étais jamais demandé s'il m'inspirait du désir. Une voix me souffla que si nous couchions ensemble, cela me donnerait des droits sur lui. Mes seins fermes, ma peau lisse, mon bassin qu'aucune maternité n'avait élargi m'offraient des avantages sur les femmes de son âge, ou, pour le dire autrement, les vieilles. Je le laissai dégrafer mon soutien-gorge et m'embrasser. Sa langue avait le goût acide des bouches de grands fumeurs.

Denis me conduisit dans sa chambre. J'avais honte de lui avouer ma virginité. J'étais déjà à demi déshabillée et ses mains me caressaient, descendant vers la ceinture de mon jean. Ses baisers laissaient de petites marques mouillées sur mon ventre. Il n'avait pas l'air de s'apercevoir de mon malaise. J'essayai de le caresser à mon tour ; peut-être ainsi finirais-je par avoir envie de lui. Les filles qu'on voyait sur Internet avaient l'air de prendre un plaisir extatique quelle que soit la position dans laquelle leur partenaire les culbutait, mais dans les faits, je savais que les femmes de mon entourage considéraient le sexe comme un passage obligé. J'avais surpris suffisamment de conversations pour savoir que, la plupart du temps, elles faisaient semblant de jouir pour flatter l'ego de leur amant, ou pour que « ça se termine plus vite ».

Je me contractai quand Denis me pénétra en produisant

un gémissement. Plus il approchait de la jouissance, plus il s'éloignait de moi. J'avais l'impression que l'être qui habitait mon corps lui devenait indifférent. Il lança enfin un jappement avant de s'écrouler sur mon ventre. Son cri me sembla grotesque. Un instant je fus submergée par le mépris. Puis la tristesse prit le dessus. Je me sentais vide et idiote, allongée, les cuisses collantes de sperme, à côté de Denis qui ronflait tandis que je n'arrivais pas à m'endormir.

Le matin, l'atelier était redevenu un monde de promesses. Le soleil frappait les pots de pigments en leur donnant une teinte bien nette comme si chaque couleur voulait se démarquer des autres, apparaître comme singulière et pure. Vêtue d'un T-shirt trop large, les jambes nues, les cheveux en bataille et une tasse de café brûlant entre mes paumes, je jouais le rôle principal dans une scène intitulée *L'Artiste et sa muse.* Soudain je me lançai dans une grande envolée sur l'art qui transfigurait la vie et sur la chance que Denis avait de mener une existence si exaltante. Il me jeta un de ses regards ironiques qui vous faisaient vous sentir comme un pitoyable cafard indigne du talon qui l'écrasait.

« Alors tu crois que l'art donne du sens à la vie ? Eh bien tu as tout faux : c'est la vie qui donne du sens à l'art. C'est la vie qui est le début et la fin de tout. Si tu penses que l'art va t'aider à digérer les chienneries de la vie, tu te mets le doigt dans l'œil jusqu'au coude ! »

Il se retrancha dans un silence boudeur. J'allai dans la salle de bains et me débarbouillai ; une fille hirsute aux yeux cernés me fixait dans le miroir. Je me rhabillai en hâte. Je ne saisissais pas que la colère de Denis n'avait rien à voir avec moi. Je ne faisais pas le lien entre sa fureur et la peau qui partait en lambeaux autour de ses ongles rongés. Je ne pouvais pas imaginer que, des journées entières, il tournait en rond dans son atelier, inapte à donner le moindre coup de pinceau, furieux contre lui-même, remettant tout en cause, l'œuvre en cours comme celles achevées et à venir, et attendant désespérément, sans oser se l'avouer, la délivrance du coucher de soleil parce que alors seulement il s'autoriserait à renoncer.

Denis proposa de me raccompagner à la gare. Mais à force d'interpréter les signes d'angoisse, d'exaspération et de folie sur le visage changeant de ma mère, j'avais appris que les êtres humains avaient besoin d'être laissés seuls quand leur image d'eux-mêmes partait en éclats. Ils avaient besoin du rempart de la solitude pour retrouver un semblant d'intégrité. Je secouai la tête et me mis en route. Autour de moi, la ville, fatiguée des excès de la veille, dormait.

8

Ce dimanche matin, pendant que le train me ramenait chez moi, le génie du désespoir œuvrait en sourdine.

Ce dimanche matin, il me suffit de passer la porte de l'appartement pour saisir que les choses allaient de travers. Dans la cuisine, la radio résumait les éléments de l'enquête sur les attentats-suicides d'Alger, avant de sauter à l'élection présidentielle française, prévue pour la fin du mois. Maman n'écoutait jamais la radio à cette heure-ci. La radio, comme la gestion des emballages, la télévision ou l'étendage du linge, obéissait à un rituel précis. La radio était allumée au réveil et éteinte à la fin du petit déjeuner. Il était onze heures et demie.

Une puissante odeur de vomi flottait dans le salon. Maman était allongée sur la moquette, la joue gauche dans des restes de repas mal décomposés. J'aurais pu craindre qu'elle ne se soit étouffée dedans si elle n'avait pas ronflé comme un pompier. Je me précipitai à la fenêtre, l'ouvris toute grande et happai l'air frais. Un instant, j'eus envie de tourner le dos à tout cela, de prendre mon carnet de dessin et de m'enfermer dans la cuisine. Mais la vision de maman en train de cuver son alcool n'allait pas se volatiliser pendant que je regarderais ailleurs. La moquette n'allait pas se nettoyer toute seule.

L'odeur n'allait pas s'évaporer. Maman n'allait pas se mettre debout, pimpante, la bouche remplie de questions merveilleuses et agaçantes comme seules peuvent en poser les mères, du type « Est-ce que tu as mangé ce matin ? », « Où étais-tu passée cette nuit ? », « Comment se fait-il que tes vêtements sentent la cigarette ?! ». Maman ne posait jamais ce genre de questions.

Tout ce que je voyais donnait raison à Denis : rien ne pouvait lutter contre la brutalité du quotidien. Sur le coup, la pensée que rien ne me sauverait de ma vie fit monter en moi une énorme colère. Je ne savais pas si j'étais en colère contre moi-même, contre maman, contre Denis ou, plus largement, contre les choses telles qu'elles étaient, mais la colère me donna de la force. Je nouai un foulard autour de mon nez et glissai une main sous l'épaule de ma mère. Je la fis pivoter sur le dos puis la tirai sur le côté. Son corps lourd restait inerte. J'apportai une éponge et une bassine d'eau tiède et me mis à frotter la moquette. Puis j'étendis une couverture sur maman pour ne pas qu'elle prenne froid. Il ne manquerait plus que ça, pensai-je avec hargne, pour ne pas avoir à me dire que je le faisais par tendresse ou par pitié. La fenêtre devait rester ouverte si nous voulions espérer un jour pouvoir de nouveau respirer dans le salon.

J'allai dans ma chambre et m'assis sur le lit. J'avais honte de ma naïveté. L'art n'était pas là pour embellir la réalité ; il devait nous confronter à sa laideur, nous empêcher d'en détourner les yeux. Et si j'étais enceinte ? Je ne prenais pas la pilule ; Denis n'avait pas mis de préservatif. Je n'avais pas osé lui en parler. Nous n'avions fait attention à rien. Je posai la main sur mon bas-ventre et j'eus la certitude que de petites cellules insignifiantes étaient en train de s'y assembler, bien à l'abri dans l'obscurité. Bientôt, elles deviendraient une tumeur de la taille d'une noix, puis un animal aquatique bien décidé à s'accrocher en moi. Je revis la silhouette de maman recroquevillée dans le salon ; en fin de compte j'allais suivre le même chemin qu'elle : j'accoucherais seule, j'élèverais seule mon enfant, tous les futurs possibles se fermeraient d'un coup et je chercherais à rendre le quotidien plus supportable en le noyant dans l'alcool ou les séries télé. Puis la colère revint. Les hommes se délestaient si facilement de leurs responsabilités sur les femmes ! Quand l'une d'elles tombait enceinte malgré tout, c'était comme si elle avait comploté derrière leur dos. À croire qu'avec notre vagin affamé de spermatozoïdes, nous venions leur soutirer leurs précieux gamètes sans même qu'ils s'en aperçoivent. Je pris mon bloc à dessin et me mis à déchirer les croquis au fusain que j'avais réalisés depuis Noël. Dans le salon, maman ronflait toujours.

Le soir, je l'entendis se diriger à petits pas mal assurés vers les WC puis s'approcher en hésitant de ma chambre. Lorsqu'elle passa la tête derrière l'armoire qui servait de cloison, je fis semblant d'être absorbée par mon manuel de physique. Elle resta là encore quelques instants puis s'éloigna sans faire de bruit.

Le lendemain quand je rentrai du lycée, le salon avait été rangé, plus aucune assiette ne traînait dans l'évier, la table était mise et deux religieuses au chocolat, dûment munies de leur collerette de crème au beurre, trônaient sur une assiette en carton doré. Maman m'attendait dans la cuisine. Je l'embrassai sans rien dire et nous nous assîmes de part et d'autre de la table pour manger les raviolis réchauffés au micro-ondes. Au moment du dessert, chacune armée d'une petite cuillère, nous attaquâmes les religieuses toujours postées sur l'assiette commune. Nos mains dansaient autour de l'assiette, sur la toile cirée d'un vert passé, en une chorégraphie que nous connaissions bien. Elles fêtaient le rituel pathétique de l'oubli, celui par lequel nous faisions semblant de croire que maman avait repris les choses en main.

En allant me coucher, je découvris sur mon bureau un bloc à dessin neuf. Je l'ouvris et me mis machinalement à tracer des traits au crayon. La silhouette de maman se matérialisa au milieu de la feuille, penchée au-dessus d'un gâteau, un sourire appliqué et doux illuminant son visage. Soudain, je pris du recul, regardai la feuille posée sur mon bureau, au milieu de cette chambre d'enfant que je quitterais bientôt, et pensai aux calendriers de l'Avent en papier dont j'adorais ouvrir les cases quand j'étais petite. L'un d'eux, que j'avais gardé des années, figurait une ville ensevelie sous la neige, dont toutes les maisons avaient des fenêtres éteintes. Mais quand on ouvrait ces fenêtres, on y découvrait des chambres lumineuses où s'amoncelaient des sapins, des bonbons et des poupées. Ces petites cases suffisaient pour que dans ma mémoire la ville ne soit que flamme, sucre, joie, malgré les montagnes de glace que, dans la réalité, une armada de chasse-neige n'aurait pas réussi à évacuer. Sur le bureau, le visage de maman n'avait pas changé d'expression, il était là, serein pour toujours – rien ne pourrait venir tordre les commissures de ses lèvres pour la mettre en colère, l'angoisser ou la faire pleurer. J'étais devenue moi-même experte en images d'Épiphanie. J'avais le pouvoir de changer la réalité, même si ce n'était qu'à l'intérieur d'un cadre limité. Je pris conscience ce soir-là de l'intense jouissance de la fiction qui nous aide à remettre la vie d'aplomb, de la fiction qui concurrence la réalité par l'invention d'un monde rendu vivable, avec ses personnages imaginaires, ses règles invraisemblables, ses monstres terrifiants que des épées invincibles finissent par transpercer. Et même si Denis ne l'aurait pas admis, j'avais raison à ma manière : il n'y a pas un artiste qui ne soit occupé à échafauder des chimères ; pas un artiste qui ne soit un maître de ce mensonge qui aide à vivre. Pas un artiste ; pas un enfant.

DEUXIÈME PARTIE

1

Je collai le nez à la vitre de l'atelier de restauration où trônait un buste d'Athéna en bois qui avait un jour orné la proue d'un navire. Il était tard ; les étudiants avaient quitté les lieux. L'apparence de la sculpture n'avait pas changé depuis qu'on l'avait installée à l'école des Beaux-Arts, mais je savais que la jeune femme chargée de la restaurer dans le cadre de son travail de fin d'études était en train de l'apprivoiser par des techniques invisibles et subtiles, qui lui donneraient un jour une nouvelle jeunesse.

Les étudiants qui officiaient dans l'atelier de restauration étaient plus âgés et plus mûrs. Pour être admis dans leur cursus, ils passaient un concours spécifique, qui comprenait une épreuve de chimie en plus de celles d'histoire de l'art et de dessin. Contrairement à nous, les apprentis artistes dont la confusion grandissait au fil des mois, ils savaient où ils allaient et à quoi ressemblerait leur vie à la sortie de l'école. Je les enviais car ils entraient dans le cœur même des œuvres, avec leurs loupes binoculaires, leurs études de stratigraphie, leurs éprouvettes, leurs tentatives de recréer des pigments et des liants qui leur permettraient de s'approcher au plus près des substances utilisées par les artistes d'autrefois. L'un d'entre eux m'apprit que Van Eyck mettait huit couches d'encollage et six d'enduction sur ses toiles avant de peindre. La profondeur de la matière me fascinait.

J'aurais voulu étudier dans l'ombre d'artistes confirmés comme le faisaient les apprentis à la Renaissance, devenant des spécialistes des fonds de tableaux, des mains ou des drapés, quitte à ne rien revendiquer en leur nom. Ce n'était pas prévu par le programme ; on attendait au contraire que je fasse apparaître l'œuvre tapie en moi. Je n'y rencontrais que vacuité. Je maîtrisais les techniques de dessin bien mieux que la plupart de mes camarades, mais je n'avais rien à dire, aucune vision du monde à défendre. Les cours de modèle vivant me manquaient, l'atelier de sculpture était tenu par une femme acariâtre qui n'admettait auprès d'elle que de jeunes mâles, si bien que j'avais vite renoncé à le fréquenter. Les seuls cours que je suivais avec plaisir étaient ceux de gravure et de photographie argentique. J'aimais leur aspect minutieux et ritualisé, j'aimais les phases par lesquelles on passait pour faire apparaître l'image, et le miracle de l'imprévu qui s'immisçait dans la révélation.

Maman m'appelait plusieurs fois par jour. J'essayais de deviner à la plus ou moins bonne articulation de ses mots combien de verres elle avait bus. Je l'écoutais dérouler les nouvelles du quartier : Michelle allait être grand-mère pour la troisième fois, l'épicerie du coin avait été braquée, la station-essence était reprise par un couple d'Arabes homosexuels. Elle me parlait de personnes et de lieux que j'avais fréquentés toute mon enfance, mais ils me semblaient désormais appartenir à un monde inconnu, complètement étranger à ma vie.

Pourtant, je n'avais pas vraiment réussi à me faire des amis. Quand je participais à une soirée étudiante, je me sentais comme un caméléon qui se demande s'il ne s'est pas trompé de couleur. Les élèves étaient des fils et des filles de classes moyennes aisées, leurs parents avaient fait des études supérieures, occupaient des postes intéressants et possédaient une grande maison avec jardin. Leurs enfants quant à eux fumaient des joints en dissertant sur la révolution prolétarienne. Il y avait toujours quelques diplômés dans les fêtes. Leur conversation tournait autour de leurs travaux en gestation, des résidences qu'ils n'avaient pas obtenues et des galeristes qui ne voulaient pas les exposer. Quand l'un d'entre eux annonçait qu'il allait finalement accrocher ses œuvres quelque part, on le félicitait en rivalisant de superlatifs élogieux comme s'il s'agissait d'une exposition au MoMA. La plupart touchaient le RSA. En fin de soirée, tous étaient désespérément saouls.

Je n'avais pas assez de temps pour approfondir les rencontres, ni comprendre le fonctionnement des petits groupes qui se formaient à l'école autour de projets étudiants. Je travaillais dans un fast-food trois soirs par semaine et le week-end. Ce travail m'épuisait. Le rythme effréné des steaks industriels à glisser dans le pain, des bacs de frites à plonger dans l'huile, des commandes qui s'enchaînaient avec la centième question sur le choix des sauces et des sodas, les laïus sur la motivation assenés par le manager qui semblait penser que notre désir ultime était d'être déclaré employé du mois finissaient par me siphonner l'esprit. Au bout de quatre mois à essayer de concilier le monde des Beaux-Arts et celui de la fabrique d'obésité, je décidai de chercher un appartement moins cher. Je m'y étais prise trop tard pour obtenir une chambre universitaire et à aucun moment il ne me vint à l'idée que j'aurais pu prendre rendez-vous avec une assistante sociale. L'administration était une forteresse imprenable; j'étais devant elle comme K. sur le chemin du Château, prise de vertige à la seule idée de la solliciter. C'est ainsi qu'en janvier je répondis à l'annonce de location d'une chambre d'étudiante dont le loyer défiait toute concurrence.

L'appartement se situait en centre-ville. C'était un studio avec cuisine et salle de bains, dans une impasse qui donnait sur une rue animée. Quand j'arrivai à l'adresse indiquée, le bailleur était en train de reconduire une jeune fille accompagnée de sa mère. Je l'entendis expliquer qu'un autre candidat locataire avait déjà posé une option sur le studio et qu'il devait seulement finir de compléter son dossier. Je fus donc surprise quand il me conduisit à l'intérieur et me fit visiter le studio comme si de rien n'était. La cuisine était équipée, jusqu'aux casseroles et à la vaisselle, la chambre meublée d'un grand lit, d'un bureau et d'étagères. La salle de bains était vieillotte mais propre. La fenêtre de la chambre donnait sur une petite cour et on apercevait au rez-de-chaussée de l'immeuble d'en face la minuscule cuisine d'un restaurant chinois.

Le propriétaire insista sur l'absence de nuisances sonores, au contraire des logements côté rue. Il me demanda dans quelle formation j'étais inscrite et quand je mentionnai les Beaux-Arts, il hocha la tête d'un air approbateur. Il voulut encore savoir si j'avais de la famille dans la région et après avoir reçu une réponse négative, il émit un nouveau grognement d'approbation.

Il y avait une porte au fond de la cuisine qu'il n'avait pas ouverte. « Celle-ci, je ne la loue pas », dit-il à propos de la pièce cachée derrière, puis il ajouta : « Mais si tu veux, aujourd'hui, je te montre… » Ce fut à ce moment-là que je le dévisageai pour la première fois. Il avait une physionomie désagréable, due à une légère asymétrie des traits, au menton proéminent et à l'aspect fuyant du regard. Il passa devant moi, ouvrit la porte et appuya sur l'interrupteur car les volets étaient clos. La chambre était meublée d'un lit étroit aux montants métalliques. L'essentiel de l'espace était occupé par des vitrines qui contenaient toutes sortes de fossiles ainsi que des squelettes de petits animaux. L'atmosphère de la pièce était morbide. On y avait enfermé un gros bloc de temps que les armoires vitrées avaient pour vocation d'empêcher de s'échapper. Ce n'était pas l'immobilité des musées qui appelle les œuvres du passé à se déployer dans notre présent en les exposant à la lumière et aux regards. C'étaient des formes mortes qui étaient célébrées en tant que telles. C'était la légende de Pygmalion à l'envers. Je fus soulagée lorsqu'il referma la porte.

« Impressionnée, hein ?! » me lança-t-il. Je hochai la tête. Le fait qu'il m'ait laissée voir son secret créait une complicité entre nous. Elle jouerait en ma faveur s'il devait choisir entre plusieurs locataires. De fait, une fois la visite terminée, le propriétaire sortit d'un porte-documents en similicuir un contrat de location. Il n'était plus question du jeune homme pressenti pour prendre la chambre. Le loyer était, comme mentionné dans l'annonce, si peu élevé que c'en était inespéré. En parcourant le document, je notai son nom : Jean-François B. Un espace vierge figuré par des pointillés était prévu pour recevoir le nom du locataire ; il n'y avait pas mention en revanche d'une domiciliation bancaire.

« Alors pour le loyer, ce sera chaque premier samedi du mois. Je t'emmène au resto, et après on finit la soirée ici. Et de temps en temps, je passe te voir en semaine. Mais pour ça, on se mettra d'accord avant.

— D'accord pour quoi ?

— D'accord sur la fréquence de nos rendez-vous. »

Je fus prise de court. Il crut bon d'ajouter :

« Attention, je suis un gars bien ! Je viendrai pas t'embêter en dehors des jours où on a rendez-vous ! »

Probablement avait-il déjà eu recours à de tels arrangements avec d'autres étudiantes. J'avais encore été victime de ma naïveté. Je fis un rapide calcul. Ou faudrait-il parler, plutôt que de calcul, d'une mise en balance de deux angoisses de natures différentes : devoir coucher avec cet inconnu ou devoir faire des démarches administratives compliquées pour obtenir un bail officiel dans une chambre d'étudiante, et en attendant, continuer à accumuler les heures au fast-food. La seconde me sembla plus redoutable. Soudain, je me sentais seule. Je fis oui de la tête et signai le contrat dont aucune agence immobilière ne viendrait jamais confirmer la validité.

La première nuit que je passai dans mon nouveau logement, je rêvai de mâchoires de rongeurs qui reprenaient vie. Je rêvai de la pièce secrète de Barbe-Bleue. Je rêvai d'une ombre qui se glissait sous la porte de la cuisine et envahissait ma chambre à la manière d'une plaque de métal fondu s'étendant sournoisement, si bien que je ne pouvais plus sortir de mon lit sans y poser le pied. Je me réveillai en sueur, terrifiée. J'allumai la lumière et repassai en esprit les bons côtés de la situation : j'avais un lieu confortable où dormir et je me réjouissais d'avance en imaginant la tête du manager du restaurant quand je lui dirais que je me fichais de ses problèmes pour remplir son planning du dimanche. Il était trois heures du matin ; je finis par me lever et me préparer un café soluble.

Tout en aspirant le liquide brûlant, je tournais ostensiblement le dos à la chambre des fossiles.

La fin du mois finit par arriver. Mon propriétaire m'avait donné rendez-vous dans un restaurant quelconque, le genre d'établissement qui ne draine pas d'habitués et où le nombre de couverts par soir permet de passer inaperçus. La décoration était clinquante et les légumes avaient le goût caractéristique des surgelés premier prix. Cela ne me dérangeait pas, j'avais été nourrie toute mon enfance par l'industrie du grand froid. Le loueur insista pour que je prenne un troisième verre de vin. Une fois le repas fini, nous regagnâmes l'appartement. Quand il se mit à me déshabiller, la seule chose à laquelle j'arrivais à penser à travers mon ivresse était que j'étais soulagée qu'il n'ait pas voulu ouvrir la chambre des fossiles pour coucher avec moi au milieu des ossements. La suite se fit presque naturellement. Probablement en avait-il l'habitude. Je ressentis du dégoût quand il me mit son sexe dans la bouche, mais au lieu de le repousser, je tâchai de ne pas avoir l'air trop inexpérimentée. Au moment où il éjacula, l'idée déprimante me traversa que, finalement, coucher avec lui n'était pas si différent de ce que j'avais connu avec Denis ; je n'y prenais ni plus ni moins de plaisir. La seule chose qui différait, c'est que cette fois-ci je ne me sentais pas obligée de faire semblant de jouir – le contrat ne l'exigeait pas.

Une fois le propriétaire parti, je verrouillai la porte et allai me laver. Je pris un plaisir revanchard à rester longtemps sous la douche, jusqu'à ce que le ballon d'eau chaude fût vide : c'était lui qui payait l'eau et l'électricité. Puis je poussai le radiateur à fond, ouvris grand la fenêtre pour que son odeur disparaisse, et sortis. Il faisait étonnamment chaud pour un jour d'hiver ; dans la rue, les terrasses des bars étaient pleines de monde malgré l'heure tardive. L'insouciance générale me faisait du bien. Je me répétais que j'étais libre de mes choix, que je n'étais pas une victime, que je pouvais me féliciter d'être futée : j'avais déniché une façon de me loger à moindres frais et je pourrais dépenser mon argent en tubes de peinture au lieu de le mettre dans une sordide chambre meublée chez une vieille dame incontinente comme le faisait une étudiante de ma promotion. Mais mon malaise persistait. Mes pieds ne touchaient pas vraiment le sol et les gens que je voyais s'amuser appartenaient à un univers parallèle qui ne communiquait pas avec le mien. Je tâchai de me convaincre que rien de ce qui avait rapport avec les humains, ces êtres de chair et de sang, de pulsions et de matière, ne me concernait. Dans un monde où l'art seul avait de l'importance, il était plus facile d'oublier mes jambes flageolantes et ma tête qui bourdonnait.

2

La deuxième année aux Beaux-Arts avait commencé quand quelque chose fit s'effondrer le fragile échafaudage de ma vie d'étudiante : le premier samedi de novembre, Jean-François arriva à notre rendez-vous accompagné d'un homme d'une cinquantaine d'années, bedonnant, la peau grasse, prétendument dénommé Antoine, qu'il présenta comme un ami photographe. Sur le coup, je me demandai si, l'habitude s'installant, il ne s'était pas soudain mis en tête que notre relation était autre chose qu'une simple transaction commerciale. Il m'interrogea d'un ton paternaliste sur mes études. De temps en temps, il échangeait des regards entendus avec son ami. À la fin du repas, il suggéra :

« Tu nous offres un dernier verre chez toi ? »

Je le fixai, incrédule :

« *Nous* ?

— Ou une tisane, si tu préfères ! » fit Antoine, comme pour effacer toute ambiguïté. Ils se disputèrent ensuite pour savoir qui paierait l'addition. Leurs rires sonnaient faux et ils fuyaient mon regard. Nous remontâmes la rue et rejoignîmes l'appartement. Je mis de l'eau à chauffer pour le café et sortis trois tasses, mais Jean-François tira une bouteille de cognac de son cartable et la posa sur la table. Il fouilla dans le placard à couverts et dit, soudain préoccupé par le confort de sa locataire :

« Ma parole, tu n'as que des verres à eau ici ! Il faudra que je t'en apporte d'autres ! »

Je n'avais aucune envie de trinquer avec eux ; je trempai les lèvres dans le cognac et les laissai boire. Puis je me levai pour aller aux toilettes. Je traînai dans la salle de bains, cherchant une façon de les mettre à la porte. Quand je revins dans la cuisine, ils s'étaient resservis. Je sentais à leur respiration plus rapide et aux mouvements imperceptibles de leurs corps lourds qu'ils cherchaient à exprimer quelque chose sans arriver à le faire. Je m'appuyai contre le mur et réprimai un bâillement factice. Jean-François s'éclaircit la voix :

« Antoine et moi avons une proposition à te faire, Sabrina… Toi qui es une artiste, n'est-ce pas… On aimerait parler photo avec toi.

— Photo ?

— Je suis un chasseur d'images, dit Antoine, et dès que je t'ai vue, j'ai eu envie de te proposer une séance.

— Nous on fait comme d'habitude, et lui, on s'en occupe pas », ajouta Jean-François.

Antoine se contentait d'opiner. Des gouttes de sueur perlaient dans son cou, sous son double menton.

Jean-François se leva et posa la main sur mon épaule. Il gronda en me fixant dans les yeux :

« Tu fais comme s'il était pas là, c'est tout. »

Je me raidis et secouai la tête :

« Lui, il part, et vous, vous restez si vous voulez. »

Je sentis la main de Jean-François se crisper autour de ma clavicule. Il me faisait mal. J'essayai de me dégager mais il me saisit par le cou et, de l'autre main, tira sur l'encolure de ma chemise si bien que les boutons lâchèrent et qu'il dégagea ma poitrine.

« Tu discutes pas et tu fais ce qu'on te dit, petite pute ! »

Il prit mon sein gauche dans la main. J'entendis Antoine se lever de sa chaise. Jean-François me poussa vers la chambre. Mais à cet instant sa prise se relâcha et je réussis à me dégager. Je me précipitai vers la porte, attrapant mon sac à main qui traînait sur le tabouret de l'entrée. Je descendis les escaliers en courant. Ce n'est qu'une fois parvenue dans la rue que je m'aperçus qu'on était en novembre et que je portais pour tout vêtement une jupe et une chemise à moitié déchirée. Je cherchai fébrilement dans mon sac quelque chose pour m'arranger. Je finis par trouver une pince à cheveux que je fis passer dans l'une des boutonnières. Je mis mon sac en bandoulière pour que la bride aide à tenir les deux pans en place et m'éloignai à pas rapides. Je tremblais.

Je n'avais pas d'endroit où aller. Je me souvins qu'un étudiant de troisième année organisait une fête ce soir-là ; je décidai de la rejoindre. J'y arrivai dans un état de furie difficile à contenir. En entrant dans l'appartement bourré à craquer, je ne pensais plus ni au froid, ni à ma chemise déchirée, ni à mon aspect échevelé. J'allai directement vers la commode transformée en bar et me servis un verre de whisky. J'en pris une trop grande gorgée ; ma bouche et mon larynx brûlaient. Je n'avais pas l'habitude de boire. Voir des gens ivres me faisait penser à ma mère. Mais je n'avais pas non plus l'habitude d'être furieuse comme je l'étais. La furie était une autre forme d'ivresse ; une énergie débordante me remplissait. C'était peut-être l'énergie accumulée par toutes les femmes qui, un jour, avaient eu envie de se venger des prédateurs sexuels, des patrons qui les regardaient avec condescendance, des maris qui pensaient sincèrement que les chaussettes sales rejoignaient le lave-linge toutes seules en trottinant, pendant que tout le monde dormait dans la maison. Ma colère englobait aussi les étudiants qui examinaient en les commentant des photographies affichées sur le mur du fond. Le petit groupe de jeunes filles qui les écoutaient religieusement ne devaient pas entendre grand-chose de leurs élucubrations. La musique était trop forte. Pourquoi s'échinaient-elles à faire semblant, elles aussi ?

Soudain Fleur, une étudiante de quatrième année qui se trouvait toujours au centre des projets les plus excitants aux Beaux-Arts, fut à côté de moi et je sentis sa main se poser dans mon dos :

« Tout va bien, Sabrina ? »

Ma première réaction fut l'incrédulité : Fleur connaissait mon nom !

Je tournai le regard vers elle et la fixai, abrutie.

« Quelque chose ne va pas ? » insista-t-elle.

Sans attendre de réponse, elle me tira vers une porte au fond de la pièce. Elle me fit entrer dans une chambre minuscule et referma derrière nous. La musique y était moins tonitruante ; nous pouvions parler.

Un instant, ma colère se focalisa sur Fleur : pour qui se prenait-elle ? Mais sa sollicitude avait brisé l'armure de fureur qui me protégeait. Je réalisai que je ne pouvais plus retourner « chez moi ». J'étais à la rue, littéralement. En réalité, il n'y avait jamais eu de *chez moi* ; il n'y avait eu qu'un *chez lui*. J'éclatai en sanglots.

Au milieu de cette débandade, la silhouette bien charpentée de Fleur m'apparut soudain comme mon seul point d'appui solide, si bien que, contre toute attente, je me livrai à elle en chuchotant et en pleurant, me fustigeant au passage d'avoir été idiote.

« Tu n'es pas idiote, c'est ce vieux pervers qui a profité de toi. »

Elle se lança dans une diatribe contre les vendeurs de sommeil qui profitaient des sans-papiers pour les loger dans des placards insalubres et contre la prostitution étudiante, dont personne ne parlait. Elle voulait m'accompagner au commissariat pour que je porte plainte. Je refusai. Aucun policier ne me prendrait au sérieux ; peut-être même m'accuserait-on d'avoir fait quelque chose d'illégal en acceptant la transaction. J'avouai que j'avais peur de retourner à l'appartement.

« Ce soir, tu dors chez nous, dit Fleur, et pour la suite, on va trouver une solution. »

Elle sortit son téléphone.

« Je préviens Pierre : il lui reste vingt minutes pour ranger son boxon. »

Quand nous arrivâmes chez elle, je compris ce qu'elle avait voulu dire : l'appartement était un tout petit deux-pièces, et dans le salon, qui ressemblait plutôt à un couloir, le canapé était enseveli sous un amoncellement de vêtements froissés, de magazines et d'objets hétéroclites parmi lesquels je distinguai un vieux Minitel au beige caractéristique de la splendeur perdue des années quatre-vingt.

« C'est pas vrai ! » soupira Fleur.

Il était une heure du matin. Ni une ni deux, elle entra dans la chambre et alluma. Un jeune homme ébouriffé en émergea, vêtu d'un pantalon de jogging. Il alla dans la cuisine et j'entendis une cafetière commencer à couler. Nous nous y mîmes à trois pour déblayer le canapé, nous y installâmes et prîmes le café. Puis Fleur m'indiqua la salle de bains et me tendit un T-shirt :

« Tu peux prendre l'une des brosses à dents ; il y a plein d'orphelines dans le pot. »

Pierre bâilla et me souhaita une bonne nuit. Avant que Fleur ne disparaisse à son tour dans la chambre, je chuchotai :

« Ça ne le dérange pas que je débarque comme ça ?

— Il en a vu d'autres », répondit Fleur en haussant les épaules.

Pierre était éducateur spécialisé dans un centre pour jeunes délinquants. Je me demandai comment Fleur, si solaire, si spéciale, faisait pour s'intéresser à un garçon qui partait gagner sa croûte tous les matins dans une vulgaire école – à moins que ce ne fût une prison ? Par la suite, j'appris à l'envier parce qu'elle avait à ses côtés un homme qui la soutenait en toutes circonstances, un homme qui acceptait qu'elle disparaisse des semaines entières pour s'occuper d'un projet artistique, qu'elle consacre parfois ses jours et ses nuits à l'une de ses étranges sculptures en bois, qu'elle ne fasse ni les courses, ni la cuisine, ni le ménage quand un travail la préoccupait. Un homme qui l'admirait pour les rêves qu'elle portait en elle et qui était prêt à assurer les conditions de sa créativité. Quand j'en discutai avec Fleur des années plus tard, lui exposant combien selon moi elle avait de la chance, elle me livra sa théorie en ces termes :

« Les femmes sont toutes fascinées par des hommes soit plus riches, soit plus célèbres, soit plus puissants qu'elles. On dirait qu'elles ne peuvent pas désirer un mec s'il est simplement leur égal. Comme si ça le dévalorisait à leurs yeux. Pas étonnant qu'elles se retrouvent ensuite à faire la bonniche. »

Le lendemain, Fleur me demanda l'adresse de mon logement. Elle avait déjà tout arrangé : elle avait donné rendez-vous à une bande de copains dont l'un disposait d'une camionnette. Quand elle avait décidé quelque chose, il était inutile de protester.

En entrant dans l'appartement, je fus submergée par un mélange de honte et de dégoût. Pour la première fois, l'aspect vieillot et décati du mobilier me heurta. Je n'avais jamais invité personne ; la présence invisible du propriétaire avait tenu ma vie à distance. Sur la table de la cuisine traînaient trois verres à eau. La bouteille de cognac vide gisait sous la table. On avait fouillé dans mes tiroirs et étalé sur le lit mes culottes et mes soutiens-gorge. Je les rassemblai vite dans un coin. Les trois garçons comme Fleur étaient d'humeur joyeuse. Soudain je pris conscience qu'ils étaient de mon côté, qu'ils l'étaient de façon inconditionnelle. Pour la première fois depuis que j'étais aux Beaux-Arts, j'eus la sensation d'appartenir à un monde, à *leur* monde, au sein duquel s'exerçaient des liens de solidarité qu'on ne questionnait pas. Je me sentis puissante, campée dans mon bon droit, pénétrée de la sensation jubilatoire que l'ordre du monde n'exigeait pas que je me justifie à chaque instant. Les dieux n'allaient pas me foudroyer si j'osais affirmer mon existence.

Ce soir-là, je dormis chez Pierre et Fleur. Pierre percevait un *vrai* salaire, contrairement à la plupart des jeunes que je connaissais, qui touchaient une bourse, avaient un petit boulot ou bien recevaient une aide de leur famille. Cela lui permettait de faire de la *vraie* cuisine. Quand j'entrai, l'appartement sentait l'ail, le curry et les tomates. Des lentilles mijotaient dans une casserole. La seule chose que maman eût jamais cuisinée chez nous était le pain perdu, parce qu'elle ne supportait pas l'idée qu'on puisse jeter les quignons rassis des baguettes. J'eus la nostalgie de ce que je n'avais jamais connu : un foyer où on se donnait le temps de préparer les repas pour signifier le soin qu'on y prenait les uns des autres. Je fus interrompue par le rire de Fleur qui montait les escaliers.

Fleur poussa la porte et s'écroula sur le canapé, pliée en deux. J'avais le ventre noué. Pourtant, le rire de Fleur était si franc, si communicatif, qu'il réussit à se forer un passage à travers les épaisseurs d'angoisse qui me ceinturaient. C'était exactement ce dont j'avais besoin. D'une avalanche de rires. J'avais besoin de rire de dépit autant que de soulagement. Une digue céda et je me retrouvai à mon tour à me tenir les côtes, pliée en deux sur le canapé, secouée de hoquets et les yeux pleins de larmes. Il me suffisait de jeter un coup d'œil à Fleur pour que mon hilarité soit relancée. Cela dura suffisamment longtemps pour que ma crampe dans l'estomac ne soit plus due à l'angoisse mais à un trop-plein de rire. Finalement, Pierre, qui, lui non plus n'avait pas échappé à la contagion, réussit à articuler :

« Pourquoi… ? Pourquoi on… rit ? »

Les efforts qu'il avait déployés pour accoucher de ces trois mots comme s'il voulait se lancer dans un monument de rhétorique nous firent éclater à nouveau. Puis Fleur parvint à se calmer ; elle s'essuya les yeux, alla chercher un verre d'eau et retomba sur le canapé.

« Les garçons et moi, on a fait une petite performance… »

Elle sortit son téléphone et me montra la photo d'un amoncellement d'objets rouge vermillon. Je mis un peu de temps à reconnaître la collection de fossiles de Jean-François.

« Mais… vous avez ouvert la chambre fermée à clef ?

— Noooooon, penses-tu, on est passés à travers le mur ! »

Elle enchaîna :

« On s'est dit que ton proprio méritait de garder un petit souvenir de sa locataire… Un souvenir persistant si possible. On a utilisé de la glycéro. »

Tout ce que je trouvai à dire fut un pathétique :

« Et la serrure, elle est… ? »

Fleur m'observait. Tout à coup ce ne fut plus la même femme. Ses yeux perdirent leur éclat joueur et son regard devint plus grave. Elle dit d'une voix lente, posée :

« Sabrina… Il ne va rien faire. Réfléchis. À ce jeu-là, il a beaucoup plus à perdre que toi. »

Je hochai la tête. C'était apaisant de me reposer sur quelqu'un, de lui déléguer le monopole des opinions valides.

Fleur ajouta :

« On ne pouvait quand même pas laisser ce vieux pervers impuni. Tu te rends compte… collectionner des fossiles ?! C'est dégueulasse ! »

3

Je fus réveillée par le froid. Lc poêlito fabriqué à partir d'un bidon d'huile de moteur et d'un tuyau de récupération avait dû s'éteindre depuis longtemps. J'hésitais à m'extraire du sac de couchage sur lequel j'avais empilé une couette et une couverture rêche qu'un oiseau de passage avait dû voler dans un train-couchettes car elle portait en grandes lettres robustes le sigle SNCF. La compagnie ferroviaire était notre principal mécène, aussi généreuse qu'ignorante des services qu'elle nous rendait. Nous occupions une ancienne usine, divisée en ateliers au confort rudimentaire. Les douches et les toilettes communes se trouvaient au fond du couloir et, pour ne pas avoir d'engelures, la plupart des locataires apportaient dans leur atelier un convecteur électrique qui faisait exploser leur facture d'énergie. Derrière l'usine s'étendait une rivière de rails qui ne menaient plus nulle part. Certains d'entre nous les tordaient pour en faire des sculptures. Nous possédions aussi toute une collection de tables en tourets qui avaient servi à enrouler des fils électriques. Quant aux traverses de chemins de fer jadis imbibées d'un cocktail explosif de pesticides, elles nous servaient à fabriquer des bordures pour de petits potagers dont la terre devait être aussi chargée en polluants qu'un champ de colza industriel, et dans lesquels les laitues rachitiques que nous réussissions à obtenir en suivant scrupuleusement les préceptes de Maria Thun finissaient toutes dévorées par les limaces.

Le jour, il n'y avait pas un moment de répit dans les hangars. On passait de local en local pour prendre le café, emprunter une truelle ou une casserole, se plaindre, pleurer une déception amoureuse, discuter d'un projet de création. On entendait résonner les basses de la musique électronique, le bruit de la scie circulaire ou des burins, les disputes et les rires. Mais la nuit, tout devenait silencieux et vaste. Seuls les plus fauchés d'entre nous dormaient sur place. L'occupant du local voisin avait installé sa tente quechua dans un coin de la pièce. J'avais trouvé l'idée grotesque quelques jours plus tôt, mais l'hiver était arrivé sans prévenir pendant la nuit et je regrettais de ne pas avoir eu sa présence d'esprit. Il n'y avait pas de combustible pour alimenter le poêle. Saucissonnée dans mon sac de couchage, je frottais furieusement mes extrémités les unes contre les autres sans parvenir à les réchauffer. Je me mis à attendre l'aube en grelottant.

Je dormais dans l'atelier de Fleur. L'année précédente, elle y avait construit un radeau grâce auquel elle avait navigué une semaine sur la Loire, en campant la nuit sur les îlots de sable. J'avais vu les photographies de l'expédition. Le radeau revenu de son voyage gisait, désossé, dans un coin. Fleur comptait en réutiliser la matière première pour en faire un observatoire de la canopée urbaine à installer sur les toits, puis une table de banquet, puis autre chose encore jusqu'à ce qu'il n'en subsiste plus qu'un petit morceau de bois. Pour le moment, ces planches de sapin posées en tas me fixaient dans l'obscurité, gonflées des œuvres à venir qu'elles contenaient, et me narguant de toute la force de leur pouvoir calorifique qu'il m'était interdit de libérer.

Je venais de vaincre le froid et de me rendormir quand Fleur débarqua avec du café qu'elle fit passer grâce à un vieux collant. Elle mettait un point d'honneur à ne pas acheter de machine ni de filtres. Elle soupira :

« Toi au moins, tu as tout compris. »

J'étais devenue à ses yeux une ermite volontaire, une sorte d'égérie de la décroissance. Ne voulant pas la décevoir, je n'osai pas me plaindre du froid nocturne. Je bus le café, emmitouflée dans les couvertures, avec la sensation de ne pas avoir traversé une nuit d'insomnie mais de revenir d'une équipée dans l'Himalaya.

La vie dans le sillage de Fleur se révéla excitante et épuisante. Tous les mois, elle échafaudait de nouveaux plans censés nous garantir la fin définitive de tout souci financier ou une entrée fracassante dans le monde de l'art contemporain. Il s'agissait tantôt d'une entreprise de détourage de photos, tantôt de l'invention d'un procédé breveté permettant de reproduire sur un support en résine des mosaïques gallo-romaines. Puis ces projets périclitaient et nous continuions à célébrer notre traditionnel régime pâtes-riz des fins de mois. Fleur avait la capacité d'oublier instantanément le rêve auquel elle s'était consacrée corps et âme deux semaines plus tôt ; moi, je mettais du temps à digérer la déception, remuant les fantasmes qu'il avait fallu abandonner et broyant du noir. Mais la fois d'après, je me laissais happer de nouveau.

Je n'étais pas la seule à vivre dans le tourbillon de Fleur. Un nombre invraisemblable de filles et de garçons lui tournaient autour. Elle les aimantait au gré des projets qu'elle échafaudait. Sous son influence, des actions banales prenaient un air de fête et se transformaient en événements. Elle faisait d'un vulgaire garage une galerie d'art éphémère et donnait l'impression en accrochant trois photographies sur une corde à linge qu'une arrière-cour abandonnée était une zone poétique créée pour attirer l'attention sur la vanité des choses terrestres. On pouvait mesurer l'état d'excitation qui se condensait autour de l'entreprise en cours au nombre d'appels à réunions, de tracts, d'opérations de financement qui apparaissaient dans le hall de l'école. Puis tout cela s'évanouissait. Son cercle était mouvant, il vous embarquait puis vous relâchait. Fleur ne semblait pas s'apercevoir du ballet permanent qu'elle générait, ni des déceptions qui en découlaient. Elle devait penser que les autres fonctionnaient comme elle, au rythme d'engouements et de désillusions, d'amitiés fulgurantes suivies d'une totale indifférence.

J'aurais dû ne passer que quelques nuits dans son atelier, mais trois mois après mon arrivée, je m'y trouvais encore. À force de travailler à ses côtés, je me mis à penser comme elle. Moi qui avais toujours considéré que l'art émanait de la matière, je ne jurais plus que par l'art engagé. Je lus des montagnes d'essais de psychosociologie sur les inégalités entre hommes et femmes. Je fus particulièrement marquée par le test du pyjama jaune : on montrait à une cohorte de participants un bébé en pleurs vêtu de jaune. À l'un des groupes, on indiquait qu'il s'agissait d'un garçon. Le groupe interprétait les pleurs comme l'expression de la colère ou de la faim. L'autre groupe, qui pensait avoir affaire à une fille, affirmait que le bébé avait peur. Je me remémorai des scènes du quartier où j'avais grandi, les filles toujours sommées de faire attention, les garçons obligés de jouer les caïds. Il y avait aussi les expériences menées sur des bulletins scolaires anonymes aux notes médiocres : lorsqu'on les attribuait à un garçon, les instituteurs estimaient qu'il réussirait à condition de se discipliner, tandis que si le bulletin était attribué à une fille, on lui prédisait un échec. Je me fabriquai une presse avec de vieux caractères d'imprimerie dénichés dans une brocante et passai des semaines à créer de faux bulletins en série sur des feuilles bleues et des feuilles roses. Je commençai par les accrocher un peu partout dans l'atelier, puis je les rassemblai en une sculpture de deux mètres de haut. Tant que je travaillais dessus, j'étais galvanisée par l'idée que je cherchais à matérialiser, je m'y mettais tôt le matin, avant de partir pour l'école, et je courais m'y atteler de nouveau dès que les cours étaient terminés. La nuit, dans mon sac de couchage, je réfléchissais à de nouvelles solutions pour faire tenir les feuillets roses et bleus selon le mouvement que je voulais leur donner. Mais quand le travail fut terminé, mon enthousiasme tomba d'un coup. Mon œuvre était grotesque. On aurait dit qu'un enfant laissé sans surveillance s'était amusé à faire une sculpture de papier mâché géante. Je la poussai dans un coin de l'atelier et, une semaine plus tard, la démantelai. Je n'avais abouti qu'à une montagne de déchets. Je restai désœuvrée quelque temps, puis, après avoir discuté avec une étudiante de l'atelier de restauration, je me passionnai pour le jaune caractéristique des peintures d'Artemisia Gentileschi. J'accrochai au-dessus de mon lit une reproduction de *Judith décapitant Holopherne* et me remis à travailler d'arrache-pied. Je voulais arriver à reproduire ce jaune profond et lumineux qui caractérisait ses toiles. J'expérimentai sans relâche des mélanges de pigments jusqu'à obtenir une teinte chaude et satinée, sur laquelle je dessinai des fragments de *L'Origine du monde*.

La radio parlait des attaques à l'acide perpétrées contre des femmes ; un Canadien qui se définissait comme un *incel*, un célibataire involontaire, venait de foncer dans la foule avec sa camionnette dans le but de tuer des femmes pour les punir d'être des putains fascinées par les mâles alpha. Je collectais des catalogues dans les magasins de vêtements et de bijoux. Je grattais la photo à l'aide d'une lame, ne conservant du modèle que des morceaux de visage, de mains ou de corps et je remplissais le reste de l'espace de mixeurs, bigoudis, flacons de vernis à ongles, nettoyeurs à vapeur. Parfois, je peignais avec soin un bout d'Annonciation ou de Nativité, et faisais figurer à côté de mes femmes-objets une Vierge inquiète ou extatique.

Dans l'atelier d'à côté, Annie récupérait de vieux outils rouillés, fers de bêche, binettes, pioches, et elle peignait dessus *des mains qui n'avaient jamais travaillé*, issues de peintures anciennes, ornées de bagues et lascivement disposées dans des postures d'abandon. Mains de princes ou de comtesses n'ayant eu l'occasion de salir leurs longs doigts pâles qu'en les plongeant dans le gibier en sauce des banquets. Selon Annie, la seule question qui devait nous préoccuper était celle de la lutte des classes. Nous nous engueulions comme si notre vie en dépendait, mais au fond, rien de ce que je faisais ne me satisfaisait. Mes œuvres étaient des tentatives intellectuelles d'exprimer ma colère, mais la colère n'y transparaissait pas. Après une nouvelle phase de travail, je finissais dépitée.

Lors d'un épisode de découragement, je soupirai et m'assis par terre dans l'atelier, le dos collé au mur, les genoux repliés, et fixai le sol avec résignation. Fleur passait de l'impénétrable sur son radeau en bonne voie de devenir une piste de danse pour carnaval sylvestre. Fleur n'était jamais ébranlée par le doute, elle se contentait d'aller de l'avant et finissait toujours par réaliser quelque chose qui dépassait de loin nos pauvres travaux d'étudiants. Je soupirai à nouveau pour la provoquer : elle détestait les gens qui se laissaient aller. J'en avais assez de son enthousiasme permanent. Elle fit semblant de m'ignorer et continua à étaler l'huile dure sur les planches de bois, mais les mouvements de son pinceau étaient devenus plus secs. Au bout de dix minutes, elle éclata :

« Tu comptes dire quelque chose ou continuer à pourrir tout l'air respirable qui reste dans cette pièce ? »

Je haussai les épaules. J'étais vexée. Je levai brièvement les yeux puis laissai de nouveau mon regard se vider dc toute lueur d'intelligence. Le résultat ne se fit pas attendre :

« Si tu n'as pas envie de t'en sortir, va promener tes mauvaises ondes ailleurs ! »

J'attrapai mon manteau et cinglai :

« Tu as raison, je vais faire un tour ! »

La nuit était tombée. La banlieue était une juxtaposition de friches, de bâtiments industriels, de maisons à l'architecture sommaire flanquées d'un jardinet où des rosiers mal assortis tentaient de survivre à l'arrosage assuré par les chats. Des déchets de toutes sortes traînaient ici et là, des papiers d'emballage à la carcasse de voiture calcinée. De grandes cuves à eau perchées à une dizaine de mètres de hauteur ponctuaient les anciens terrains maraîchers. De jour, j'aimais contempler leur silhouette métallique qui hésitait entre la rudesse du fer rouillé et la poésie des choses devenues désuètes ; tout le monde utilisait désormais des pompes électriques. Je traversai la voie ferrée, passai devant le PMU avec son enseigne caractéristique rouge et vert. Le trottoir était constellé d'un nombre invraisemblable de mégots qui attendaient d'aller finir leur existence de substances biocides dans le ventre des silures, au fond de la Loire. J'enfonçai les poings dans mes poches et me demandai si un bus en direction du centre-ville allait avoir la bonne idée de passer. J'étais décidée à faire une apparition au QG, au Solarium ou dans un autre de ces bars où les étudiants de l'école se retrouvaient. À pied, j'en aurais pour une bonne trotte, sans compter que je devrais traverser la cité. Les tours qui perçaient le ciel nocturne au loin me rappelaient le quartier où j'avais grandi. Ce n'était pas une raison pour assouvir un besoin nostalgique de retour aux sources : il y avait sans arrêt du grabuge, qu'il s'agisse de règlements de comptes entre dealers ou de la combustion spontanée des poubelles au contact d'une jeunesse désœuvrée. J'entendis enfin le bus approcher dans un chuintement caractéristique.

Quand je descendis sur la place de l'Hôtel-de-Ville, je fus étourdie par le grondement de la foule installée aux terrasses des cafés. Je marchai vers le Solarium, mais avant d'y parvenir, je croisai Luc qui m'entraîna vers l'appartement d'un ancien élève de l'école. Je connaissais les lieux pour y avoir assisté au vernissage d'un artiste local qui produisait de petites toiles blanches couvertes de courbes noires parmi lesquelles s'égarait de temps en temps la silhouette d'un crocodile et d'un chien. Je me servis un verre de vin rouge acide, puis je rejoignis le salon. J'avais envie de m'étourdir en dansant. Il y avait une étrange famille à cette soirée : le père et la mère, peintres divorcés mais continuant de se fréquenter, accompagnés de leur fille adolescente. La mère était déjà ivre quand j'arrivai. Je lui donnais la cinquantaine ; ses traits étaient marqués par l'alcool, son visage maigre couperosé et ses yeux cernés. La soirée avançant, elle enleva son T-shirt et se mit à se déhancher, vêtue d'un soutien-gorge noir en nylon qui laissait voir la pointe de ses seins. Quand l'une des étudiantes rejoignait la piste, elle s'approchait, se collait à elle et essayait de lui glisser sa langue dans la bouche. La plupart se laissaient faire. Quand elle tenta de me peloter à mon tour, je me dérobai, fermant les yeux et tournant sur moi-même pour lui échapper.

À la fin de la soirée, alors que je sortais des toilettes, je surpris une altercation entre l'adolescente et ses parents : le père avait appelé un taxi avec l'intention de faire ramener son ex-femme et sa fille à leur domicile. C'est alors que l'adolescente, qui avait passé la soirée absorbée par l'écran de son téléphone, explosa :

« Tu rêves ! cria-t-elle, jamais tu me feras entrer dans un taxi avec cette loque ! Elle sait pas se tenir ! Elle est capable de rouler une pelle au chauffeur ! J'en ai marre de vos conneries ! »

Elle ne s'adressait pas directement à sa mère, mais toujours à son père. La mère se contentait de rester là, à attendre qu'on statue sur son sort. Voir cette gamine exprimer une colère que j'avais toujours refoulée me mettait dans un drôle d'état, un mélange d'excitation, de peur et de ressentiment : pourquoi n'avais-je jamais osé faire comme elle ? Maman était trop instable. Que se serait-il passé ? Notre fragile échafaudage domestique se serait-il effondré comme un château de cartes sous l'effet d'un courant d'air négligent ? J'avais pitié de la gamine et me sentais incapable de l'aider. Le petit écosystème que formaient ces trois-là avait le mérite d'exister, aussi dysfonctionnel fût-il. La fille vitupérait encore tandis que son père essayait de la convaincre : le taxi allait arriver d'un instant à l'autre.

« Mais pourquoi j'ai pas des parents normaux ?! » hurlat-elle, la voix chargée de haine comme quelqu'un qui a perdu la bataille et qui le sait : elle prendrait le taxi, elle rentrerait à la maison et y ramènerait cette chose qui sentait l'alcool et la sueur. Soudain, la mère se mit à pleurer. Elle continuait de s'appuyer contre la commode de l'entrée, les yeux fixés sur le mur d'en face. Je me sentis lasse. J'étais venue là pour que le bruit des conversations, le vin et la musique me détournent de l'insatisfaction que je ressentais vis-à-vis de mon travail qui n'avançait pas. Mais la seule chose dont j'avais besoin, c'était de me remettre à l'œuvre. J'empruntai le vélo de Bastien pour retourner à la Raffinerie. Je me pelotonnai dans ma couette et laissai les images de la soirée défiler en espérant que le sommeil ne tarderait pas.

Les deux jours qui suivirent, Fleur ne se présenta pas à l'atelier et je ne la croisai pas non plus à l'école. Je souffrais de nous savoir fâchées et je me demandais si elle en souffrait aussi. Elle s'en fichait, probablement. Je me retins de lui téléphoner. Nous ne le faisions jamais, étant donné que nous passions le plus clair de notre temps ensemble. L'appeler maintenant aurait été reconnaître que quelque chose n'allait pas. Le troisième jour, quand je revins de l'atelier de photographie argentique, je la trouvai penchée sur ses planches, en train d'utiliser la fraiseuse. Elle fit comme si tout était normal. Exactement ce que j'avais redouté. Je commençai à bricoler autour d'une installation sans queue ni tête dans laquelle un ancien mannequin de couturière déniché à la déchetterie était censé représenter l'éternel féminin. Mais mes pensées étaient ailleurs. Au bout d'un moment j'explosai :

« C'est qu'on dirait que toi, tu n'as jamais de doutes ! »

Elle se retourna et cria :

« Quoi ? »

Le bruit l'avait empêchée de m'entendre. Je répétai, plus lentement, autant à ma propre intention qu'à celle de Fleur :

« On dirait que toi, tu n'as jamais de doutes. On dirait que tu sais toujours ce que tu dois faire. Moi c'est tout le contraire… »

Elle posa la fraiseuse et tira vers elle un tabouret de cuisine bancal.

« Tout le monde a des doutes. »

J'étais sceptique.

« Qu'est-ce que tu crois ? Évidemment que j'en ai. Tous les artistes se posent des questions. Et ils se demandent tous s'ils vont arriver à réaliser l'idée géniale qu'ils ont dans le ventre ou s'ils vont juste accoucher d'une merde ! Tout le monde aime les papillons, mais personne n'a envie de s'occuper des chenilles.

— Ok. Tu doutes aussi. Mais tu trouves ça facile à vivre. Moi pas.

— C'est pas facile à vivre ! Mais c'est là, voilà tout. Alors, il faut faire avec. Sinon, on peut reprendre une activité normale, genre se former à la comptabilité. Ou se mettre à l'artisanat. Fabriquer des colliers de perles ou peindre des œufs en bois… Je te verrais bien dans les œufs en bois, tiens ! »

Elle se mit à rire et je l'imitai. Elle avait raison ; l'art n'était pas censé être reposant. Créer, c'était chercher sans répit quelque chose dont le nom nous échappait. C'était accepter que le quotidien ne soit jamais répétitif donc rassurant. C'était admettre que l'insatisfaction était l'aliment qui nous poussait à continuer. Soudain Fleur ajouta :

« Rends-moi service, rappelle-moi tout ça la prochaine fois que je serai bloquée.

— Je croyais que ça ne t'arrivait jamais !

— On croit toujours les autres invincibles. »

4

J'étais en quatrième année ; Fleur avait passé son diplôme puis enchaîné sur un master qu'elle avait abandonné sans donner d'explications. De temps en temps, elle prenait le large pour donner un coup de main à une association d'aide aux migrants, faire du woofing dans une ferme permacole en Sologne ou traverser la France en auto-stop. Sa grande œuvre du temps des Beaux-Arts, radeau, canopée urbaine, table de festin, plancher pliant pour spectacle de mime itinérant, était réduite à un tas de planches abandonnées. Quelque chose était en train de se gripper en elle. Elle était traversée par l'air du temps et portait en elle la grande lassitude qui allait, au fil des décennies, s'emparer de notre génération à mesure qu'elle prendrait conscience de l'abîme vers lequel courait le monde humain. Nous vivions encore dans l'insouciance. Nous prenions l'avion pour passer quelques jours dans une autre ville d'Europe et nous nous vantions d'avoir *fait* Berlin, Barcelone ou Cracovie ; nous buvions le café des distributeurs automatiques et jetions les gobelets dans la foulée, nous portions des vêtements produits à l'autre bout du monde et mangions pour quelques euros la chair de poulets élevés dans des cages insalubres. Mais l'insouciance n'est pas faite pour durer éternellement.

J'avais trouvé une chambre dans une colocation et on m'avait embauchée comme ouvreuse à l'opéra. Mon travail consistait à me tenir en tailleur noir à l'entrée de la salle, à distribuer les programmes et à conduire à leur place de vieilles dames bigleuses. J'appelais ça *faire le pot de fleurs*. En contrepartie, j'avais la possibilité d'entendre trois soirs de suite *La Bohème*, *Les Fées du Rhin* ou *La Flûte enchantée*. Surtout, ce travail me laissait toute latitude pour me consacrer dans la journée à la peinture ou à la photo.

Pendant ma troisième année d'école, j'avais multiplié les aventures sentimentales. Elles commençaient comme de véritables feux d'artifice pour se révéler au bout de quelques semaines plus catastrophiques les unes que les autres, du jeune vendeur de disques impuissant au vieil antiquaire qui avait explosé le jour où j'avais laissé mon soutien-gorge traîner sur la chaise à côté du lit en passant par une ribambelle d'artistes qui avaient davantage besoin d'une psychanalyste que d'une compagne. J'avais fini par conclure une sorte de contrat d'intérêt avec Vassil, un peintre originaire du Monténégro qui produisait des peintures à l'huile monumentales aux fonds sombres constellés de pâtés fuchsia, jaunes ou argentés. On discernait ici et là des messages contre la société de consommation, tracés en caractères microscopiques de telle sorte que, de loin, ils faisaient penser à des guirlandes de clématites sauvages ou à des rubans de dentelle blanche. L'essentiel des revenus de Vassil provenait de transactions conclues avec de grandes banques qui accrochaient ses tableaux dans leurs salles de réunion. Contrairement à la plupart d'entre nous, il parvenait à vivre de sa peinture et s'enorgueillissait de s'immiscer au cœur de la finance pour la torpiller. Je me demandais si ce n'étaient pas plutôt ses tableaux qui se laissaient réduire à de jolis objets ornementaux par le grand ogre capitaliste.

Vassil et moi couchions ensemble de temps en temps et allions voir des rétrospectives au cinéma. Il me fit découvrir Fellini, Bergman, Tarkovski, Mikhalkov, Zviaguintsev. Quand il avait vendu une toile, il débarquait chez moi avec une bouteille de grand cru dont le prix dépassait celui de notre budget de la semaine. Contrairement à moi qui essayais dès que je le pouvais d'économiser en prévision des coups durs, quand Vassil avait de l'argent, il dépensait sans compter ; quand il n'en avait plus, il s'endettait. Il s'était acheté une vieille XK8 bleu ciel qui était presque toujours en panne. Lorsqu'elle voulait bien rouler, nous partions en week-end sur un coup de tête, passions la nuit dans un hôtel de luxe ou dormions à la belle étoile selon l'état de nos finances. Vassil était un amant attentionné et nous aimions faire l'amour. Son seul défaut tenait à ses crises de misanthropie. Soudain, il coupait les ponts avec tout le monde, s'enfermait pour une semaine dans son atelier et ne répondait plus au téléphone. Puis il réapparaissait sur le pas de ma porte, un bouquet de chardons à la main et un sourire angélique sur les lèvres. Je m'en accommodais. Je me demandais parfois pourquoi notre relation n'arrivait pas à se déployer au-delà de l'amitié amoureuse. Au fond Vassil aurait pu faire un compagnon parfait, mais dès notre première rencontre, nous étions convenus de nous fréquenter tant que l'un de nous n'aurait pas trouvé le grand amour. C'était Fleur qui nous avait présentés. Elle et Vassil étaient comme chien et chat, incapables de se parler sans que cela se termine par des cris. Avec ses épais cheveux noirs bouclés, ses yeux noirs et sa carrure d'athlète, Vassil accumulait les conquêtes. Fleur m'avait d'emblée mise en garde contre lui, tout en lui signifiant que je ne faisais pas partie des midinettes sans cervelle qui lui tournaient autour. Je supposais que Vassil avait des maîtresses de passage et ne l'interrogeais pas là-dessus. Jamais lui et moi n'avions parlé d'engagement.

Mes grandes émotions, je continuais de les vivre dans la proximité de Fleur pendant les nuits où nous prolongions nos sessions de travail à l'atelier, les matins où nous refaisions le monde, les après-midi où elle mettait la musique à fond et où nous tournoyions à travers l'atelier en écoutant *Crucify*, tandis que sur scène Tori Amos, assise en torsion au piano, le regard incandescent et les cuisses nues sous une robe trop courte chantait son enfance de fille rebelle, son viol et sa relation iconoclaste avec Jésus.

Je devais réfléchir à mon travail de fin d'études. Quelques mois avant la date fixée pour la soutenance, je me trouvai incapable de produire quoi que ce soit. J'étais paralysée par le manque de temps. Plus l'échéance approchait, plus il me semblait impossible d'aboutir à une réalisation honnête. J'avais été fière de pérorer sur la place de la femme dans notre société à grand renfort de citations, mais je réalisai que je ne pouvais pas fonder une œuvre sur le travail des autres. Je devais comprendre ce que cela signifiait pour moi d'être une femme, et pour cela, pour cette seule chose qui importait vraiment, il devint manifeste que je manquais de temps. Je pris l'école en aversion. Pourtant, quand j'étais seule dans l'atelier, je tournais en rond, incapable de trouver l'amorce d'une idée. Mon cerveau brassait la vieille matière inerte et quand j'essayais de la convertir en dessin, peinture ou installation, j'étais envahie par l'ennui et le dégoût. Je finissais par sortir et marcher sans but le long de la Loire.

Jusque-là, j'avais vécu dans la fascination de la vitesse. Je bourrais mes journées du plus grand nombre d'événements possible. Me lever tôt pour prendre des photos à l'aube, courir attraper le bus pour les Beaux-Arts, racheter des tubes de peinture avant que le magasin ne ferme, passer en coup de vent à un vernissage, arriver pile à l'heure à l'opéra pour prendre mon poste, rejoindre une fête, m'écrouler de fatigue dans mon lit, en sachant que le lendemain je me lèverais tôt. Il y avait une jouissance à enchaîner les activités, mais soudain cette frénésie d'action m'apparaissait vaine. C'était le fait de prendre le temps qui constituait le véritable luxe, un luxe que je ne posséderais jamais : la plupart des anciens étudiants des Beaux-Arts accumulaient les petits boulots et n'avaient plus le loisir de s'occuper de leurs projets de création. La vie matérielle avait ses exigences, qui semblaient s'appesantir à mesure que les corps et les esprits prenaient de l'âge. Les pires exemples étaient ceux des couples encombrés de jeunes enfants, avec leurs cernes dignes de fêtards n'ayant pas dessaoulé depuis trois nuits. J'avais l'impression que le destin forgé dans l'enfance me guettait, tapi au coin de la rue, attendant un faux pas de ma part pour me rattraper.

Plus j'angoissais face au manque de temps, plus la pression s'accroissait sur mon diaphragme. Un matin d'avril, je me réveillai incapable de respirer. Ma cage thoracique me rentrait dans les poumons comme si quelqu'un m'avait tabassée pendant la nuit. Je me redressai sur un coude. Une décharge électrique m'arrêta net. L'air entrait et sortait en sifflant par mes narines. Je commençai à paniquer. Mes colocataires étaient absentes. De la main gauche, je tâtai la table de nuit pour attraper mon téléphone. Pourquoi n'était-il pas là où je le mettais toujours ? Je finis par me souvenir que je l'avais laissé dans mon sac la veille au soir. Je visualisai la chambre. Le sac devait être posé par terre à côté de la porte. Trois mètres à parcourir. Je me mis à pleurer. La distance était infranchissable. Chaque respiration me coûtait. C'est peut-être la dernière, me répétais-je en inspirant, les larmes aux yeux, et plus je m'affolais, plus la douleur s'intensifiait. Je me mis à haleter pour ne pas avoir à prendre de trop grandes bouffées d'air ; le manque d'oxygène me fit tourner la tête. Je m'immobilisai à nouveau. Mes cils, en battant, faisaient un bruit d'enfer sur l'oreiller. Le blanc des murs avait jauni et je n'arrivais pas à déterminer si la lumière filtrée par les rideaux indiquait le petit matin ou le milieu du jour. Je me revis au milieu des *Constellations* de Yayoi Kusama, exposées quatre ans plus tôt à Beaubourg : un labyrinthe de miroirs plongés dans l'obscurité où des points lumineux voguaient, suspendus de telle sorte qu'on finissait par ne plus savoir où se trouvaient le haut, le bas, les chemins qui s'ouvraient ou les murs qui les refermaient. À l'époque, cela m'avait amusée de perdre mes repères en m'aventurant dans le labyrinthe, mais désormais, alors que je le revisitais dans ma mémoire, je sombrais dans un dédale sans fond.

Brusquement mes pensées bifurquèrent vers maman. La dernière fois que je l'avais eue au téléphone, elle n'avait parlé que des migrants qui étaient de plus en plus nombreux dans les rues. Ils avaient occupé un appartement vide dans un immeuble du quartier et quelqu'un avait jeté un cocktail Molotov à travers la vitre pour les forcer à déguerpir. « Où ça va s'arrêter ? » chuchotait-elle d'une voix fébrile, et je me demandais si elle parlait des flux de réfugiés ou de la violence que suscitait leur passage. La veille, à l'atelier, Fleur m'avait lu un article consacré au cinquième rapport du GIEC sur le réchauffement climatique et soudain, dans mon immobilité forcée, coincée sous les barreaux de mes propres côtes, tout m'apparaissait inextricablement, désespérément lié. « Ça ne s'arrêtera pas, murmurai-je, ça ne fait que commencer. » Nous avancions dans le labyrinthe d'un monde suspendu au-dessus du gouffre. Nous avancions comme si le seul danger qui nous guettait était de nous cogner contre les murs, et nous nous acharnions à fermer les yeux sur le fait que tout l'édifice menaçait de basculer dans le vide. Un rire nerveux me parcourut, mais la douleur me rappela à l'ordre. Je me remis à pleurer. Puis j'eus un sursaut de courage. Je roulai sur le côté jusqu'à me laisser tomber du lit. Quand mon corps heurta le sol, j'eus la respiration coupée ; je poussai un cri. Il me fallut quelques instants pour récupérer, puis je rampai sur le dos jusqu'à la porte. Le téléphone se trouvait bien dans le sac. Réussir à le serrer dans ma main m'emplit d'un sentiment de triomphe.

La décision la plus logique aurait été d'appeler les urgences, mais j'appuyai sans réfléchir sur le contact de Fleur. J'entendis la sonnerie retentir trois fois puis une voix articula :

« Sabrina ? »

Je réussis seulement à toussoter puis à produire un râle étrange.

« Sabrina, tu es chez toi ? »

Je me mis à renifler. Elle cria :

« Ne bouge pas, j'arrive ! »

Aussitôt, la situation cessa de me sembler tragique pour devenir cocasse. Ne bouge pas ! me répétai-je. J'étais toujours bloquée, mais la certitude que bientôt quelqu'un allait m'aider avait atténué l'angoisse et avec elle la douleur. Je me réjouissais de savoir que Fleur n'aurait aucun mal à entrer dans l'appartement : nous ne fermions jamais la porte à clef. Le portail de l'immeuble, lui, avait perdu son digicode au cours d'une nuit. Il avait été soigneusement démonté, ne laissant sur place qu'une plaque grise et quelques fils électriques à nu. Aujourd'hui en tout cas, cela ne pouvait mieux tomber.

Quand Fleur entra en hurlant « Sabrina, tu es où ? », je trouvai la force de lui répondre d'une voix rauque :

« C'est pas Sabrina, c'est Gregor Samsa. »

Fleur se précipita dans ma chambre et s'écroula sur le lit en soupirant :

« T'es vraiment trop conne ! Je croyais que t'avais fait une tentative de suicide !

— Seulement ma cage thoracique. Le reste a encore envie de vivre. »

Je me rendis compte que c'était vrai : j'avais été tellement focalisée sur ce que je ne parvenais pas à accomplir, sur les choix que je n'avais pas envie de faire, sur la vie dans laquelle je n'avais pas envie de m'engager que j'avais oublié l'élan qui demeurait en moi.

Fleur me fixait avec un regard chargé de reproches :

« J'ai ma colle qui est en train de sécher à l'atelier. Tout va être à reprendre. »

J'essayai de l'amadouer :

« J'ai super mal. Je suis bloquée.

— Tu aurais pu attendre que tes colocs reviennent ! »

Malgré sa colle qui séchait à la Raffinerie, elle appela Vassil. À eux deux, ils réussirent à me désencastrer de l'appartement pour me conduire chez un ostéopathe qui ressemblait davantage à un gourou qu'à un médecin. Son cabinet était rempli de gris-gris qui voisinaient avec des boules en cristal de Murano, et la salle d'attente était pleine de vieilles dames qui levaient un regard extatique chaque fois qu'il apparaissait dans l'encadrement de la porte. Étrangement, une fois devant lui en petite culotte et soutien-gorge, je fus capable de me mettre debout, d'accomplir les mouvements qu'il me demandait de faire, y compris me tenir sur une jambe en levant le genou. D'après ses observations, la structure musculo-squelettique n'avait rien ; je m'étais fabriqué un blocage. « Reposez-vous et faites le point ! » fut sa seule recommandation avant de me demander un chèque d'un montant exorbitant dont ma mutuelle étudiante ne prendrait pas en charge le premier centime. Je m'empressai de ne pas tenir compte de son conseil. Après tout, j'avais un examen à préparer.

À la fin de l'année, je présentai une série de photos en noir et blanc montrant une femme au torse et au visage striés de barreaux métalliques. Au milieu de l'installation trônait un aquarium rempli d'un liquide rouge visqueux, et des gants de caoutchouc étaient laissés à la disposition des visiteurs pour qu'ils plongent les mains dans la préparation. Celle-ci était censée évoquer le sang menstruel. En réalité, il s'agissait de confiture de cerises.

Ma mère fit pour la première fois le trajet depuis Calais. Il y avait quelque chose d'irréel à la voir, habillée d'un legging rose et d'un sac à main à chaîne dorée, commenter avec son terrible accent du Nord les grands monochromes de Bastien. À propos de mon travail, elle glissa à Fleur qu'elle le trouvait morbide. En passant devant *Les mains qui n'avaient jamais travaillé*, elle fut récupérée par Annie. J'aurais dû y penser ; ma mère était la concrétisation de cette notion fuyante après laquelle Annie ne cessait de courir et qui justifiait tout son travail : le prolétariat. Son apparition au milieu des fers de bêche et des têtes de râteau représentait une aubaine inespérée. Annie prit maman par le bras et se mit à la conduire d'œuvre en œuvre. À en croire les bribes de conversation que j'entendais, elle lui expliquait que le temps était venu pour les classes opprimées et les créateurs de s'allier pour renverser l'ordre social. Maman hochait la tête comme si elle se passionnait pour la lutte des classes, elle qui n'aimait rien davantage que de lire *Paris Match* et fantasmer sur les yachts de stars.

Avant de la quitter, Annie prit les mains de ma mère en photo. Ce n'est qu'à cette occasion que je m'aperçus à quel point elles étaient ridées. Ma mère avait vieilli d'un coup, sans prévenir, pendant mon absence, et je fus submergée par une vague de tendresse pour ce corps devenu fragile, enfin en accord avec son esprit vulnérable. Je m'approchai pour la serrer dans mes bras, mais échauffée par le verre de vin qu'elle venait d'avaler, elle posa sur moi un regard lourd de reproches et me susurra : « Ils en ont de la chance, les parents de ton amie ; elle au moins, elle doit bien s'occuper de sa mère… Pas comme celles qui en ont honte. » Sa réaction m'arrêta net. Pourquoi passions-nous toujours l'une à côté de l'autre ? Je pensai avec aigreur aux heures de conversations téléphoniques qui n'avaient pour objectif que d'assurer à maman la possibilité de parler à quelqu'un pendant l'une de ses journées solitaires. Cependant, il y avait un fond de vérité dans ce qu'elle venait de dire : j'avais honte de mes origines. Je traînais mon enfance comme un vieil imperméable râpé et au moment où j'allais enfin pouvoir m'en débarrasser, voilà que de tous côtés les signaux d'alarme se multipliaient. Nous allions devoir tenir compte des limitations que nous imposerait bientôt une terre que nous étions en train de rendre inhospitalière aux humains et à la vie en général. Ceux qui essaieraient de s'inventer un futur dans ces conditions devraient admettre que l'avenir n'était plus une vaste étendue ouverte, mais un horizon qui se rapprochait dangereusement.

5

Fleur posa *Printemps silencieux* et regarda au loin. Nous étions devenues des lectrices boulimiques de la catastrophe, hypnotisées par la course à l'abîme. Les populations d'oiseaux s'effondraient, les sols perdaient leur fertilité, nos champs étaient devenus des substrats de culture incapables de générer la vie. Nous transportions une chose aussi banale que l'eau dans du plastique, un matériau que le fonctionnement biochimique de la terre n'était pas capable d'éliminer, nos semelles de vacanciers emportaient à l'autre bout du monde des bactéries qui exterminaient les animaux indigènes, et nous avions fait monter le PH des océans jusqu'à ce que les organismes de phytoplancton ne soient plus en mesure de fabriquer l'enveloppe calcaire nécessaire à leur survie. Ils paraissaient trop minuscules pour qu'on s'en soucie, si ce n'est qu'ils constituent le premier maillon de la chaîne alimentaire. Nous vivions comme des enfants qui se racontent l'histoire d'un monde magique soustrait aux contraintes des lois naturelles et nous continuions de traiter de fous ceux qui refusaient de croire en un univers aux ressources illimitées.

Le moindre de mes gestes était impur. Préparer un café, allumer le chauffage, ouvrir un robinet, manger, me déplacer, envoyer un mail. Pouvait-on encore respirer sans participer à la ruine générale ? J'étais coupable envers le vivant. La peur grossissait en moi, insidieuse, tenace. Elle prenait le prétexte d'un bulletin météo, d'une émission de radio, de la baisse des eaux de la Loire. L'Histoire était tapie à notre porte, elle était là sous la forme terrifiante de la fin du monde humain et nos cerveaux étaient incapables de se la figurer. Elle s'était approchée comme le font les révolutions, un grondement sourd qu'on pouvait se permettre d'ignorer jusqu'à ce que l'orage éclate et qu'il n'y ait plus nulle part où s'abriter. Je me mis à souhaiter que la civilisation du pétrole s'effondre aussi vite que possible, avant que nous ayons le temps d'atteindre le stade de l'irréparable. Mais il était de plus en plus évident que sans une secousse brutale, nous serions incapables de nous extraire de la routine confortable dans laquelle nous étions enfermés. Je venais de lire Tchekhov. Je reconnaissais notre époque dans son portrait d'une aristocratie atteinte de phtisie morale, mourant d'ennui à petit feu, incapable de parler sans crier, de sourire sans éclater d'un rire désespéré, dolente et nerveuse dans ses salons baignés de couleurs pâles. Pourtant, elle s'accrochait à sa splendeur perdue, tandis que la marée de l'Histoire s'apprêtait à la balayer. Partout, depuis toujours, le monde ancien luttait pour sa survie ; on réclamait la baisse des taxes sur le pétrole, on créait des cellules policières pour inculper ceux qui dénonçaient l'agriculture industrielle, on ouvrait de nouvelles mines de charbon, on envisageait d'extraire le pétrole en Arctique une fois que les glaces auraient fondu.

J'observais ceux qui m'entouraient. Leur indifférence face à l'effondrement était-elle feinte ou réelle ? Dès que je m'adressais à quelqu'un, je dérivais vers l'acidification des océans, la sixième extinction et le réchauffement climatique. Il m'arrivait aussi de croiser des personnes qui allaient dans mon sens ; elles ressentaient la même angoisse que moi, puis elles parlaient de leur dernier voyage en avion et j'étais submergée par la colère. Tout le monde se plaignait de la disparition des abeilles, mais continuait d'acheter de l'huile de colza abreuvé au Roundup. Je finis par tomber dans la catégorie des *persona non grata* auprès de mes amis. Mes ruminations avaient fait le vide autour de moi. Vide d'autant plus grand que Vassil s'était évaporé.

Depuis quelques mois, il était bizarre. Lui qui se moquait des Occidentales désœuvrées qui se passionnaient pour le yoga s'était mis à pratiquer le tai-chi-chuan sous la direction d'un professeur qui parlait d'évolution spirituelle. Plus les semaines passaient, plus ses propos devenaient nébuleux. Un soir, j'eus envie d'aller le retrouver. J'achetai une bonne bouteille de vin, enfilai une robe, choisis de jolis sous-vêtements. En arrivant, je trouvai son atelier vide. L'entrepreneur qui lui louait le hangar me dit que Vassil avait mis fin à son bail. Il lui avait indiqué qu'il comptait faire un grand voyage et avait besoin de liquidités. Il avait vendu ses toiles « en gros » à un acheteur qui était venu les récupérer en camion. Je fus blessée par le fait qu'il ne m'ait pas avertie. Au bout d'une semaine, je réalisai qu'il me manquait plus que je ne l'aurais imaginé. J'étais sonnée. Le départ de Vassil m'avait dérobé l'un des rares pivots autour desquels tournait encore mon quotidien.

Un soir de juin inhabituellement chaud, Fleur et moi nous retrouvâmes à l'atelier. En cette fin de journée, le hangar avec son toit de tôle ressemblait à une serre. Même les tuyaux d'eau dans les toilettes avaient chauffé et quand nous voulûmes nous rafraîchir, les robinets nous livrèrent un liquide tiède au goût ferreux. Ma peau était recouverte d'une pellicule poisseuse, j'avais les oreilles qui bourdonnaient et les jambes lourdes. Nous nous écroulâmes sur le canapé déglingué. Je soupirai :

« J'ai vingt-cinq ans et je me sens comme une petite vieille…

— Mais tu *es* une petite vieille ! On a été transformés en une génération de petits vieux ! Tu sais pourquoi ? Parce que ce qu'ils ont de particulier, les vieux, c'est qu'ils ont peur de perdre les privilèges durement acquis pendant leur existence besogneuse. »

Je haussai les épaules :

« Quels privilèges ? Je n'ai rien de toute façon.

— Le privilège de boire une eau qui ne te fout pas la chiasse, le privilège de manger, le privilège de respirer, le privilège des antibiotiques qu'on te vend à la pharmacie quand tu t'es chopé une pneumonie. Le moindre de tes petits conforts requiert une logistique internationale et plusieurs barils de pétrole.

— Ce n'est pas à ça que je pensais.

— D'une manière ou d'une autre tu penses à la fin. Et quand un humain pense à la fin, il pense à sa mort. Peut-être que s'il y a une espèce assez évoluée qui apparaît après nous, elle pensera à sa propre fin en se réjouissant à l'idée que d'autres espèces resteront après elle. Ou plutôt, elle s'arrangera pour que sa propre fin n'entraîne pas tout le monde avec elle.

— Peut-être que c'est ça. Peut-être que le monde entier est en train de mourir de chagrin à l'idée de sa propre fin.

— Le monde entier s'en fout ! En tout cas, ceux qui risquent de sauter sur une mine en sortant de chez eux. Il n'y a que nous, avec notre univers capitonné, qui avons la prérogative de nous occuper de la fin des temps.

— Qu'est-ce que tu veux dire ? Qu'on ferait bien de ne se préoccuper de rien et de profiter de ce qu'on a ?

— Il y en a qui le font, dit Fleur en haussant les épaules. Il y en a qui trafiquent leur pot d'échappement pour polluer plus, histoire de prouver que le réchauffement climatique n'existe pas.

— Et il y a ceux qui s'achètent des îles désertes pour s'y réfugier le jour où le reste des terres émergées sera transformé en un champ de bataille pour les derniers rogatons disponibles.

— Voilà ! explosa Fleur. Voilà ce qui est insupportable avec toi. Il faut toujours que tu ailles dans le sens du désespoir. Tu te gargarises de ton désespoir comme les poètes romantiques se gargarisaient d'aimer des femmes tuberculeuses. À croire qu'à l'époque le monde était réduit à un sanatorium géant ! La terre ne va pas aller mieux parce que tu pleures des larmes de crocodile dans ta salle de bains.

— Laisse les crocodiles en dehors de ça ! Ils font déjà partie des dégâts collatéraux », sifflai-je, la mâchoire serrée.

J'étais furieuse et gardai le silence. Je n'avais plus envie de discuter avec elle. Fleur se massait les tempes. Elle murmura :

« Si on sort, ce sera pire. Il fait au moins trente-cinq degrés. Et il n'y a pas un arbre pour s'abriter. »

Son visage brillait sous les gouttes de sueur. Elle était laide, cramoisie, et la peau constellée de boutons de chaleur. Mais au lieu de me rebuter, ce spectacle me toucha. Ses poussées de colère n'apparaissaient que quand elle était désemparée.

Elle ajouta d'un ton monocorde :

« À chaque fois que je viens ici, je me demande si on ne devrait pas laisser tomber tout ça. Laisser tomber pour faire quelque chose d'utile. Quelque chose qui déplace le curseur du bon côté, même si ce n'est que d'un microsillon. C'est mieux que de rester là à essayer de comprendre ce que ça fait une Terre avec quatre-vingts pour cent d'insectes en moins, non ?

— Je me souviens, quand j'étais gamine et que je regardais les sculptures, n'importe quelle sculpture d'un maître, j'avais l'impression que l'art allait sauver le monde. Maintenant, je me sens juste ridicule…

— Tu sais, poursuivit Fleur, quelquefois je me demande comment ils ont fait, ceux qui ont continué de peindre alors que tout était en train de s'effondrer. Je veux dire en temps de guerre, de peste ou de famine. Ou quand ils attendaient l'avènement de l'an mil. »

Qu'est-ce qu'un art des temps de crise ? Qu'est-ce qu'un art qui n'aura bientôt personne à qui s'adresser ? Voilà une question que nous aurions dû nous poser avec nos enseignants. Peut-être nous aurait-elle aidées. Je laissai mes pensées divaguer et des souvenirs d'images apparaître dans mon esprit.

L'Enfer de Bosch : un paysage rougeoyant, fermé, d'où émergeaient des gibets et des roues, des diables, de grotesques têtes-à-pieds. Un paysage de ruines, de bêtes immondes tenant des hommes nus au bout de longues perches et les suspendant au-dessus de la fournaise. L'humanité placée face aux conséquences de ses péchés. Sommée de les assumer dans sa chair. Comment lirions-nous cette scène si elle était peinte aujourd'hui ? L'humanité accrochée au-dessus du feu qu'elle a attisé ? L'humanité dans un monde à cinq degrés de plus ?

La *Vierge de miséricorde* de Bonfigli. À l'époque, c'était la peste qu'il fallait conjurer. Pérouse était figurée sous la forme d'une ville close. Au premier plan, la mort fauchait les pestiférés, les écrasant comme des mouches, et au-dessus d'elle, les fidèles priaient pour le salut de leur cité, sous la haute protection de la Vierge et des martyrs. Un tableau propitiatoire ; un tableau devant intercéder pour les hommes auprès des puissances d'en haut. Si on leur faisait l'offrande de la beauté, elles accepteraient peut-être d'entendre leurs souffrances ?

La veille, j'avais vu une reproduction de la *Marvelous Sugar Baby* de Kara Walker, la femme-sphinx sculptée dans trois cent trente blocs de polystyrène et entourée d'angelots noirs dont le caramel fondait au fil des jours, laissant autour d'eux de longues traces sanguinolentes, symboles des vies sacrifiées au commerce de la canne à sucre. Aujourd'hui, même ces œuvres dont la vocation était de dénoncer une calamité passée produisaient une calamité présente en projetant dans le monde des mètres cubes de matières impossibles à recycler. L'art était devenu une merveilleuse machine à déchets. Je pensai à Burning Man, ce festival d'art contemporain dans le désert américain où les entreprises de la Silicon Valley envoyaient leurs cadres. Une fois le festival fini, ils retrouvaient leurs appartements climatisés tandis qu'à l'autre bout du globe des pauvres dénués de tout sens esthétique cherchaient désespérément un peu de fraîcheur en se plongeant dans le Gange infesté de plastique, de pesticides, de résidus industriels et de corps morts.

« Tu as raison, on ne peut pas juste être la chambre d'enregistrement de la débâcle en cours, dis-je. On a besoin d'autre chose pour vivre. Mais de quoi ? »

Je ressortis de cette conversation plus déprimée que

jamais. Mon petit boulot d'ouvreuse me permettait de payer ma part de loyer ; je ne m'étais toujours pas mise en quête d'une activité plus substantielle. Je me levais tard. J'allais à la Raffinerie, me préparais du café que je laissais refroidir sans le boire, rangeais de vieux dossiers, gribouillais sur un morceau de carton. L'heure d'aller à l'opéra arrivait ; je n'avais rien fait. De temps en temps, j'essayais de me mettre à une nouvelle pièce, mais une fatigue s'était emparée de moi que rien ne parvenait à soulager. Je me disais qu'elle était due à mes horaires décalés à l'opéra, mais je savais que ce n'était pas vrai ; une fatigue de cette nature ne provient pas d'un surcroît d'activité, mais du fait que nos actes ne sont pas en accord avec nos aspirations.

6

Un soir de juillet, j'allai marcher sur les quais de la Loire pour tenter de capter un peu de fraîcheur. L'air de la mer me manquait, avec son vent salin et agressif. Peut-être aurais-je dû aller voir maman, profitant du fait que la saison à l'opéra s'était achevée ? Je m'en voulais de ne pas lui rendre visite plus souvent. Mais la perspective de le faire m'épuisait encore plus que tout le reste. Malgré le mouvement toujours renouvelé des flux migratoires qui la traversaient, la ville semblait figée dans un passé indépassable. Les magasins du centre fermaient les uns après les autres et la vie se retirait à la périphérie, dans les centres commerciaux qui survivaient grâce aux quantités astronomiques de bières achetées par les touristes anglais qui débarquaient de l'Eurostar.

La Loire était d'une noirceur attirante et inquiétante, une langue obscure qui serpentait en coupant la ville en deux, et dans laquelle les lueurs des fenêtres se noyaient en un confetti de jaunes et d'orangés. Ici non plus, pas un souffle d'air. La surface des eaux était immobile et plate. Soudain, un grand poisson fit un saut et replongea. Au loin, la silhouette éclairée du pont volant dessinait un fragile édifice de lumière bleue dans le ciel. Sur la rive traînaient des groupes, buvant, discutant, s'interpellant, faisant rouler les bouteilles de bière vides à leurs pieds. Une fanfare aux trompettes nasillardes répandait une ambiance gaillarde. Je n'étais pas d'humeur à partager mon espace vital ; les autres prenaient trop de place avec leur allégresse, leur ivresse grossière et envahissante, leurs effusions et leurs bagarres soudaines. J'avais envie de calme, mais il faisait trop chaud pour m'enfermer dans ma chambre. L'hiver ne reviendrait-il donc jamais ? J'aurais voulu qu'il chasse les passants des rues. Je bifurquai vers la cathédrale, longeai le jardin des Beaux-Arts et tournai à gauche. Ma trajectoire me faisait passer devant un cinéma. C'était exactement le lieu qu'il me fallait : une salle obscure refroidie par l'air conditionné.

La dernière séance venait de commencer. Je pris un billet pour *Rivers and Tides*, un documentaire consacré au travail d'Andy Goldsworthy. À l'instant où je m'écroulai dans un fauteuil, je regrettai de ne pas être allée au complexe CGR voir un film de super-héros ; au moins, pendant quatre-vingt-dix minutes, j'aurais pu croire que quelqu'un allait sauver le monde. D'ailleurs les autres avaient été plus avisés : j'étais seule dans la salle.

Goldsworthy avait une tête de paysan écossais. Il portait un pull tricoté par sa femme avec la laine des moutons du champ d'à côté et un affreux bonnet qui lui cachait le front jusqu'aux sourcils. Il était occupé à coller les uns aux autres de petits tubes de stalactites qu'il faisait tenir en les frottant avec sa salive. Il devait faire très froid car les bouts de glace s'associaient aussitôt pour former une tour qui allait s'amincissant à mesure qu'elle se dressait. Le tout avait une allure grotesque. Exactement ce que j'avais craint. La séquence était d'une lenteur désespérante, seulement rythmée par les gestes de Goldsworthy à la recherche du prochain morceau de glace. Il était totalement absorbé par ce qu'il faisait. N'avait-il jamais ce mouvement de recul grâce auquel nous regardons à distance ce que nous sommes en train de fabriquer et sommes frappés par l'inanité de notre entreprise ? La tour continuait de grandir, droite, translucide, naïve. Alors que le sculpteur venait de poser le dernier fragment, fin comme un petit doigt, le premier rayon du soleil levant vint en frapper l'extrémité et se diffracta en une fleur lumineuse. Tout fut transfiguré : le paysage de bord de mer, les galets, l'aube ramassée en une inflorescence de glace. Le vent et la glace, le temps et la lumière avaient été accordés pour aboutir à ce moment. Puis la lumière rouge coula le long de la colonne de glace qui se mit à fondre. La magie était terminée.

Je ne m'étais pas préparée à ça. J'étais redevenue la petite fille devant la *Porte de l'Enfer*. J'étais foudroyée par l'assentiment à la destruction, prévue avant même que le premier morceau de glace fût posé, par la disproportion entre la lenteur de la création et la vitesse de sa disparition. Il fallait une confiance immense pour accepter de poursuivre, accepter que dix fois, cent fois, la tour s'écroule, que sa pointe se trouve trop haut ou trop bas au moment où le soleil apparaîtrait. C'était ni plus ni moins la confiance nécessaire à l'éclosion de la vie, qui avait toutes les chances d'être annihilée au milieu des galaxies froides et indifférentes, et qui pourtant surgissait ; la confiance nécessaire au début d'une œuvre ; la confiance que quelque chose va s'accomplir, malgré l'effondrement qui devra bien venir, malgré les échecs, malgré la brièveté de la beauté.

Après la stalactite, on vit Goldsworthy élaborer d'énormes nids en bois flotté que la marée emportait, puis ce fut une grande toile d'araignée en épines de pin que le vent ne cessait de détruire, et qui, après de multiples essais avortés, laissa voir en son centre un vide souligné par un cercle aux contours parfaits. Des spirales de pierres. Des cairns. Des tiges de fougère brûlées patiemment positionnées l'une à côté de l'autre pour former un cercle au pied d'un chêne. Une alcôve aménagée à la lumière au milieu de la roche noire volcanique. Chaque fois, le temps jouait contre le sculpteur et pourtant aucun de ses gestes n'était précipité. Quel vide intérieur avait-il réussi à établir pour atteindre cette sérénité face à la probabilité de l'inachèvement ? Ce n'étaient pas le bois, la pierre ou la glace qui formaient les fondations de son œuvre mais une longue stratification intérieure. Je pensai à Vassil. Dans quel cheminement était-il engagé ? Et si c'était lui qui avait raison ? Et si la seule chose à faire était de rompre avec nos habitudes, avec la vie que nous connaissions, pour n'être plus personne, se recommencer ? J'étais incapable d'un geste aussi définitif.

Quelques semaines plus tard, les rues, les ronds-points et les entrées d'autoroute se mirent à grouiller sous l'effet de la colère. Cela ressemblait tantôt à une insurrection, tantôt à une fête, tantôt au déversement d'un ressentiment longtemps contenu. À quelques rues de chez moi, je me retrouvai au milieu d'une manifestation d'étudiants. Le vertige de la joie collective commençait à me gagner. Soudain, tout près de moi, un lycéen se baissa. Il essayait d'attraper une grenade lacrymogène. Peut-être voulait-il la jeter au loin ? Elle explosa dans sa main, lui arrachant les doigts. Le jeune qui l'accompagnait saisit son téléphone pour filmer la main ensanglantée. Le garçon blessé fixait l'amas sanglant au bout de son propre corps avec un regard incrédule, puis seulement il poussa un hurlement. Au même moment, la foule se mit à courir. Deux hommes à côté de moi saisirent le jeune blessé sous les bras pour l'entraîner à l'écart. Je courais avec les autres ; au bout de l'avenue, au-delà de la foule, des casques noirs apparurent ; je sentis la foule bifurquer vers la droite et me laissai mener par le mouvement. Mes yeux brûlaient. Je continuai de courir tandis que la foule devenait moins dense puis se raréfiait. Je m'arrêtai quand je n'eus plus la force de continuer. J'étais revenue à la grande artère commerciale où le shopping du samedi se poursuivait comme chaque semaine. Je m'arrêtai et appuyai les paumes sur mes genoux. J'avais le souffle court. Dans le reflet d'une vitrine, je vis une femme hirsute aux yeux rouges et ne me reconnus pas. Quelques hommes reprenaient leur souffle eux aussi. L'un d'eux prit de l'eau dans une bouteille et m'en aspergea les paupières.

Après coup, je ne cessai de repenser au garçon qui avait eu le réflexe d'immortaliser l'instant tragique où son camarade avait perdu ses doigts, mais pas celui de chercher des secours ni de réconforter son ami. Peut-être se serait-il évanoui si cet amas de chairs sanguinolentes n'avait pas été réduit à la fiction par la vidéo, pas plus réelle que celles qu'il voyait au cinéma ? Au milieu du déluge des images, je revoyais les gestes lents d'Andy Goldsworthy et ils me tirèrent de ma torpeur. Cela faisait longtemps que je n'avais pas connu ce chatouillement au fond du ventre, cet élan subtil, cet état dans lequel on avait soif d'essentiel. On pouvait difficilement le provoquer, mais quand il était là, il devenait impossible d'en faire abstraction. J'avais envie de renverser le cours des images, de défaire tout ce que j'avais fait jusque-là.

Je me lançai dans des recherches sur les débuts de la

photographie et tombai sur des reproductions désuètes de familles réunies, d'hommes et de femmes qui s'étaient mis sur leur trente et un pour pérenniser un moment, de joie ou d'adieu, laisser une trace d'eux-mêmes aux petits-enfants qui ne les connaîtraient pas. Les contours étaient imprécis, les couleurs approximatives. On savait d'emblée en les regardant que ces êtres étaient voués à mourir, que les avenirs grandioses échafaudés dans l'obscurité de leur crâne se heurteraient à l'intransigeance du temps.

L'homme est une espèce trichromate ; son œil renferme trois sortes de cônes, chacune étant sensible à une longueur d'onde particulière. L'ensemble de ces longueurs d'onde compose le spectre de la lumière détectable par nos yeux, ce que nous désignons par l'expression *lumière visible*, bien que d'autres animaux perçoivent des longueurs d'onde hors de notre portée. Le nuancier des teintes perceptibles procède du mélange de trois couleurs primaires ; la première technique de photographie couleur s'inspirait de ce principe, captant l'image sur le négatif en noir et blanc avec un filtre de couleur différent à chaque prise. Par la superposition des trois images filtrées, la couleur était recomposée.

J'eus envie de revisiter ce procédé ancien. Je renouai avec la lenteur de l'argentique : prise, révélateur, bain d'arrêt, fixateur, lavage, séchage. J'utilisais une chambre grand format, un appareil encombrant dont je promenais le trépied, prenant le temps avant chaque prise de faire la mise au point, d'opérer les mouvements de décentrement ou de bascule pour agir sur la netteté de l'image. Pour chaque scène photographiée, j'avais besoin de plusieurs prises de vue successives. Puis je scannais les négatifs, les inversais et les superposais, après les avoir teintés en rouge, en vert et en bleu. Si l'objet photographié bougeait entre deux prises, si ma main manquait d'assurance entre deux clichés, le mouvement entrait dans l'image finale sous la forme d'un différé de couleurs, et des contours jaunes, noirs, bleus, violets se mettaient à ombrer les choses.

Je photographiai une branche de cerisier en fleur, je photographiai le vol de martinets au-dessus des cheminées et il se réduisit à des traînées de couleurs dans le ciel ; je photographiai le lent tourbillon d'une samare d'érable et l'élévation d'un akène de pissenlit ; un après-midi chez la grand-mère de Fleur, je photographiai un verre de pétillant de sureau, ses bulles brillant à la surface du liquide clair : la vieille dame mettait les fleurs blanches à infuser au soleil dans un bocal rempli de sucre. Elle avait préparé cette boisson chaque mois de mai depuis son mariage et continuait malgré la mort de son époux. Je photographiai le cadavre d'un renard heurté par une voiture, autour duquel des mouches commençaient à tournoyer. Je photographiai une tasse de porcelaine qui venait de se briser et qui gisait en morceaux sur les tommettes beiges. Je ne faisais qu'un seul tirage de chaque trichromie, puis détruisais le fichier numérique. Prise après prise, je prenais conscience des douces certitudes qui se dégageaient des objets quotidiens. Je remarquais ce qu'il y avait de captivant dans la façon oblique dont le soleil, entrant par la fenêtre, venait établir une séparation nette entre l'ombre et la lumière sur le vase blanc rempli de pivoines d'un rose lisse et cru. J'avais le désir d'exprimer les moments fugaces, sans importance et pourtant si précieux de notre vie, de faire sur le papier ce que Goldsworthy faisait au milieu des forêts, des pierres, de la glace et du vent.

Quelque chose dans ces clichés dominés par le bleu électrique, le beige et le blanc dut toucher le public. Pour la première fois, j'exposai dans des galeries ayant pignon sur rue puis j'obtins une résidence d'artiste dans un ancien prieuré transformé en lieu d'exposition. Je quittai la colocation et pris une petite chambre en centre-ville. On achetait mes trichromies. Peu à peu je pris confiance. La répétition des étapes, toujours les mêmes, permettant d'aboutir à une nouvelle image me rassurait. Je pouvais me couler dans cette itération comme dans un rituel qui appelait l'inspiration et m'assurait qu'une fois l'œuvre terminée il y en aurait une autre, que le flux ne s'interromprait pas, que la rivière ne se tarirait pas. Mon regard s'affûtait et je devenais sensible à des scènes, des détails, des associations de couleurs que je n'aurais pas remarqués avant. Je guettais des jours durant l'instant favorable à certaines prises. Les moments fugaces que je saisissais n'existaient que dans une certaine qualité de la lumière, or la lumière est changeante, capricieuse et souveraine, elle drape et dénude les choses à son gré. J'étais sortie du monde où prévalent la solidité des murs, l'infaillibilité des machines et la constance de la matière pour entrer dans celui de l'éphémère et de l'incertain.

Fleur ne fréquentait plus la Raffinerie. Quand je lui parlais de mon travail, elle m'écoutait distraitement ; elle s'était inscrite dans une formation d'éducateurs-animateurs à l'environnement. Pierre, lui, avait créé une ressourcerie. Il mettait en place des ateliers de réparation d'objets cassés, revendait à bas prix des livres, fripes et ustensiles divers. Il régnait dans la ressourcerie une atmosphère de fouillis, entre magie de bric-à-brac et crasse de décharge publique. L'odeur de moisi des vieux livres de poche, l'humidité et le parfum brûlé du café toujours en train de chauffer dans la cuisine collective avaient fini par imprégner les vêtements de Pierre. Fleur ne semblait pas en être gênée.

Elle l'était en revanche par son désir d'enfant. Le jour où il avait rapporté une paire de chaussons roses pour décorer la table de nuit, Fleur m'avait demandé l'asile politique. « Tu as de la chance de ne pas avoir de relation stable… Les mecs amoureux finissent toujours par vouloir vous faire un gosse ! » m'avait-elle assené. J'avais eu trente ans ; je réalisai que j'aurais voulu qu'un homme m'aime au point de désirer un enfant de moi. J'aurais volontiers oublié les problèmes de surpopulation dans les bras d'un mâle décidé à se reproduire. Mais un obstacle invisible m'empêchait de rencontrer ce genre d'individus. Ceux qui croisaient ma route étaient toujours aussi instables ou rongés par des désespoirs si grands qu'ils auraient été incapables de partager la vie de quelqu'un sans que cela se termine en carnage domestique. Mon destin était peut-être de me consacrer à l'art et de fuir tout ce qui était susceptible de m'en distraire. Je vivais ainsi, me consacrant à la photographie, passant mes journées à essayer de capter un nouveau fragment d'univers visible et mes soirées à développer les tirages. Quand j'avais besoin de chaleur humaine, j'allais boire un verre avec un ami ou passais chez Fleur. Cet équilibre fut brusquement rompu par un événement inattendu : un soir d'avril, après cinq années d'absence, Vassil ressurgit.

TROISIÈME PARTIE

1

Vassil apparut dans l'encadrement de la porte et laissa glisser au sol un sac militaire. Il était flanqué d'une petite fille qui s'accrochait à lui de la main gauche, tandis qu'à la droite pendait un chiffon crasseux qu'elle portait à la bouche tout en me fixant de ses yeux bleus très clairs.

« Voilà », dit-il en faisant claquer ses talons.

J'étais accroupie, en train d'encadrer des trichromies que je devais livrer à leurs futurs propriétaires. Je le dévisageai, incrédule.

« Fleur m'a dit que je te trouverais ici. Elle m'a dit que tu bossais tout le temps. Que ça marchait bien pour toi. »

Il enchaîna aussitôt :

« On ne voulait pas te déranger. Tu auras quand même un petit moment pour prendre un verre avec nous ? »

Il avait gardé son léger accent. Ses phrases étaient pleines de *r* qui roulaient sur le bout de sa langue au lieu de couler dans sa gorge et de *u* qu'il prononçait comme des *ou*. Cela me rappela nos vieilles conversations et la nostalgie du temps révolu monta en moi. Je me détournai pour poser les clous, le marteau, et appuyer le cadre contre le mur. Mes mains, d'habitude si sûres quand je m'occupais de mes photographies, s'étaient mises à trembler. J'essayai de prendre une profonde inspiration ; elle me fit seulement réaliser que mon cœur battait trop vite. En me relevant, je heurtai de la hanche une pièce déjà mise sous verre ; je tendis le bras pour la retenir, tandis que Vassil se précipitait pour l'empêcher de tomber. Nos mains se rencontrèrent. Je rougis. Vassil avait son visage des jours d'exaltation, ce regard vivant qui vous donnait envie de le suivre au bout du monde. Quand nos yeux se croisèrent, il sourit et son regard s'illumina davantage. Il n'avait pas libéré mes doigts ; sa paume était calleuse comme celle de quelqu'un qui travaille de ses mains. J'appréciai sa chaleur et la fermeté qui s'en dégageait. Maintenant que j'étais tout près de lui, je sentais son énergie, sa résolution, et j'étais enveloppée de son odeur familière. Ses épaules s'étaient ouvertes, son corps était plus charpenté que dans mon souvenir, plein d'une assurance triomphante. Les traits de son visage étaient plus affirmés, sa peau plus hâlée. Une joie énorme m'inonda, une vague de chaleur comme je n'en avais pas ressenti depuis longtemps. J'étais débordée par une euphorie inattendue, mêlée d'une étrange excitation. Si je n'arrivais pas à la contrôler, dans un instant je fondrais en larmes. Je libérai mes doigts et pivotai vers la petite forme immobile debout près de la porte :

« Évidemment que j'ai le temps ! Mais d'abord, il va falloir que tu fasses les présentations. »

D'un saut de félin, Vassil rejoignit la gamine et la souleva dans ses bras :

« Bien sûr, où avais-je la tête ! Gaïa, je te présente Sabrina, une très bonne amie. Sabrina, je te présente Gaïa, ma fille. »

Cette nuit-là, Vassil et Gaïa dormirent à la maison. Ils n'avaient pas d'autre point de chute. On verrait le lendemain. Tant que Gaïa avait été éveillée, elle n'avait pas quitté son père d'une semelle et j'avais dû lui parler sans interruption pour réussir à la calmer pendant que Vassil était aux toilettes. De son côté, elle ne m'avait pas adressé la parole, se contentant de me regarder fixement et de tripoter son chiffon-doudou. Dès que Vassil était revenu dans le salon, elle s'était précipitée vers lui et s'était accrochée à ses genoux. J'avais du mal à réaliser que mon ancien amant fantasque était devenu père. Une fois que Gaïa se fut endormie, je l'interrogeai :

« Elle est toujours aussi timide ?

— Gaïa ne parle pas beaucoup.

— Et sa mère ?

— Elle est finlandaise.

— Je veux dire : vous êtes toujours ensemble ?

— Non.

— Elle va venir la récupérer ? »

Vassil fit un signe de dénégation :

« Sa mère, c'est compliqué.

— Compliqué comment ?

— Ilona est chamane. Elle se déplace dans des espaces que peu de personnes sont capables de visiter. Mais cela lui prend trop d'énergie. Souvent, elle est épuisée. »

Vassil m'attira dans ses bras. Je le repoussai ; je ne voulais pas me laisser aller à la torpeur qui m'envahissait au contact de son corps. Il était parti cinq ans plus tôt sur un coup de tête ; il réapparaissait sans aucune explication et j'aurais dû lui donner mon blanc-seing ? Je demeurai silencieuse et fronçai les sourcils. Le mot « chamane » avait éveillé ma méfiance. Et une petite fille de quatre ans avait besoin de sa mère.

« Sabrina, tu es la femme la plus intelligente que je connaisse. Mais il y a des choses qu'on ne peut pas saisir par l'intelligence. Tu te souviens de *Walden* ?

— Oui.

— À un moment, Thoreau écrit : “La lumière qui nous crève les yeux est pour nous de l'obscurité. Seul le jour auquel nous sommes éveillés commence à poindre.” Je te raconterai ce que j'ai appris auprès d'Ilona quand ce sera le moment. Mais pour l'instant, je sens que c'est le moment de nous retrouver. Ilona n'a rien à faire sur ce canapé. »

Il m'adressa un sourire désarmant, posa sa main sur ma tempe et approcha son visage du mien. Au moment où il m'embrassa, je n'avais déjà plus envie de me défendre. Mon corps avait confiance en Vassil ; il était toujours habité du même désir. Il n'y avait rien de plus naturel au monde que de me lover contre lui et de me laisser gouverner par cet élan. Quand nous fîmes l'amour, je mesurai que nous n'étions plus les amants opportunistes de jadis. Un lien plus fort nous unissait, un courant puissant qui traversait nos corps et rapprochait nos âmes. Au moment de m'endormir, allongée contre Vassil, je fis le vœu qu'il reste longtemps près de moi.

Le matin, Vassil avait préparé le café quand je me réveillai. Il était allé chercher du pain et avait posé au milieu de la table, dans un bocal vide, un bouquet de lilas qui embaumait. Il m'accueillit dans la cuisine en me serrant dans ses bras. Pendant que je dormais, il avait lavé et essuyé la vaisselle de la veille ; il avait sorti le beurre et le reste de confiture de fraises. J'étais habituée à prendre mon petit déjeuner à la hâte avant de courir à l'atelier. La plupart du temps, je sortais le ventre vide et me préparais un café sur place tout en pensant déjà au travail qui m'attendait. Quand je voyais mes amants de passage, je m'arrangeais pour déserter pendant la nuit, prétendant que j'étais incapable de dormir avec quelqu'un. Cela faisait longtemps que je ne m'étais pas réveillée auprès d'un homme, plus longtemps encore que quelqu'un ne s'était pas occupé de moi. Je m'assis à la vieille table bringuebalante, émerveillée de voir Vassil s'affairer autour de moi, servant le café, beurrant ma tartine, épluchant une pomme et la coupant en quartiers avant de la poser dans mon assiette. La minuscule cuisine en était transfigurée. La lumière entrait dans la pièce avec plus de force, conférant aux objets familiers des couleurs intenses. Je laissai mon regard s'attarder sur la théière en grès vernie de rouge. Les quatre carreaux de la fenêtre se reflétaient sur sa surface bombée, ramassant en eux toute la plénitude du matin, quand aucun engagement n'a encore été pris et que tout demeure possible. La veille encore, je n'aurais pas imaginé être assise là avec Vassil, mes orteils caressant son pied sous la table tandis que le soleil réchauffait mes avant-bras. Vassil se leva pour nous resservir du café. Une soudaine inquiétude me traversa et je chuchotai :

« Ça m'a fait de la peine quand tu es parti sans prévenir. »

Je m'attendais à ce qu'il se justifie en parlant de vocation, d'appel ou de quelque chose de ce genre, mais il me prit la main et répondit avec douceur :

« Je suis désolé. À ce moment-là, je ne pouvais pas faire autrement. Je ne savais pas comment faire autrement.

— Tu vas retourner là-bas ? Là où vit la mère de Gaïa ? »

Je n'arrivais pas à prononcer le prénom d'Ilona. Le faire lui donnait trop de réalité.

« Sabrina, je n'ai pas envie de repartir. Ce que j'avais à vivre avec Ilona, je l'ai vécu. Maintenant, j'ai l'impression que j'ai des choses à redécouvrir ici. »

Alors que les paroles de Vassil répandaient leur sérum rassurant, nous entendîmes des pas descendre l'escalier de la mezzanine et se précipiter vers la cuisine. Comment faisaient les enfants pour produire autant de bruit alors qu'ils étaient dotés de pieds si petits ? Ils frappaient le sol de leurs talons comme si la terre leur appartenait.

Gaïa parut sur le seuil. Ses cheveux blonds, presque blancs, étaient ébouriffés et formaient une grosse masse informe dans sa nuque. Ses yeux étaient lourds de sommeil. Elle se précipita dans les bras de son père pour me regarder à la dérobée. J'étais une étrangère sans papiers sournoisement tapie à la frontière du pays de l'amour paternel, attendant un moment d'inattention de sa part pour m'y établir et tout gâcher. Je n'avais jamais été à l'aise avec les enfants. Leur cerveau fonctionnait selon des logiques impossibles à suivre. Ils pouvaient vous estampiller « ennemi » sans raisons apparentes. J'eus un peu honte de m'avouer que Gaïa m'effrayait d'autant plus que je croyais voir en elle une Ilona miniature. Elle n'avait rien pris à Vassil, si ce n'étaient les sourcils dont l'épaisse ligne noire formait un contraste bizarre avec sa peau claire. Son regard était trop scrutateur pour une petite fille de quatre ans.

Le matin, Gaïa se nourrissait exclusivement de lait d'avoine. Je n'en avais pas dans mon frigo et elle se mit à chouiner : elle voulait rentrer à la maison. Vassil n'arrivait pas à calmer ses pleurs. Je battis en retraite ; j'allais descendre à l'épicerie pour acheter du lait puisque c'était ce qui manquait à Gaïa. Ce n'était pas de lait d'avoine qu'elle avait besoin, mais je ne pouvais pas lui offrir l'affection d'une mère, et je n'avais pas envie d'entendre ses cris ni d'écouter Vassil lui promettre que bientôt, très bientôt, ils retourneraient en Bretagne. Je comprenais mieux la colère de Fleur face au désir d'enfant de Pierre. Je dus me raisonner en me répétant que Gaïa n'était et ne serait jamais ma fille. Elle avait une mère quelque part en Bretagne et un père qui semblait savoir comment on assouvit les besoins animaux d'un petit corps de quatre ans.

Dans les jours qui suivirent, Vassil se mit en recherche d'un logement. Mais sa disparition de notre monde durant cinq années avait laissé des séquelles. Dans la yourte où il avait vécu avec Ilona, on ne payait pas de loyer et on ne délivrait pas non plus de quittances. Ilona gagnait sa vie en organisant des stages de reconnexion avec la nature. Vassil, lui, faisait des petits travaux au noir. Il avait aidé des maraîchers, travaillé sur des chantiers de construction, réparé des installations électriques et débouché des canalisations. Aucune de ces activités ne lui avait valu de fiches de salaire. Par conséquent, personne n'était disposé à croire qu'il paierait son loyer.

Gaïa se plaignait d'avoir mal aux pieds, aux jambes, au ventre. Elle n'était pas habituée à marcher sur le bitume, à ne pas crier dans l'appartement, à jouer dans des parcs où il fallait partager les balançoires et les toboggans avec d'autres enfants mieux armés pour défendre leur territoire. Elle restait à côté des échelles, attendant qu'il n'y ait plus de concurrents à l'horizon. Elle me faisait de la peine avec le regard fixe dont elle dardait les structures métalliques comme s'il s'agissait d'un continent à conquérir. À la maison, elle continuait à se coller contre son père et à m'ignorer. En revanche, s'il nous arrivait de sortir toutes les deux pour acheter du lait ou du pain, elle s'accrochait frénétiquement à ma main. Elle ne supportait pas l'odeur des gaz d'échappement. Elle était fatiguée d'accompagner son père dans ses recherches de logement et pleurait à la moindre contrariété.

Un matin où Vassil et Gaïa étaient sortis, je montai dans la mezzanine pour y remettre de l'ordre. Gaïa avait enlevé le drap de son lit pour l'accrocher à la poutre et se fabriquer une cabane. À côté de son oreiller, elle avait conservé les emballages de ses biscuits préférés. Je voulus les jeter, mais la façon dont ils étaient installés, soigneusement empilés les uns au-dessus des autres, me rappela la manière dont maman rangeait ses barquettes, ses cartonnettes, ses pots de fromage blanc, et je me retins. Je n'avais pas le cœur à détruire le fragile édifice que Gaïa s'était constitué et qui donnait à son nid les apparences d'un chez-soi. Elle devait se recroqueviller dans un tout petit coin du matelas pour dormir car la majeure partie de celui-ci était recouverte de peluches, de Playmobil et de feuilles sur lesquelles figuraient des dessins tracés au feutre. On y voyait une petite fille entre deux géants aux très longues jambes, dont l'un avait des cheveux jaunes et raides. Sur une autre feuille, une poule et un chat ainsi qu'un animal qui évoquait un ours. Enfin, le dessin d'une fillette et d'une grande perche brune flanquée d'une jupe très courte et d'une baguette de pain qui, d'après les proportions, pourrait nous nourrir une semaine entière. Je fus touchée par le fait que Gaïa m'ait représentée à ses côtés ; j'en déduisis que je faisais désormais partie de sa vie. Je profitai d'une course en ville pour lui acheter de grandes feuilles Canson et une mallette de craies grasses, de crayons et d'aquarelles. Le lendemain, quand Vassil annonça qu'ils repartaient à la chasse aux appartements, les lèvres de Gaïa se mirent à trembler. Je proposai :

« Gaïa peut rester ici si elle veut. Je travaillerai à la maison aujourd'hui. »

Je lui tendis le sac contenant les couleurs et le papier. Elle y plongea une main impatiente et ses yeux se mirent à briller de curiosité. Toute la matinée, tandis que je travaillais sur mon écran à superposer des prises, Gaïa tria les bâtons de craie grasse selon diverses logiques, puis je lui apportai un verre d'eau et lui montrai comment utiliser les aquarelles. Je m'attendais à ce qu'elle se mette à mélanger les couleurs à tout-va pour aboutir à un vilain pâté marron, mais elle frotta son pinceau avec soin sur chacune des alvéoles et fit apparaître une à une les teintes correspondantes. Je l'observais du coin de l'œil. Je finis par délaisser mon ordinateur, m'assis par terre et mélangeai du rouge avec du bleu. Un sourire illumina le visage de Gaïa.

« Violet, dit-elle d'un ton à la fois docte et ravi.

— Violet pâle, acquiesçai-je. Mais si on ajoute plus de bleu… »

Elle examina la nouvelle teinte en train de se former et hocha gravement la tête.

Puis elle prit le pinceau et se mit à tester. Je fus de nouveau frappée par sa patience. Elle ne trempait pas le pinceau au hasard dans une alvéole puis dans une autre. Elle choisissait une couleur, puis l'associait minutieusement à toutes les autres. J'avais eu tort de penser qu'elle ne tenait rien de Vassil : elle lui avait pris son sens inné de la couleur. De temps en temps, elle s'arrêtait et me demandait le nom d'une nouvelle teinte.

« Je dirais vert. Mais certains te diraient jaune.

— Pourquoi ?

— Parce que les couleurs ne sont pas des choses comme les autres. Par exemple comme une pomme qui est une pomme et pas une poire. Ou une voiture qui est une voiture et pas un avion. Les couleurs dépendent de celui qui les voit.

— Pourquoi ? »

Oui, pourquoi ? Je ne pouvais pas expliquer à une gamine

de quatre ans le fonctionnement de la vision humaine, depuis l'anatomie de la rétine jusqu'aux récepteurs neuronaux.

« Essaie d'imaginer que dans ton œil, il y a des bonshommes, plus petits qu'une tête d'épingle. Ils ne sont pas exactement pareils. En fait, il y en a trois espèces différentes. Chacune de ces espèces aime certaines couleurs et pas d'autres. Les petits bonshommes dans tes yeux reçoivent des messages de la part des objets. Si deux espèces de bonshommes reçoivent un message, ils se mettent d'accord pour savoir de quelle couleur il s'agit. Alors ils disent : "Voilà un champignon rose à taches blanches. Tu ferais mieux de ne pas manger ça."

— C'est parce qu'il y a des bonshommes qui se disputent comme papa et maman qu'on est pas tous d'accord sur les couleurs ?

— Papa et maman se disputent souvent ?

— Tout le temps ! souffla Gaïa avec un air exaspéré et théâtral.

— Au téléphone ? »

Gaïa avait déjà compris que posséder un savoir vous donnait du pouvoir sur autrui et qu'il ne fallait pas brader ce savoir trop facilement. À moins qu'elle ne fût mal à l'aise parce qu'elle venait d'ébruiter un secret que son père lui avait demandé de garder ? Elle se mit à astiquer l'interstice entre ses orteils.

« Ils se disputent au téléphone ? » réitérai-je.

Gaïa haussa les épaules.

Je me levai :

« Je vais préparer un chocolat chaud. »

Gaïa se mit debout, lissa la jupe rose en tulle qui cachait à peine sa petite culotte et me suivit dans la cuisine. Même quand elle n'avait que quelques mètres à parcourir, elle le faisait en courant comme si elle avait peur de rater quelque chose.

Nous bûmes notre chocolat en silence, tandis qu'une présentatrice radio parlait de la concentration anormalement élevée de particules de CO_2 dans l'air. Les voitures qui ne possédaient pas une étiquette 1 ou 2 n'avaient pas le droit de circuler dans les grandes villes. Quand j'étais enfant, ces restrictions concernaient des mégapoles d'Amérique du Sud. Aujourd'hui, elles étaient arrivées jusque chez nous. Un mois plus tôt, quand j'étais allée présenter mon travail à une galerie parisienne, j'avais eu des picotements dans la gorge toute la journée. Mes muqueuses étaient devenues trop fragiles pour l'air de la capitale.

J'étais en train de laver les tasses quand Gaïa dit :

« J'en ai marre que papa et maman se crient dessus.

— Ça arrive aux adultes de se disputer. Ils finiront par se réconcilier. »

Gaïa secoua la tête :

« Pas papa et maman. Tous les jours papa crie très fort dans le téléphone. Maman veut plus répondre. Sauf que moi, je veux que maman elle me fasse un bisou !

— Ça va s'arranger », répondis-je machinalement.

La vieille pression sur mon diaphragme était revenue. Vassil avait bien le droit d'appeler la mère de sa fille. Il était déjà étrange que celle-ci ait accepté qu'il parte avec la petite. À moins que Vassil ne lui ait promis de revenir ? Il avait exigé que je ne pose plus de questions sur Ilona. Cela lui faisait de la peine de sentir que je ne lui accordais pas toute ma confiance. Il avait raison. C'était à moi de surmonter mes doutes, pas à Vassil de m'apporter les preuves d'une innocence que j'aurais dû tenir pour acquise. Cependant les paroles de Gaïa avaient réveillé mon sentiment d'insécurité. Je pris la résolution d'interroger Vassil le soir même. En attendant, tandis que Gaïa peignait à l'aquarelle sur toute la surface de ses feuilles, je fixais l'écran de l'ordinateur sans parvenir à faire quoi que ce soit. Je ne me reconnaissais plus dans les images que j'avais prises. Elles étaient creuses et sans intérêt. Seul m'intéressait ce que Vassil me dirait à son retour.

Le soir, quand il poussa la porte, je vis à son air crispé qu'il avait fait chou blanc. Il s'efforça d'avoir l'air gai en présence de sa fille et admira les dessins qu'elle avait réalisés, mais même Gaïa comprenait qu'il était fatigué et en colère. Elle joua les petites filles modèles, mangea, se brossa les dents et alla se coucher sans faire d'histoires. Quand elle fut au lit, Vassil se tapit dans un coin de la chambre, hypnotisé par l'écran de son téléphone. Je faillis l'interpeller, puis je me raisonnai : il n'en pouvait plus de recevoir des réponses négatives de la part des logeurs. Je fis la vaisselle et rangeai la cuisine puis m'assis à côté de lui. Au lieu de l'interroger sur ses conversations avec Ilona, je suggérai :

« Vous pourriez peut-être rester ici pour le moment ? Le temps que tu trouves du travail ? »

Vassil semblait revenir d'un espace lointain dissimulé en lui-même.

« Merci de le proposer, répondit-il. Il faut que j'en parle à Gaïa. »

À partir de ce jour-là, il y eut toujours du lait d'avoine dans le frigo et je ressentis toujours une pression au niveau du diaphragme qui m'empêchait de respirer pleinement, mais que je finis par occulter ; il y avait tant d'autres choses qui exigeaient mon attention.

2

Depuis que Vassil était revenu, mon rythme quotidien avait changé. J'avais l'habitude de consacrer tout mon temps à la photo. Quand je n'étais pas en train de prendre des clichés, je les développais, les retouchais ou bien m'occupais des dossiers de résidence, des contacts avec les galeristes et de l'alimentation de mon site Internet. Le matin, mes premières pensées allaient à la trichromie ; il était rare que je n'aie pas l'esprit tourné vers ma création. Mais désormais il fallait s'assurer qu'il y ait de quoi manger à la maison, garder un œil sur Gaïa quand Vassil ne pouvait pas s'en charger, s'organiser pour qu'elle ne se couche pas trop tard. J'avais aussi envie de rester à la maison pour profiter de la présence de Vassil.

Il était toujours debout avant moi et commençait ses journées par une heure de méditation. Mon appartement n'était pas grand et il m'arrivait de traverser le salon tandis qu'il était assis en lotus au milieu du tapis. Il restait concentré, les yeux fermés, immobile et hiératique. Quand je le retrouvais alors qu'il avait terminé sa séance, son visage était reposé et serein, ses gestes calmes et maîtrisés. Je ne connaissais personne qui fût capable d'établir un tel équilibre en soi ; les amis qui m'entouraient étaient tantôt inquiets, tantôt excités, pleins d'espoirs et de fantasmes quand ils se projetaient vers leurs succès futurs, déprimés quand ceux-ci ne se réalisaient pas, toujours ballottés au gré des événements. Vassil, lui, affirmait que la seule chose qui comptait c'était d'avoir confiance en la vie et d'être présent à chaque instant.

À la fin du mois de mai, je fis les comptes et fus catastrophée en réalisant que je n'avais presque rien gagné depuis la mi-avril. Les commandes s'étaient espacées et je n'avais guère travaillé à en susciter de nouvelles. Vassil me trouva dans la cuisine en train de me ronger les ongles. Il s'assit en face de moi :

« On sent des relents d'angoisse jusque dans le salon ! Qu'est-ce qui se passe ici ? »

Je lui fis part de mes craintes sur notre situation financière. Si je ne vendais pas de pièces, je n'aurais pas de rentrées d'argent ; si je n'en produisais pas, je ne risquais pas d'en vendre. Il fallait que je me remette sérieusement au travail. Vassil garda le silence. Au lieu de m'encourager, il tourna la tête et observa nonchalamment les deux pies qui se livraient une guerre de territoires sur le balcon d'en face. Elles gonflaient leur plumage et essayaient de faire reculer l'adversaire en s'avançant tour à tour l'une vers l'autre à petits sauts. J'avais besoin d'agir pour me rassurer sur ma capacité à faire face à la situation.

« Il faut que j'aille à l'atelier.

— Je ne crois pas que ce soit une bonne idée.

— J'ai laissé les choses aller à vau-l'eau.

— Il n'y a pas d'urgence, Sabrina. Tu ferais mieux de prendre le temps de respirer.

— Respirer ne va pas payer la facture d'électricité ! »

Vassil prit un air peiné.

« Vas-y si tu crois que c'est bon pour toi. »

Je l'embrassai machinalement, attrapai mes clefs, enfilai mes chaussures et me mis en route vers la Raffinerie. Je m'enfermai dans le labo. Habituellement, il suffisait que je m'installe devant les bacs pour être absorbée par mon travail. Mes mains se mettaient à l'œuvre, elles savaient ce qu'elles avaient à faire mieux que mon cerveau, et je m'apaisais. Cette fois, je n'arrivai pas à me concentrer. Mes pensées s'éparpillaient. C'était la première fois qu'une dissonance se faisait jour entre Vassil et moi. Quand j'avais quitté l'appartement, je l'avais senti ennuyé, alors que depuis plus d'un mois nous cohabitions sans jamais avoir eu de désaccords. Après trois heures d'acharnement, quand je sortis du labo pour accrocher le résultat dans l'atelier, je dus me rendre à l'évidence : je n'avais rien fait de satisfaisant. Je jetai les photos ; l'angoisse ne m'avait pas lâchée ; j'avais seulement gâché du papier.

Le soir, quand je rentrai, Vassil m'attira contre lui et passa la main dans mes cheveux.

« J'ai réparé le joint de l'évier, il fuyait. Tu as bien travaillé ?

— Non, j'aurais mieux fait de t'écouter. »

Vassil se redressa sur le canapé.

« Et si au lieu d'en faire beaucoup plus à l'extérieur, tu en faisais un peu plus à l'intérieur ?

— Qu'est-ce que tu veux dire ?

— Je veux dire que tu te bats avec tes vieux démons. La peur de la pauvreté. La croyance que tu dois t'agiter en tous sens pour survivre. Mais regarde autour de toi. Ce n'est plus vrai. Tant que tes vieilles croyances seront là, tu ne seras pas libre. Tu agiras pour répondre à tes peurs, pas parce que tu seras intimement persuadée que c'est ta voie. Tu as du talent, Sabrina, mais ce que tu crées serait encore plus puissant si tu n'étais plus emprisonnée. »

Il avait raison. J'avais toujours peur de ce qui allait arriver, je me projetais dans l'avenir comme un combattant se jette dans l'arène, armée jusqu'aux dents et aux aguets, mais au fond j'aspirais à lâcher prise. Je savais que beaucoup de mes actions étaient une réponse à ma crainte de ne pas être assez reconnue, de ne pas gagner assez, de perdre la sécurité dans laquelle je vivais. J'alimentais moi-même les liens qui m'empêchaient de vivre plus screinement. Et je ne savais pas comment m'en défaire.

« Tu dois changer d'objectif, dit Vassil. Tu crois que ton objectif est de produire quelque chose de concret. Une fois que l'image concrète est devant tes yeux, tu as l'impression d'avoir réalisé ce que tu avais à faire. Mais tu te trompes. Et si tu essayais d'abord de produire le calme en toi ? Et seulement après de te mettre à fabriquer des images ?

— Comment ?

— Commence par t'arrêter et par t'asseoir. Fais le vide et observe ce qui se passe.

— Et après ?

— Après, dit Vassil en riant, une fois qu'on a compris que le changement intérieur est le sésame, on s'aperçoit parfois qu'on n'a plus besoin de produire de tableaux, de photos, de livres, ni quoi que ce soit qui manifeste notre intériorité à l'extérieur. On *est*, c'est tout. »

À partir de ce jour-là, je partageai les séances de méditation de Vassil. Je restais immobile comme lui, les yeux fermés, mais mes pensées continuaient à tourbillonner, mon dos et mes jambes me faisaient mal et j'essayais en vain d'atteindre l'illumination qu'il semblait expérimenter à chaque séance. J'étais comme un mécréant qui, voulant imiter les croyants quand ils absorbent le corps du Christ, avale un vulgaire morceau de pain azyme. Je m'en ouvris à Vassil.

« L'aveuglement est une voie facile. La liberté exige des efforts », m'objecta-t-il.

La présence de Vassil avait réveillé une vieille douleur. J'avais soif de réponses. Soif d'un champ de forces qui s'opposerait au doute et à l'envie de renoncer, à la colère et à la culpabilité face à l'effondrement. Mes succès récents avaient estompé ces sentiments, mais ne les avaient pas annihilés. Mes questions sur ce que signifiait être humain à notre époque étaient toujours là. Pendant que mon attention était fixée sur mes photographies, des milices corrompues continuaient de contrôler l'accès aux sources dans le Sahel, des hommes traversaient la Manche à la nage pour fuir la misère et on défrichait la forêt amazonienne pour y faire pousser des biocarburants destinés aux véhicules occidentaux. Le monde restait injuste, brutal et absurde. J'aurais aimé être capable, comme Vassil, de renverser la perspective. J'étais avide d'une autre vision, de joie et de sens. Mais je ne possédais pas sa force de caractère.

Vassil était en train de pétrir la pâte à pain. Depuis qu'il s'était définitivement installé à la maison, nous avions cessé d'aller à la boulangerie. Le matin, l'odeur merveilleuse du pain frais flottait dans l'appartement. Il s'arrêta et dit :

« Tu dois croire que cela a été facile pour moi. Mais ce n'est pas le cas. »

Pour la première fois, il me raconta son voyage en Amazonie cinq ans plus tôt, qui l'avait finalement conduit jusqu'à un centre chamanique près de Tarapoto. Là, il avait jeûné et pris une décoction de tabac pour se nettoyer. Puis il avait goûté l'ayahuasca, la liane des âmes. Il avait eu des hallucinations au cours desquelles son troisième œil lui avait montré des serpents et des fauves, il avait vomi pendant une éternité et avait cru qu'il ne retrouverait jamais la raison. Mais ensuite il avait compris que son esprit était bien plus vaste et plus puissant que ce qu'il pensait, que le domaine de la rationalité n'en constituait qu'une infime partie. Le voile d'illusion qui recouvre toute chose s'était soudain levé. C'était aussi là-bas qu'il avait rencontré Ilona et qu'ils avaient décidé de s'unir. Vivre avec elle avait été à la fois une initiation et une épreuve. Parce que la vie spirituelle, dit Vassil, ce n'est pas flotter dans un océan de plénitude, c'est vivre – rarement – une illumination, et lutter – souvent – avec le démon.

Quelques semaines plus tard, Vassil me demanda de lui accorder un moment. Nous étions en juillet ; en septembre, Gaïa irait à l'école. Il devait partager son expérience avec ceux qui en avaient besoin. Il pourrait proposer des séances de méditation en pleine conscience. Mais il lui fallait un lieu adapté. Serais-je d'accord pour lui prêter l'atelier quelques heures par semaine ? J'aimais l'idée d'aider Vassil à développer son activité. Je voulais lui prouver que j'avais saisi l'importance de son entreprise. Ce n'était pas tout à fait honnête. Je n'étais pas touchée par la lame de fond qui l'avait soulevé et projeté dans le monde de la spiritualité, comme l'art l'avait un jour fait pour moi. Il m'arrivait même d'espérer qu'il se remettrait à s'intéresser à la peinture. Je ne croyais pas que l'art puisse entrer puis sortir de notre vie, qu'il puisse nous abandonner, ou que nous puissions nous défaire de lui. Mais quoi qu'il décide, je le soutiendrais.

Pour que l'atelier se prête aux cours de méditation, il

fallait lui donner un coup de neuf. Je ne m'étais pas aperçue que tout un bric-à-brac s'y était accumulé, que le sol en béton brut et les murs gris étaient couverts de taches de peinture. Des fils de fer pendaient de la verrière, souvenir d'une installation que nous avions montée avec Fleur. Il n'y avait pas un endroit qui ne portât la trace de nos activités passées. C'était exactement ainsi que je m'étais représenté un atelier d'artiste à l'époque où j'avais commencé les cours avec Denis, mais Vassil avait raison, je n'avais plus besoin de m'agiter au milieu de la sciure de bois, des résidus de pigments et des vieux cadres pour continuer à créer.

Nous convînmes que j'emmènerais Gaïa en vacances chez ma mère. Nous étouffions dans notre petit appartement où le thermomètre battait des records. Vassil nous rejoindrait une fois le chantier achevé.

Gaïa fut d'emblée conquise par Calais. Elle ne voyait pas l'appartement vieillot et encombré, ni les barres d'immeubles rendues plus hideuses encore par les atteintes du temps et des intempéries. Elle ne percevait pas dans les dunes le souvenir de la Jungle démantelée et ne remarquait pas les groupes d'hommes qui marchaient le long des départementales pour se rassembler furtivement dans un terrain vague en attendant la distribution des repas. Elle sentait l'air salé de la mer, chargé d'odeurs d'algues en décomposition. Elle partait dans des éclats de rire hystériques quand les vagues froides de la Manche venaient lui battre les mollets. Elle guettait la mélodie égrillarde des camionnettes de vendeurs de glaces et se précipitait vers elles sans avoir peur de se faire bousculer. Je ne reconnaissais plus la fillette effarouchée qui était entrée dans ma vie quelques mois plus tôt. Je pris des photographies de Gaïa en maillot de bain, accrochée tête à l'envers à l'échelle de singe du parc, le visage barbouillé de glace, en train de mettre des bigoudis à ma mère.

J'avais eu peur de devoir surveiller la petite sans relâche pour l'empêcher de détruire l'ordonnancement des emballages des maman. Mais à ma grande surprise, ma mère toléra que Gaïa établisse son terrain de jeu au milieu de ses précieux stocks de barquettes vides. Face aux obsessions de ma mère, Gaïa montrait un détachement que je n'avais jamais été en mesure d'atteindre. Pour elle, ces amoncellements délirants constituaient un joyeux bazar qui invitait à la construction d'édifices plus excitants que ses maisons Playmobil. Elle m'aidait à appréhender le souvenir de mon enfance avec plus de légèreté.

Une autre révolution avait eu lieu : maman ne buvait plus. Elle avait remplacé l'alcool par une double dose de tranquillisants. Malgré ces derniers, ses mains tremblaient en permanence, ses gestes étaient tantôt ralentis, tantôt saccadés et son visage n'avait pas dégonflé, mais au moins, elle ne tenait plus de propos incohérents, ne s'endormait pas au milieu de l'après-midi et ne gesticulait pas pour chasser les spectres qui envahissaient le salon. Elle était parvenue à se sevrer grâce au soutien de l'Église du salut du dernier jour. J'étais inquiète à l'idée de ce qu'un pareil nom dissimulait, mais que pouvais-je lui opposer, moi qui n'étais pas en mesure de lui offrir une présence quotidienne ? D'ailleurs rien autour de nous n'invitait à la quiétude. Toute notre société était anxieuse, anxieuse et insouciante à la fois, un Janus regardant dans deux directions contraires, un œil hypnotisé par la perspective de la catastrophe, l'autre rivé sur le monde d'hier et l'expansion infinie du confort qu'il promettait.

Vassil nous rejoignit à la fin de la troisième semaine

d'août. Il profita des quelques jours chez ma mère pour déboucher le siphon de la salle de bains, refaire les joints du bac de douche et réparer la rallonge de la table qui ne serait plus utilisée après notre départ puisque maman n'invitait jamais personne. Elle ne tarissait pas d'éloges à son égard. J'étais heureuse : rien ne pouvait me faire plus plaisir que de voir les autres aimer Vassil autant que moi.

Dès que nous fûmes de retour à la maison, Vassil m'entraîna à la Raffinerie. Il ouvrit grand la porte et me fit passer devant lui. La pièce me parut immense. Les murs avaient été repeints en blanc et le sol en planches de bois brut était magnifique. Quelques-unes de mes trichromies étaient accrochées aux cimaises ; leur bleu électrique me parut agressif et artificiel. Mes photographies s'invitaient dans la salle de méditation de Vassil et non l'inverse. J'étais incapable de prononcer un mot. Je ne ressentais aucune joie. J'avais beau me répéter que c'était injuste pour Vassil qui avait travaillé d'arrache-pied, j'avais la sensation d'avoir été trahie.

Gaïa se boucha le nez :

« Beurk, ça sent le yaourt au chèvre ! »

Je me mis à pleurer. Mes sanglots m'empêchaient d'entendre les explications de Vassil qui parlait de peinture à la caséine, de patience et de velux. La petite main de Gaïa me caressait le poignet. Elle me chuchota, le regard empli de compassion :

« Moi non plus, j'aime pas le yaourt au chèvre. »

3

À l'automne, je participai à une exposition collective de jeunes artistes. J'avais passé la trentaine ; d'autres qui sortaient tout juste de l'école étaient plus audacieux, plus neufs. Ils arrivaient sur la scène artistique, avides d'en découdre. Je percevais dans leur production une énergie que je ne trouvais plus dans la mienne. Pourtant, toutes mes photographies exposées furent vendues. J'aurais dû y trouver un encouragement à en produire de nouvelles, mais ce ne fut pas le cas : était-ce dû à ce que me disait Vassil sur la relation entre extériorité et intériorité ? Le ver du doute s'était remis à ronger mes certitudes. J'avais toujours été persuadée que j'avais besoin de l'art pour vivre. Mais le monde, lui, avait-il besoin d'artistes ? Le monde d'aujourd'hui, rempli comme il l'était d'individus désorientés, n'avait-il pas davantage besoin de personnes comme Vassil qui se consacraient à aider les autres ? Je cadrais le réel à ma guise. Si j'avais été photographe de guerre, mon activité aurait eu une autre influence. Elle nous aurait empêchés de détourner les yeux de la misère et de la violence. Mais je ne produisais que de belles images inutiles.

L'atelier rénové était d'une propreté clinique, irréprochablement maintenue par Vassil qui, avant chaque séance de méditation, passait l'aspirateur. Dès que je bougeais un objet, dès que j'envisageais de construire une scène à photographier, je pensais à Vassil qui, le soir, allait tout remettre en ordre. Cela me décourageait. Je ne retournais à la Raffinerie que pour développer les derniers tirages en attente. Dans le petit labo éclairé par sa lumière rouge, je me sentais encore chez moi. Mais mon corps se tendait au moindre bruit ; je me préparais à être interrompue, assaillie, prise sur le fait. Souvent, je gardais un œil sur ma montre parce que je m'occupais de Gaïa le soir, pendant que Vassil animait ses séances. J'aimais la calme routine de ces soirées. Nous dînions, dessinions, puis je lui brossais les dents et la bordais. Nourrir et coucher un enfant étaient des activités sans gloire ; il n'y avait dans ces gestes ni inventivité, ni révolte, ni questionnement. Mais peut-être ne fallait-il pas chercher plus loin la justification d'une existence : prendre soin des autres ? Je développai les photos que j'avais prises durant l'été et j'en expédiai certaines à maman. Elles pérennisaient des moments de joie passés à la plage, dans le capharnaüm de la cuisine, devant la baraque du parc Saint-Pierre où nous avions acheté un plein saladier de frites.

Les cours de méditation de Vassil furent rapidement complets ; il envisageait de s'inscrire à une formation en soins énergétiques pour élargir son champ d'action. De plus en plus de personnes se tournaient vers lui. Je comprenais d'où lui venait cette force d'attraction. L'insouciance couplée au sens de sa destinée, voilà ce qui le caractérisait. J'étais fière d'être sa compagne. Jusqu'à ce que, quelques jours avant Noël, l'harmonie se rompe.

Depuis le début de la semaine, Vassil était étrange, tantôt impatient et agressif, tantôt d'une douceur excessive. Nous avions prévu de fêter Noël ensemble ; Gaïa parlait tous les jours de sapin et de cadeaux et courait dans le salon dès son réveil pour ouvrir la case du calendrier de l'Avent. Vassil finit par exploser lorsqu'un soir, au lieu d'aller se brosser les dents, Gaïa insista pour regarder un dessin animé supplémentaire. C'était la première fois qu'il perdait son calme devant moi. Il se mit à hurler. Il était effrayant avec ses bras qui battaient l'air et ses yeux qui fulminaient. Tout son corps se tendait sous l'effet de la colère ; il n'était plus que colère. J'allai coucher la petite ; il me fallut du temps pour calmer ses pleurs et réussir à l'endormir. En revenant dans la cuisine, je trouvai Vassil assis, le pied battant nerveusement le sol tandis que ses doigts tapotaient la table. Sans même se tourner vers moi, il se mit à parler :

« Il faut que j'emmène Gaïa en Bretagne. On partira samedi. On reste une semaine et on revient pour fêter le Nouvel An. Je suis désolé. Je n'ai pas le choix. C'est important pour nous.

— Nous, qui ?

— Gaïa. Moi.

— Ilona ? »

Vassil haussa les épaules. J'aurais pu prendre cette décision avec philosophie. Après tout, ce ne serait pas le premier Noël que je fêterais en célibataire. Je m'étais habituée à aller voir maman à cette occasion, puis à travailler les jours suivants où tout le monde se barricadait derrière les murs imprenables des forteresses familiales. Mais je compris au moment où Vassil m'annonça son départ que je m'étais figuré ce Noël comme différent et que soudain cette différence me semblait essentielle, salutaire, et son abolition intolérable. Mon ventre se durcit. J'essayai de me raisonner : il n'y avait qu'un enfant parmi nous et c'était Gaïa. Il aurait été égoïste de ma part d'argumenter pour convaincre Vassil de ne pas l'emmener voir sa mère. Je me rabattis sur une tentative désespérée d'infléchir les événements vers une issue favorable :

« On peut partir ensemble. On loue quelque chose sur place. Gaïa verra sa mère. Après tout, je pourrais la rencontrer aussi, non ? »

Vassil me dévisagea comme si j'avais perdu la tête.

« C'est impossible.

— Je ne vois pas pourquoi.

— Pense à Ilona. Ce serait trop dur pour elle.

— Je croyais que c'était fini entre vous.

— Tu sais bien que les choses ne sont jamais aussi simples.

— Pas simples pour toi ou pour elle ?

— Écoute, Sabrina, tu es une femme intelligente. Je suis sûr qu'au fond, tu sais que ce ne serait bon pour personne. »

Je balbutiai, le souffle court :

« Pourquoi ne m'en as-tu pas parlé plus tôt ? Je me serais organisée différemment. J'aurais prévu quelque chose… »

Vassil baissa la tête :

« J'avais peur de me laisser convaincre de ne pas partir. »

Il ne voulait pas seulement emmener Gaïa chez sa mère, il allait aussi participer avec Ilona à une cérémonie sacrée pour le solstice d'hiver. Je compris que sa décision était prise depuis longtemps, les choses programmées depuis des semaines. Il n'avait pas eu le courage de m'en parler. Une déception qui s'étendait à lui, à moi, à notre relation m'envahissait. Je murmurai :

« Je vais faire un tour à l'atelier. »

J'appelai maman pour lui annoncer que je la rejoindrais pour Noël. Elle me répondit que ce n'était pas la peine : elle passerait les fêtes avec les fidèles de l'Église du salut du dernier jour. Tant pis pour moi ; je n'avais qu'à accepter d'être seule, oublier que c'était Noël et travailler comme si de rien n'était. Qu'est-ce qui différenciait ces jours-là des autres jours sinon une convention sociale, un produit de notre cerveau ?

Vassil était de nouveau aux petits soins pour moi. Je tâchais de ne pas penser à la semaine qui allait venir. Nous vécûmes tous les trois comme une petite famille unie, au milieu des parfums de pain d'épice, des guirlandes lumineuses et des dessins animés monomaniaques où il s'agissait de sauver Noël en stoppant une grève des lutins. Le matin de leur départ, une fois la porte refermée sur eux, je fus heureuse de me préparer tranquillement un café, de laisser la vaisselle sale dans l'évier, de traîner dans la salle de bains puis d'attraper quelques fruits secs et du pain avant de partir à la Raffinerie. Je n'avais pas à tenir compte des horaires de Vassil ni à m'inquiéter de savoir si nous aurions de quoi préparer le déjeuner. Je travaillai toute la journée et fus, pour une fois, contente du résultat. Ce n'est que le soir que le chagrin me rattrapa.

C'était le 23 décembre. Au lieu d'un froid sec annonciateur de neige, nous étions affligés d'un temps humide et gris. Sur les boulevards, les retardataires s'affairaient dans les derniers magasins ouverts. Je décidai d'aller au cinéma pour m'occuper l'esprit. En entrant dans la salle, je perçus au premier coup d'œil que mes compagnons d'oisiveté n'étaient ni des cinéphiles invétérés ni des rebelles ayant sciemment décidé de boycotter les fêtes. Il se dégageait d'eux une aura de chiens abandonnés au bord de l'autoroute. Après le film, j'allumai nonchalamment mon téléphone, mais dès que j'eus constaté que Vassil n'avait pas laissé de message, je me sentis accablée. « Je suis fatiguée comme un malheur », disait Gaïa dans ce genre de circonstances et je mesurai la justesse de cette expression. J'aurais volontiers bu un verre d'alcool avant de me mettre au lit, mais je fouillai en vain dans les placards. Vassil ne buvait plus si bien que je m'étais habituée à ne pas boire à la maison. J'irais m'acheter une bonne bouteille le lendemain.

Je passai la journée suivante à guetter un appel de Vassil, avant de me résoudre à l'approche du soir à lui envoyer un message pour lui souhaiter un joyeux Noël. Aucune réponse. Je trépignais, partagée entre impatience et affliction. Je n'avais adressé la parole à personne depuis le matin, sauf à la boulangère débordée derrière son étal de bûches. Pourquoi Vassil ne m'appelait-il pas ? Peut-être était-il occupé à sa cérémonie ? Il m'avait prévenue qu'il n'aurait pas l'occasion de me donner beaucoup de nouvelles, mais que cela ne l'empêcherait pas de penser à moi. Sa promesse me semblait désormais dénuée de consistance. Qui me garantissait qu'il n'était pas en train de serrer Ilona dans ses bras, pour la plus grande joie de Gaïa ? Les enfants de parents séparés rêvent tous d'improbables réconciliations. J'éteignis mon téléphone pour ne plus avoir la tentation de le consulter et le rallumai dix minutes plus tard, paniquée à l'idée que Vassil pourrait essayer de me joindre à cet instant précis.

Le matin du 25 décembre, dès que j'ouvris les rideaux, je suffoquai à la vue de la rue morne et vide. Le ciel postillonnait une pluie glaciale sur les trottoirs. Où étaient passés tous les humains ? Se barricadaient-ils vraiment tous dans les églises pour célébrer la naissance du petit Jésus ? Pour ma part, j'étais prête à passer une nouvelle journée interminable.

Il y avait des restes dans le frigo et des séries idiotes à regarder sur Internet. Je me pelotonnai sur le canapé avec ma tasse de café, le téléphone, désespérément muet, placé bien en évidence sur la table basse. Je restai ainsi plusieurs heures, apathique, jusqu'à ce que soudain l'idée me vienne d'appeler Fleur.

Nous ne nous étions pas vues depuis longtemps, plus exactement depuis que Vassil et elle s'étaient fâchés à une soirée chez Annie à la fin de l'été. J'avais attendu cet événement avec impatience : Vassil n'avait pas renoué avec ses amis et j'étais nostalgique de nos dîners entre anciens des Beaux-Arts. J'avais réussi à le convaincre de m'accompagner chez Luc et Annie sous prétexte que Gaïa avait besoin de jouer avec d'autres enfants. Elle avait effectivement passé une soirée formidable dans la chambre du petit Martial où officiait une nouvelle race de Playmobil entièrement adonnée au bien-être des animaux de la ferme. Mais dans le salon, l'atmosphère s'était rapidement envenimée. Vassil s'était lancé dans une diatribe contre l'absence de spiritualité des élites qui ne parlaient plus que de l'effondrement mais étaient incapables de changer quoi que ce soit dans la trajectoire qui nous précipitait vers la fin. Luc et Pierre avaient essayé d'argumenter en parlant de la ressourcerie, d'engagement local et du rôle de l'art dans la prise de conscience écologique, mais Vassil les avait taxés d'hypocrisie et avait conclu de façon péremptoire : « Aucune de vos actions n'a de valeur parce que le vrai changement se passe à l'intérieur de nous. Toute manifestation extérieure n'est qu'accident. Chiure de mouche. Nada. »

Quand Fleur et Pierre étaient partis, je les avais rejoints dans la cage d'escalier pour plaider la cause de mon compagnon :

« Il ne faut pas en vouloir à Vassil. Vous le connaissez, quand il se lance dans quelque chose, il n'y a plus que ça qui compte.

— Il a trop fumé la moquette, oui ! avait répondu Fleur. Il va falloir qu'il arrête de se prendre pour le dalaï-lama s'il veut rester fréquentable. »

J'avais cru bon d'ajouter :

« Il s'y met à fond et après il passe à autre chose… un peu comme toi. Vous avez toujours eu ça en commun. »

Aussitôt, je m'en étais mordu les doigts. Fleur avait conclu d'une voix froide, avant de descendre lentement les escaliers :

« Un conseil, Sabrina : évite de te laisser embarquer dans son délire. Tu as toujours été influençable. »

Je ne l'avais plus rappelée depuis et elle n'avait pas manifesté l'envie de me voir. Mais en ce 25 décembre, je réalisai à quel point notre vieille amitié me manquait. Dix minutes après avoir raccroché, j'étais déjà en train d'enfiler mon manteau et d'attraper les clefs de la voiture pour aller la rejoindre chez ses parents.

Ils habitaient à vingt kilomètres de la ville, dans une grande maison pleine de recoins, de chantiers jamais terminés, de mosaïques en faïence ébauchées par-ci par-là, de portes sur lesquelles les enfants Fleur et Prune avaient peint des labyrinthes colorés à la Hundertwasser. Les deux propriétaires du lieu avaient été jeunes à l'époque de l'explosion du rock'n' roll et leur plus grand regret était de ne pas s'être trouvés aux USA en 69 pour participer à Woodstock. Quand j'arrivai chez eux, je les trouvai en train de visionner un documentaire sur le festival, réalisé à partir d'une compilation d'images d'archives. Prune avait offert le film restauré à ses parents.

« Désolée de vous déranger, soufflai-je en m'asseyant sur le bord du canapé.

— Tu parles ! s'écria Fleur, ce truc dure huit heures et on n'en est qu'à la quatrième ! Tu comprends maintenant pourquoi je porte ce prénom stupide ? Viens, on va donner un coup de main à Flo. »

La cuisine pleine de vapeur, le son de la guitare folk de Joan Baez à l'arrière-plan et la présence de Fleur près de moi me réconfortaient. J'étais pleine de gratitude pour ces gens qui m'accueillaient comme si je faisais partie de la famille. Derrière les fourneaux, une blonde corpulente était en train de préparer une soupe de haricots rouges aux pâtes.

« On essaie de se remettre des aventures d'hier », expliqua-t-elle. »

Fleur désigna une chose marron échouée au milieu d'une montagne de pommes de terre.

« Qu'est-ce que c'est ?

— Du seitan qui essaie de se faire passer pour une dinde. Maman n'a pas encore compris que ce n'était pas un sacrifice pour nous de ne pas manger de viande. Elle croit qu'on est en manque de protéines…

— C'est gentil de sa part.

— C'est ridicule. Mes parents, c'est l'exemple typique des soixante-huitards anarchistes qui sont devenus de bons bourgeois décomplexés. Sous prétexte d'être une génération émancipée, ils ont bouffé tous les poissons, vidé les réserves de pétrole, exploité le monde entier, construit des baraques bourrées d'amiante jusqu'au sommet des montagnes et pourri le climat en toute bonne conscience. Maintenant ils s'étonnent que leurs enfants soient devenus des rabat-joie végans. »

J'aurais rêvé avoir ce genre de parents attentionnés, mais ne pas être satisfait de ses ascendants était une loi du genre qui admettait peu d'exceptions.

Nous passâmes la fin de la soirée à parler avec Florence. Elle était formatrice en construction de kerterres, des petites maisons rondes en chanvre et chaux. Elle vivait dans le Finistère Sud et y avait appris la technique de construction auprès d'une femme qui habitait une kerterre depuis quinze ans. Elle aimait le sentiment de sécurité que lui donnait le fait d'être capable de bâtir son chez-soi. « Je peux passer des jours à faire des enduits et à les polir avec un galet plat. C'est comme une longue séance de méditation. Et si tu n'as pas bien médité, tu le sais immédiatement : tu finis la nuit dans une flaque d'eau ! » Florence avait un rire sonore et franc. C'était le soin mis à polir la dernière couche d'enduit qui rendait la maison imperméable. Lorsque cette couche était parfaitement lustrée, les gouttes de pluie glissaient sur la surface. J'essayai d'imaginer la réaction de Vassil s'il avait assisté à la conversation, lui qui parlait toujours des exercices spirituels avec le plus grand sérieux. Penser à Vassil m'avait rappelé mon chagrin. Je n'avais pas envie de rentrer à l'appartement, de rentrer dans notre réalité avec ses ambiguïtés et ses frustrations. Florence m'observait. Elle proposa :

« Viens faire un stage cet été. Ça te fera du bien. »

4

L'hiver, le printemps, l'été passèrent sans que j'appelle Florence ; l'automne fut là, comme un essoufflement de nous-mêmes, puis ce fut de nouveau le début de l'hiver qui nous dépouille des distractions des beaux jours, des cafés pris en terrasse, des discussions dans la nuit, des flâneries parmi la foule désœuvrée, et nous oblige à nous regarder en face, à voir notre pusillanimité, nos compromissions, nos renoncements.

Après le Noël de Vassil en Bretagne, un nouveau mode de fonctionnement s'était établi entre nous. Pendant son absence, j'avais ruminé mes accusations, le jugeant égoïste et inconséquent, mais à son retour tous mes reproches étaient tombés. La tristesse de ma semaine solitaire m'avait semblé lointaine, ma peur de ne plus être aimée m'était apparue comme un enfantillage, la supposée trahison de Vassil n'était plus que l'usage légitime de sa liberté. À l'en croire, il avait passé la semaine à produire un effort éreintant et il paraissait ravi de rentrer à la maison.

Chaque couple constitue un organisme singulier, un minuscule trou noir dans lequel prévalent des lois qui semblent absurdes dans le reste de l'univers. Par mon silence, j'avais admis qu'il était normal que Vassil retourne en Bretagne pour des rendez-vous cosmiques. Le reste du temps, il ressemblait à s'y méprendre à un homme ordinaire à tendance serviable. Il faisait les courses, le ménage, lisait des histoires à sa fille et s'amusait à faire de la programmation informatique. Il était fasciné par les travaux d'artistes numériques, en particulier ceux dont l'œuvre utilisait le principe des fractales. Il parlait d'ensemble de Mandelbrot, d'équilibre entre ordre et chaos, de Scott Draves et de ses flammes fractales. Ses propos sur la méthode itérative permettant de résoudre des équations polynomiales étaient trop techniques pour moi, pourtant, si j'avais été plus sensible à ce qui animait Vassil, peut-être aurais-je décelé dès cette époque le virage qu'était en train de prendre son esprit et m'en serais-je inquiétée.

Quand il partait en Bretagne, je retenais mon souffle, engluée dans un temps qui redevenait une série infinie d'heures, de minutes, de secondes. Il ne s'éloignait pas seulement géographiquement, il prenait aussi le large affectivement. Je lui demandais de me laisser un message de temps en temps ; il ne m'opposait pas de refus, mais ne s'exécutait pas pour autant. A posteriori, il était toujours en mesure de me fournir une bonne excuse : il avait oublié son chargeur, la cérémonie du tabac l'avait entièrement requis, l'un des participants s'était senti mal et il avait fallu qu'il prenne soin de lui. Quant à moi, je laissai mes amitiés anciennes se déliter ; je retournai deux ou trois fois voir Pierre et Fleur jusqu'au jour où Fleur prétendit que j'avais mauvaise mine et que j'étais trop maigre. Elle accusa Vassil d'en être responsable. Ses reproches m'avaient désagréablement frappée ; j'espaçai mes appels et finis par ne plus avoir de contact avec elle.

Nous en étions là quand un nouveau sujet de préoccupation vint chasser tous les autres. Maman se mit à se plaindre de maux de ventre insupportables ; elle m'appelait tous les jours, mais refusait de consulter un spécialiste. Depuis son enfance, les médecins avaient joué dans sa vie un rôle de surveillants qui regardaient d'un œil réprobateur les conditions d'hygiène de son village, parlaient de rappels de vaccins et de consanguinité. Elle ne croyait pas qu'ils pourraient l'aider ; qu'ils voudraient le faire. Plus tard, je me demandai si elle n'avait pas repoussé la consultation pour reculer le moment où elle *saurait*. Le fait que la spécialiste que nous allâmes finalement voir ensemble fût une jeune femme au sourire compatissant, le fait que le vieil hôpital vétuste ait été remplacé par une construction neuve avec tout ce qu'il fallait de carrelage blanc et de chromes étincelants ne changèrent rien au résultat des examens : maman souffrait d'un cancer de l'estomac et il était peu probable que la médecine en vînt à bout.

Dès qu'elle prit connaissance du diagnostic, elle s'enfonça dans la résignation. Au lieu de lutter contre la maladie, elle répétait que la volonté de Dieu devait être respectée. Je devais l'appeler avant chaque rendez-vous à l'hôpital pour la convaincre d'y aller et je fis plusieurs fois le voyage pour l'accompagner. Pour la consoler, je lui préparais de la purée de pommes de terre et de la soupe de légumes qui lui rappelaient la cuisine de son enfance. À cette occasion, elle me parla d'une longue grippe qui, à huit ans, l'avait laissée épuisée au point que sa mère avait dû la nourrir à la béquée pendant deux semaines. Elle avait regretté d'être guérie et de devoir renoncer à ce qu'on prenne soin d'elle comme d'un bébé.

Je me mis à surveiller les signes de l'avancée de la maladie chez maman comme on surveille une vilaine tache de moisissure qui grossit sur le mur de la maison. Un jour où elle resta hospitalisée plus longtemps que prévu, je me mis en quête d'une chemise de nuit propre à lui apporter. Je ne me souvenais plus de l'organisation délirante de ses placards. Quand j'ouvris l'une des portes, je fus submergée par une avalanche de pelotes de laine. Plusieurs centaines de pelotes, dont aucune n'était assez fournie pour permettre de constituer un pull entier. Il y avait là de quoi tricoter un col jaune, une demi-manche rouge, une autre bleu turquoise, des morceaux de bustier marron, blancs, beiges, gris, caca d'oie, roses et violets. Le sol de la chambre était recouvert de boules de laine. Comment allais-je réussir à les faire rentrer dans le placard ? Par quelle opération magique ma mère était-elle parvenue à les y compresser ? Ce devait être par l'un de ces tours de passe-passe propres aux gens affligés d'une maladie mentale qui sont en même temps dotés de pouvoirs spéciaux leur permettant de survivre à leurs obsessions. Moi qui ne possédais pas ces facultés surnaturelles, je devais remettre les pelotes en place une par une, et elles s'empressaient de dégringoler à nouveau. C'était une bataille dérisoire et grotesque. Exaspérée, je finis par prendre de grandes brassées de pelotes dans l'armoire pour les balancer par terre. Je voulais me venger de ces bouts de fil récalcitrants. Une fois qu'une colline respectable se fut formée au milieu de la pièce, je m'emparai de sacs-poubelle de cinquante litres avec l'intention de m'en débarrasser pour de bon. Si j'en jetais la moitié et que je remettais le reste en place, maman ne se rendrait compte de rien. Je remplis cinq sacs puis je m'arrêtai. Pour la première fois, je pensai à la mort de maman. Je n'avais jamais pris au sérieux la possibilité de son décès. Après tout, elle était ma mère. Sans compter que tout ce qui constituait sa vie était encore présent dans notre monde. Le micro-ondes attendait qu'on vienne faire réchauffer le prochain plat surgelé, les draps que j'avais lavés d'envelopper son corps, sa tasse de café préférée de recevoir sa dose de chicorée, le yucca en pot n'avait même pas commencé à faner et les factures d'électricité arrivaient encore dans la boîte aux lettres.

Mais soudain, sa mort fit irruption dans la pièce avec la pensée des milliers de pelotes, de bobines de fil, de pots de yaourt, de barquettes et de journaux qui remplissaient le moindre recoin de l'appartement. Je m'assis au milieu du tas de laine, horrifiée à la fois par la découverte de la possibilité que maman disparaisse et le constat de ce qu'elle laissait derrière elle. Le temps devenait poussière. J'étais là, immobile, dans ce temps où personne ne ferait le ménage. C'est alors que mon regard se posa sur ce qui tapissait les étagères du placard : des épaisseurs de tissu gris et blanc. Il y en avait des quantités. Je tirai sur l'un d'eux, qui se déplia. Il s'agissait d'un drap de chanvre ancien, d'un gris pâle et doux. En dessous, je trouvai des draps de lin et de coton ourlés de fines dentelles confectionnées à la main. Tous étaient anciens, mais parfaitement conservés. J'étais émue à l'idée qu'ils puissent venir de la grand-mère que je n'avais pas connue, d'une lignée maternelle qui se transmettait le tissu comme une chose précieuse, à l'époque où les centres-villes n'étaient pas infestés de magasins de prêt-à-porter.

La machine à coudre de maman était dissimulée sous le bureau, au milieu de montagnes de prospectus. Je l'exhumai tant bien que mal, raccordai la pédale, remplis la cannette, réglai la tension du fil puis réfléchis à ce que je pourrais faire.

De vieux magazines de couture traînaient dans la chambre ; je finis par tomber sur une jolie blouse d'enfant qui rappelait les écoliers du début du XXe siècle. Je pris plaisir à reproduire le patron ; j'anticipai le surplus de tissu nécessaire pour les coutures, ajoutai des pinces au-dessous du col et modifiai légèrement le dessin des manches. Cela faisait longtemps que je n'avais pas travaillé le tissu, mais je retrouvais les gestes appropriés comme s'ils m'étaient naturels. Maman m'avait appris à coudre quand j'étais enfant. J'avais oublié nos après-midi passés ensemble, elle penchée sur une robe ou une veste, moi en train de renouveler la garde-robe de mes poupées. Je ne m'étais jamais intéressée à ce que ma mère faisait de ses travaux de confection ; sans doute s'agissait-il de commandes passées par les voisines, qui lui permettaient d'arrondir ses fins de mois. J'avais été fière de porter les jolies chemises qu'elle me cousait, les robes aux modèles sophistiqués, les petites chemises de nuit de princesse avec leur double rangée de volants. Puis l'adolescence m'avait appris à en avoir honte. J'avais réclamé le droit d'acheter des T-shirts et des jeans fabriqués en série.

Et voilà que j'étais en train de confectionner un vêtement pour un enfant, comme ma mère l'avait fait pour moi. La matière sous mes mains prenait forme ; travailler ce tissu ancien, c'était nager à contre-courant, à rebours de notre agacement face à la lenteur du geste humain là où les machines savaient faire plus vite, avec plus de précision. Absorbée par la fabrication de la blouse, je laissai filer les heures jusqu'à ce que ce fût le dernier moment pour aller voir ma mère avant que les visites ne se terminent. J'imaginai qu'elle allait râler à cause de mon retard et j'emportai la blouse comme alibi.

Quand maman la vit, elle demanda à l'examiner de plus

près. Elle palpa le tissu et observa les coutures. Pour la première fois depuis des semaines, je décelai une lueur d'intérêt dans ses yeux. Elle remarqua :

« Tu aurais dû ajouter une pince ici. Et pour les boutonnières, tu as perdu la main. C'est pas régulier, regarde !

— Ça fait longtemps », me justifiai-je.

J'aimais l'entendre réaffirmer ses compétences. Soudain, maman fut traversée par une brusque inquiétude :

« Tout va bien à la maison ?

— Oui.

— Tu n'as touché à rien ? Il y a des choses, tu vois, si on les bouge, je ne les retrouve plus. Je préfère que tu ne touches à rien. Je ferai le ménage quand je rentrerai.

— Ne t'inquiète pas, mentis-je, tout est exactement comme tu l'as laissé. »

Rassurée, ou seulement fatiguée, elle me rendit la blouse puis laissa sa main retomber sur le drap :

« Je vais faire une sieste. »

Elle ferma les yeux.

Je lui caressai furtivement la main. Nous n'étions pas habituées aux contacts physiques. Les effusions nous mettaient mal à l'aise ; ou peut-être étais-je la seule à être gênée depuis que, durant mon adolescence, je m'étais construit du corps de ma mère l'image de quelque chose d'incontinent, de maladif et de laid. Maintenant, je ne savais pas comment lui exprimer ma tendresse.

Maman ne revint pas à l'appartement. Elle avait attrapé une infection nosocomiale. Affaibli par le cancer, son corps n'avait pas su lutter contre la bactérie. Nous étions le 1er septembre. Le lendemain, Gaïa allait rentrer en classe de CM1. Lors de l'un de mes retours à la maison, nous étions allées ensemble lui acheter ses nouveaux cahiers, un compas et une trousse ornée d'une licorne bleue. Une date d'excitation et de peur. Une date de recommencement. Une date pour mettre le pied dans une année nouvelle. Moi seule étais entrée dans un sas auquel les autres n'avaient pas accès. J'étais comme ces plongeurs des grands fonds qui revêtent une combinaison leur permettant de survivre dans des conditions extrêmes. Les autres humains continuaient à respirer à l'air libre et n'avaient aucune idée de l'effet que produisait la pression de mètres cubes d'eau au-dessus de moi.

On dit qu'il existe des limbes dans les Enfers où des morts sont placés en attente. Peut-être attendent-ils le moment où ils seront capables d'être morts pour de bon ? Ce qui est certain, c'est qu'il existe des limbes pour les vivants qui restent. Des limbes pour s'habituer à la vie telle qu'elle est, une fois amputée de sa part de mort. Des limbes pour trancher les derniers ligaments qui rattachent le passé au présent. Après seulement, les chairs se referment et leur nouvelle apparence, avec la cicatrice plus ou moins visible, devient habituelle. Pour cela, on a inventé une multitude de tracasseries qui vous occupent après la mort d'un proche. Même une personne comme maman qui avait vécu en toute discrétion était devenue après sa mort un centre d'intérêt majeur pour l'administration. Il fallait s'occuper de l'état civil, des funérailles, du compte bancaire, des prestations sociales, de la « succession », même si dans notre cas celle-ci se résumait à un nombre ahurissant de déchets. Vassil se déplaça pour l'enterrement et repartit quelques jours après pour s'occuper de Gaïa. Nous ne voulions pas qu'elle soit perturbée en cette période de rentrée.

Je me sentais submergée. Cela me jetait dans une tristesse crasse de constater que la seule chose qui resterait pour longtemps de maman, ce serait le plastique passé entre ses mains et qui portait peut-être encore l'empreinte de ses doigts. Quand je l'avais vue dans son cercueil, j'avais eu l'impression que son corps ne pesait plus rien. En comparaison, le poids des déchets accumulés chez elle apparaissait comme une anomalie impossible à concevoir.

Les membres de l'Église du salut du dernier jour m'avaient proposé de m'aider après l'enterrement. Vassil leur avait opposé un refus catégorique. Mais une semaine après son départ, voyant que j'en étais encore à trier mes souvenirs d'enfance et les poubelles, à me demander ce que je ferais des pelotes de laine et où jeter les trois frigos cassés hébergés dans la cuisine à seule fin de contenir des réserves d'emballages vides, épuisée, tarie et au bord de l'implosion, je pris conscience que rien ne m'obligeait à porter seule le fardeau de l'héritage de maman.

Les cinq vieilles dames qui débarquèrent le lendemain matin m'aidèrent à nettoyer l'appartement puis me demandèrent si je pouvais attendre un peu avant d'avertir l'office HLM. L'électricité ne serait pas coupée, personne ne viendrait condamner la porte et les vieux meubles de maman pourraient rester encore un peu dans la maison. Ils étaient toujours en recherche de logements provisoires pour héberger des migrants. Elles chuchotèrent que si nous avions été en période de trêve hivernale, ils auraient eu plus de chances de garder le logement quelque temps : ils rentraient discrètement, se photographiaient dans les lieux avec le journal du jour pour attester de la date. Ensuite, s'ils réussissaient à rester quarante-huit heures, on n'avait pas le droit de les déloger avant avril. Quoique, même cela n'était plus respecté. Et de toute façon, on n'était qu'en septembre. On verrait bien.

J'oubliai de qui émanait la proposition. J'avais un fervent besoin de croire à la solidarité humaine, aux liens qu'un désir d'entraide instaure entre des inconnus. Pendant quelques jours ou semaines peut-être, la mort de maman rendrait service à quelqu'un. Cela me consolait.

Je quittai Calais avec l'impression de perdre ma ville natale, un irréductible chez-moi, et je pleurai jusqu'à Rouen. Là, le brouillard teigneux qui flottait au-dessus de la cuvette où nageaient les maisons en brique, les usines et les HLM prit le relais de mes larmes. La voiture était bourrée de tissus anciens, de la machine à coudre de maman, et de kilos de vieux journaux dont autrefois j'avais griffonné les marges avec un zèle maniaque. Le reste, y compris la boîte en bois qui contenait mes dents de lait, avait été confié aux bons soins de l'Église du salut du dernier jour.

5

L'automne qui suivit la mort de maman, je me laissai gagner par le découragement. Rien ne viendrait corriger le vécu, nourrir l'illusion qu'il était encore possible d'estomper les vieux conflits. Maman était tout à coup exemptée de toute explication, de toute réparation, comme une entreprise qui faisait faillite avant qu'on ait eu le temps de revendre ses actions. Vassil m'encouragea à me reposer. Je me faisais l'effet d'un boa constrictor qui aurait avalé une proie trop grosse, obligé d'attendre sans bouger que ses sucs gastriques veuillent bien s'en occuper. J'aurais pu dormir des journées entières. La seule chose que j'avais encore envie de faire était de sortir la machine à coudre et de confectionner des vêtements miniatures dans les tissus anciens que j'avais rapportés.

Gaïa avait tout de suite adopté sa nouvelle blouse. Elle la portait à l'école, à la maison, et ne voulait même pas l'enlever pour la nuit. Je fabriquai une deuxième blouse identique pour pouvoir les laver à tour de rôle, puis je me mis en quête de nouveaux patrons. Gaïa faisait un modèle de couturière parfait. Pendant les essayages, elle ne s'impatientait pas ; elle suivait avec un ravissement attentif la danse des aiguilles que mes mains piquaient, ôtaient et repiquaient dans le tissu.

Bientôt, je me mis à dessiner des petites robes, des chemises, un manteau de mi-saison. Gaïa ne rechignait jamais à porter mes inventions. Il n'y avait que quand elle faisait sa valise pour partir en Bretagne qu'elle rangeait ces vêtements dans sa commode pour n'emporter que des jupes et des T-shirts de prêt-à-porter. Elle jetait en même temps des coups d'œil inquiets vers moi, comme si elle avait peur de me faire de la peine. Elle s'était mise à fonctionner comme l'un de ces insubmersibles dotés de compartiments étanches qui devaient les empêcher de couler en cas de tempête. Rien ne circulait entre sa vie ici et sa vie là-bas. J'aurais dû parler à cette petite fille qui ne savait comment réconcilier les deux mondes irréductiblement séparés dans lesquels se mouvait son père. J'aurais dû dire haut et fort à la petite Gaïa qui cachait au fond de ses tiroirs les vêtements confectionnés par mes soins que nos conflits ne la regardaient pas et que nous continuerions de l'aimer quoi qu'il advienne de nos relations bancales de grands. Mais aucun de ces mots ne franchit mes lèvres. Je détournai le regard avant chacun de ses départs, comme s'il y avait eu quelque chose de honteux dans ses gestes dérobés.

Je consacrai les soirées où Gaïa n'était pas là, les jours où Vassil se trouvait près d'Ilona, à coudre de nouvelles petites chemises puis à les plonger dans la teinture pour que Gaïa porte autre chose que du beige, du blanc cassé ou du gris. La sensation concrète du tissu sous mes doigts me tranquillisait. Je parvenais sans difficulté à le transformer, à lui imprimer les plis, les courbes et le tombé que je cherchais à obtenir. Je retrouvai des techniques que maman m'avait montrées des années plus tôt (couture rabattue, point de surjet sur les poches, point de feston). J'aimais la minutie qu'elles exigeaient. J'aimais poser un geste après l'autre, sans précipitation, j'aimais l'enchaînement régulier des points par lesquels s'assemblaient les pièces. En travaillant les tissus anciens, je rendais un discret hommage à ma mère. Qui sait quelles mains rêches, impatientes ou douces l'avaient emmaillotée autrefois, vêtue pour le premier jour d'école ou celui de la communion, quelles mains lui avaient préparé la soupe, donné des taloches, coupé les cheveux, l'avaient caressée si elles en avaient trouvé le temps. Certaines d'entre elles au moins s'étaient posées sur ces tissus de chanvre avant de les plier avec soin en prévision de travaux de couture à venir.

Coudre était une activité sans prétention qui ne m'apporterait ni la gloire, ni la richesse, ni l'orgueil d'avoir créé une œuvre unique que je pourrais revendiquer comme le reflet de ma personnalité, mais j'avais lu que notre désir d'être reconnu venait d'un atavisme de notre système cognitif qui avait codé il y avait des lustres les conditions de la survie humaine en cinq besoins primaires : manger, se reproduire, trouver de l'information, gagner du prestige, réduire ses efforts. Je me demandais maintenant si ce qui m'avait poussée à vouloir être artiste n'était pas l'envie de briller, de me sentir puissante. La mort de maman me confrontait à la vanité de nos entreprises. Elle était morte jeune, faisant baisser la moyenne de l'espérance de vie française. Cela suffisait pour que les moyennes perdent toute signification et que la mort reprenne toute sa réalité, elle qui m'avait toujours fixée de loin, protégée que j'étais par la barrière des statistiques.

Un jour, à la sortie de l'école, la mère de Sarah me demanda si je vendais les vêtements que je fabriquais. Sur le moment, je répondis par la négative. Je n'avais pas envie de monnayer les tissus de maman ; c'eût été dilapider un trésor précieux. Mais quelques semaines plus tard, un samedi matin où j'attendais que Gaïa termine son cours de danse, je me retrouvai par hasard à passer parmi les stands d'un vide-greniers. Au milieu d'un assemblage hétéroclite de paniers, vieilles cafetières, bouteilles en verre coloré et cartes postales anciennes, je tombai sur une pile de draps en chanvre. En interrogeant la vendeuse, j'appris qu'ils provenaient de la maison de son arrière-grand-mère. Ils avaient une centaine d'années. Le chanvre qui les constituait n'avait pas été ramolli dans des bains d'acide comme on le fait aujourd'hui. La finesse des fibres était exceptionnelle, le tissu doux et résistant. Je vérifiai qu'il ne se froissait pas facilement, signe qu'on avait utilisé de très longues fibres pour le confectionner. J'achetai le ballot de tissus pour une bouchée de pain et cousis une cape pour Sarah. Quand elle la portait, Sarah, avec ses boucles brunes dépassant de sous la capuche, faisait penser au Petit Chaperon rouge. Elle fit sensation dans la cour auprès des autres enfants et plus encore de leurs parents. J'entendis la mère de Sarah expliquer :

« C'est la maman de Gaïa qui l'a cousue ! Elle a des doigts de fée. »

Mon premier réflexe fut de vouloir rectifier son affirmation. Je n'étais pas la mère de Gaïa et j'avais toujours tenu à dissiper toute ambiguïté à ce propos. Mais Gaïa serra fort ma main et me tira à l'écart comme si elle voulait m'empêcher de parler. Elle n'aspirait peut-être pas tant au triomphe de la vérité qu'à une vie ordinaire entre un papa et une maman. Au fil du temps, moi qui avais cru ne jamais être capable d'élever des enfants, j'étais devenue un repère pour elle, un point stable au milieu des remous, quelqu'un qui prenait soin qu'elle ait chaud, mange à sa faim et se couche à une heure décente. Quelqu'un qui la consolait quand elle faisait des cauchemars, qui l'écoutait quand elle racontait une injustice subie à l'école, qui pleurait avec elle quand on allait voir dans les vitrines de Noël des familles d'ours blancs artificiels illuminés des mille feux des fêtes et que nos pensées dérivaient vers la fonte de la banquise et la disparition des bêtes sauvages. Gaïa était devenue une petite fille sensible. Trop aux yeux de Vassil pour qui la sphère émotionnelle représentait une nasse dont il fallait s'extraire. Mais moi, je me reconnaissais dans Gaïa. Dans sa façon de s'insurger le jour où elle avait compris que la vieille dame assise au coin de la boulangerie n'avait pas de maison où dormir ; dans ses cris de révolte face aux enfants qui mouraient de faim à l'autre bout du monde ; dans ses chagrins inconsolables à l'idée que des forêts fussent coupées ; dans ses poussées de joie quand elle arrivait à sauver un oiseau des griffes du chat. Elle avait pleuré à la cantine le jour où une surveillante avait voulu lui faire manger du veau. Je partageais une parenté émotionnelle avec Gaïa ; nous pouvions passer en quelques instants de la joie extrême à l'anéantissement. J'aimais ses mains toujours pleines de taches d'encre, ses pantalons déchirés aux genoux, ses mèches rebelles qui s'échappaient des tresses les plus serrées. Elle était comme moi : elle semblait perpétuellement surprise en découvrant que les lacets se défont et que les œufs crus se cassent si on les laisse tomber sur le carrelage. Oui, d'une certaine manière, j'étais une mère pour Gaïa. J'étais la mère des expériences partagées, la mère de la routine qui nous maintient dans le flot de la vie, malgré les bouleversements et les changements de cap. Je ne savais pas trop ce que Gaïa vivait avec Ilona quand elle rentrait en Bretagne. Je devinais à sa tristesse ou à sa colère dans les jours qui suivaient son retour que son équilibre était bousculé. Quant à moi, après la mort de maman, tout ce qui ramenait l'existence aux dimensions du quotidien me convenait. J'avais besoin que la surface de l'eau reste lisse. Qu'au mouvement succède l'immobilité. Besoin de croire qu'il existait de l'intangible dans nos vies, bien que partout autour de moi les lignes fussent en train de bouger. Luc et Annie avaient divorcé. Des couples qui s'étaient formés pendant nos études, seul celui de Fleur et Pierre perdurait, mais Fleur avait un amant. Elle avait déclaré qu'elle n'avait jamais aimé faire l'amour avec Pierre et que de toute façon, ce n'était pas tellement naturel de coucher à longueur d'années avec le même homme.

Je me documentai sur la culture du chanvre, cette vieille tradition supplantée par celle du coton, plus gourmande en eau et en intrants, mais plus rentable pour l'industrie textile. Le chanvre avait été utilisé pour fabriquer le premier livre, pour confectionner les drapeaux, les voiles et les cordages des bateaux qui se lançaient à la conquête du globe. Il avait servi de support aux toiles de Rembrandt et de Van Gogh. Il avait porté une civilisation entière avant d'être oublié.

Je créai une page Instagram pour y « accrocher » mes créations et reçus des messages d'inconnus qui voulaient les acheter. Je me laissai porter par le rythme des commandes. Elles m'obligeaient à sortir en quête de nouvelles matières dans des vide-greniers, des brocantes et des friperies. Entre deux séances de couture, je m'asseyais et laissais le vide s'établir en moi, ou, si ce n'était pas le vide, la simple sensation d'être là, présente à mon corps et à la pièce qui m'entourait. Je ne recherchais plus d'expérience qui me sortirait de moi-même comme Vassil me l'avait décrit. J'avais besoin au contraire de me confronter à la solidité de mon corps, à la force du temps qui s'arrêtait en moi alors qu'il continuait à se précipiter autour. J'étais la Dorothy du *Magicien d'Oz*, emportée par la tornade et mue par un profond désir de retourner chez elle. En moi flottait l'image d'une corde tendue dans les airs. Je ne savais pas à quoi elle était suspendue. Je savais seulement qu'elle était la seule chose tangible à laquelle me retenir. Jour après jour, depuis l'hospitalisation de maman, je m'étais accrochée à cette corde et m'étais fiée à sa fixité. Elle ne me fit jamais défaut. Probablement était-elle accrochée en moi depuis des années.

Maintenant que je cousais quotidiennement, je la voyais dès que je préparais la machine et branchais la pédale. À mesure que les commandes étaient expédiées, je retrouvais de la force ; celle des convalescents qui découvrent qu'ils possèdent des ressources insoupçonnées. Je me mis à ramasser des plantes en bord de Loire pour réaliser moi-même mes teintures. Les tissus en devenaient plus vivants. Leurs couleurs perdaient l'éclat factice des pigments chimiques et renouaient avec des nuances plus riches. J'aimais le rose pâle que produisait l'écorce de poirier, le jaune de la gaude ou du millepertuis, le bleu ardoise que donnait la fermentation des baies de sureau, le vert de l'armoise, le violet des roses trémières. J'installai une zone de séchage dans un coin de l'atelier. À mesure que les plantes s'y accumulaient, que leur odeur s'y répandait, je me réappropriais l'espace. Les ventes nous permettaient aussi de jouir d'une accalmie financière. Je n'avais plus besoin de m'inquiéter à partir du quinze du mois de la façon dont nous allions payer le loyer, la facture de téléphone ou d'électricité.

Vassil, lui, restait fidèle à lui-même. Alors que nous avions parlé depuis plusieurs semaines d'organiser une fête pour l'anniversaire de Gaïa, et que les invitations avaient été distribuées à ses camarades de classe, un soir, il me suggéra prudemment qu'il faudrait peut-être en repousser la date.

« Pourquoi, tu as un rancard avec l'autre ?

— Ne l'appelle pas comme ça ! se rétracta Vassil.

— L'important n'est pas de savoir comment je l'appelle ! L'important c'est que toi, tu as pris un engagement et que tu es en train de te défiler. Et pour ne pas te sentir trop minable, tu essaies de faire croire que c'est moi la coupable. »

Vassil fit amende honorable et me demanda de l'excuser. Il aurait dû me prévenir plus tôt. Peut-être aurait-il même dû refuser cette fois de participer à la cérémonie qui allait avoir lieu en Bretagne, mais Ilona était très fatiguée en ce moment ; elle avait besoin d'aide et il n'avait pas eu le courage de lui dire non. Il ajouta que moi, j'étais forte, que je m'en sortais toujours, et que s'il s'était permis d'accepter, c'était aussi parce qu'il me faisait confiance pour surmonter cette contrariété.

« Et puis, si tu étais moins obnubilée par Ilona, tout irait mieux pour nous trois. Pour toi, pour elle et pour moi. On ne va pas vivre éternellement en état de guerre !

— Qui est en guerre ? Tu as envie de coucher avec deux femmes, et le plus lamentable, c'est que tu justifies ta lâcheté par une prétendue compréhension supérieure des phénomènes. »

Vassil resta un instant abasourdi. Quand il me répondit, sa voix tremblait et avait une nuance revancharde qui me fit penser avec satisfaction qu'en cet instant il ne se maîtrisait plus tout à fait :

« Tu te souviens des deux pies ? Celles qui se battaient

sur le toit pour conquérir le territoire de l'autre ? Vous êtes pareilles Ilona et toi !

— Mais je ne l'ai même pas rencontrée ! »

La colère me coupait le souffle.

« Ne fais pas l'idiote. Tes pensées sont toujours fixées sur elle. Il est temps que tu prennes conscience à quel point ton émotionnel est déstructuré. Et à quel point ta pensée peut être tranchante. N'oublie pas qu'Ilona est une chamane. Ta pensée suffit à la blesser grièvement.

— Arrête, c'est ridicule ! Ilona est jalouse, c'est tout. Et elle a bien raison ; depuis le temps que tu navigues entre deux eaux. Mais entre nous, si c'est vraiment une chamane, je ne comprends pas qu'elle ne soit pas au-dessus de tout ça. »

Vassil soupira. Il était de nouveau dans son élément :

« Moi aussi, tu me blesses sans t'en rendre compte.

— Tu veux que je me balade avec un casque en alu sur la tête ? Pour faire barrière aux mauvaises ondes ? » lui criai-je, puis je claquai la porte de la cuisine et le laissai seul au milieu du vortex mortel des émotions que j'avais générées autour de lui.

En réalité, je n'en menais pas large. Les arguments de Vassil m'ôtaient toute possibilité de me défendre ; ils se situaient hors du champ de la raison. Leur validité reposait sur des axiomes qui lui étaient propres et il se fichait de savoir si les autres y souscrivaient. Il aurait été capable de soutenir en toute bonne foi que la Terre était plate. J'aurais voulu qu'il reconnaisse s'être enferré dans une situation intenable en ne coupant pas les ponts avec Ilona. Au lieu de cela, il m'accusait. J'étais furieuse.

Quant à Ilona, elle avait beau se trouver à plusieurs centaines de kilomètres, elle devenait de plus en plus concrète. Je rêvais d'elle, en train de marcher sous les arbres, ses pieds frôlant à peine le sol, diaphane et souveraine. Elle avait pris au fil des ans une existence charnelle. Un jour, en ouvrant la porte de l'appartement, je crus qu'elle se tenait derrière et je poussai un cri. Ce que j'avais pris pour Ilona était un long carton d'emballage vide que Vassil avait adossé au mur. Je m'écroulai sur le canapé et mis du temps à retrouver mon calme. Malgré tout, je ne pouvais pas me résoudre à quitter Vassil. Je n'étais pas prête à renoncer à notre vie commune. Mais je ne me sentais plus capable d'attendre tranquillement qu'il fasse ses bagages pour aller rejoindre Ilona. J'appelai Fleur. Comme d'habitude quand j'avais vraiment besoin d'elle, elle décrocha. Quand je lui fis part de ma surprise, elle lança :

« C'est les pouvoirs de la synchronicité !

— Tu ne vas pas t'y mettre, toi aussi !

— C'était une blague, ma grande. Je venais juste de m'accorder une pause-pipi quand le téléphone a sonné. La grande Ilona a encore frappé ? »

Je haussai les épaules même si Fleur ne pouvait pas me voir.

« Tu supporterais ma présence quelques jours ?

— On est chez les parents. En plein montage des buttes de culture. On accepte la main-d'œuvre gratuite. »

J'attrapai mon sac de voyage, y fourrai des vêtements et quelques morceaux de tissu. J'avais des commandes en attente et il y avait une machine à coudre chez les parents de Fleur. J'étais contente de laisser Vassil face aux conséquences de mon départ. Il allait devoir s'organiser pour aller chercher Gaïa à l'école, gérer les repas et les allers-retours à ses cours de danse, avertir les parents de ses amies que l'anniversaire était annulé.

Je descendis les marches quatre à quatre, jetai mon sac sur le siège passager et démarrai pour ne pas avoir le temps de regretter mon geste. Ce n'est qu'après quelques kilomètres, quand je fus sortie de la ville, que je pensai à Gaïa. Elle serait déçue d'apprendre que sa fête n'aurait pas lieu et probablement perturbée par ma disparition inopinée. Rien que pour elle, j'aurais aimé être capable de surmonter ma jalousie envers Ilona, mes colères envers Vassil, mais je me sentais presque aussi démunie face à notre situation matrimoniale que face à la fonte de la calotte glaciaire au Groenland. Trop de choses m'échappaient. J'avais définitivement perdu l'illusion qu'être adulte signifie garder le contrôle de quoi que ce soit.

Fleur et Pierre étaient au jardin, en train de ratisser les feuilles mortes. J'allai chercher des bottes dans la remise, me saisis d'un râteau et les rejoignis. Le travail physique me faisait du bien. Au bout d'un quart d'heure, j'enlevai ma veste et mon pull. Rapidement, mes dorsaux peu habitués à ce type d'exercice se firent sentir, mais j'aimais retrouver ce contact âpre avec mon corps. J'étais rappelée à l'immédiateté de mon enveloppe physique, au sens de ce que nous étions en train de faire : nourrir un petit morceau de terre pour qu'un jour il nous nourrisse à son tour.

Le soir, nous nous installâmes devant la cheminée. Pierre monta se coucher en demandant à sa compagne avec une sollicitude inquiète de ne pas veiller trop longtemps.

« Depuis quand tu le laisses te dire à quelle heure tu dois te coucher ? »

Fleur n'était pas agacée.

« Décidément, Héraclite avait raison, tout change, même toi ! » ajoutai-je.

Je dirigeai la conversation vers Vassil et Ilona, et finis par avouer ce qui me mortifiait le plus : je me sentais bafouée, j'avais envie de quitter Vassil, mais je n'en avais pas le courage. Que serait ma vie sans lui ? Elle perdrait sa valeur comme si les enseignements spirituels de Vassil imbibaient ma propre existence et la dirigeaient vers l'essentiel. Au fond, j'aurais aimé lui ressembler et être acceptée par Ilona. J'étais l'écolière qu'on refoule à l'entrée de la classe plus élevée sous prétexte qu'elle n'a pas réussi les examens du niveau inférieur.

« Tu plaisantes ? réagit Fleur. Ces deux-là vivent un délire de chamanisme sauvage et parce que tu ne te laisses pas embarquer, tu crois ne pas être à la hauteur ? »

Je hochai la tête et des larmes se mirent à rouler sur mes joues. En présence de Fleur, ma coque extérieure se fissurait comme la première fois où nous nous étions rencontrées. Elle jouait à peu près le rôle d'une mère pour moi : refuge, confidente, oreille capable de m'entendre sans me juger. Puis, une fois qu'elle m'avait réconfortée, elle me prenait par les épaules et me poussait vers le monde extérieur pour que j'apprenne à l'affronter.

« Sérieusement, dit Fleur, observe un peu ce qui se passe. Tu paies le loyer, tu les nourris, tu les dorlotes, tu es toujours là quoi qu'il arrive... et puis il y en a d'autres qui galèrent des années pour exposer ou vendre une pièce en touchant le RSA, et toi, dès que tu entreprends quelque chose, comme par miracle, les gens aiment ça, ils sont même prêts à payer pour tes vieux bouts de tissu qui ont mariné cent ans au fond d'un placard. Mais dès qu'il y a une nana siphonnée qui dit à Vassil que tu n'es pas digne de lui, tu rentres dans le jeu ? Tiens, j'ai envie d'en découdre avec cette Ilona. On va chercher son numéro et l'appeler ! Elle existe vraiment au moins ?! »

Aussitôt cette hypothèse formulée, je suppliai Fleur d'y renoncer. Je reculais à la simple idée d'entendre la voix d'Ilona comme s'il s'agissait de me jeter dans une piscine glacée.

« En tout cas, j'ai envie de voir à quoi elle ressemble. »

Fleur alluma l'ordinateur. Je ne voulais pas être associée à ça ; je battis en retraite dans la cuisine et me mis à la vaisselle. Quand je revins au salon, Fleur tourna l'ordinateur vers moi. Sur l'écran, une femme vêtue d'une robe vaporeuse courait dans une prairie, des voiles blancs voletant dans son sillage. Dans les textes accompagnant les photos, l'ère du Verseau régnait en maître. Comment Vassil pouvait-il vouer une telle admiration à cette femme ? Comment avais-je pu, moi, lui accorder tant d'importance ? Fleur interrompit le tourbillon de mes pensées :

« Regarde la robe ! On dirait qu'elle a décroché les rideaux du salon. Si j'étais toi, je lui proposerais mes services. »

Elle éclata de rire. J'oscillais entre le dépit et un étrange sentiment de libération. Quant à Fleur, je l'avais rarement vue si survoltée. Lorsque je lui en fis la réflexion, elle dit :

« Ne fais pas attention, c'est les hormones. »

Elle enchaîna :

« Tu te souviens de Paul ? On a passé deux semaines chez lui et Camille l'été dernier. Je voulais voir comment ils vivaient dans leur communauté. Je les imaginais un peu comme des doux rêveurs qui passent leurs journées à fumer des pétards et qui vivent des aides sociales…

— Et ?

— Et on est tombés dans un vivier de foutus hyperactifs !

Ils ont réparé la roue du moulin à eau et ils fabriquent leur électricité, leur verger est super, ils commercialisent la laine des moutons, ils se nourrissent de leurs légumes. Paul veut essayer de produire des céréales. Ils ont une salle pour les activités collectives, mais chacun vit dans sa propre maison. Au fur et à mesure qu'ils les rénovent, de nouvelles familles peuvent s'installer. Et il se trouve qu'il y aura bientôt une maison disponible. Il reste pas mal de travaux, mais Pierre et moi, on a envie de s'y coller.

— Vous envisagez d'aller vivre là-bas ?

— On part au printemps. Pour le moment, la maison n'a pas de chauffage et comme les femmes enceintes sont un peu plus douillettes que les autres…

— Attends, Fleur, laisse-moi atterrir. Tu pars vivre dans une communauté dans la Drôme et tu vas avoir un bébé ?

— Qu'est-ce qui te choque : la Drôme ou le bébé ?

— Je t'ai tellement entendue répéter que tu préférais mourir plutôt que de souscrire à l'obligation de te reproduire…

— C'est vrai. Mais si on vit là-bas, ça me paraît moins absurde. Élever un enfant sans que sa vie nuise à d'autres vies, c'est ok. »

J'étais partagée entre l'envie et l'incrédulité. Qu'est-ce que j'avais cru, au fond ? Que Fleur vivrait éternellement près de moi ? Qu'elle n'aurait pas d'autre ambition que de me réconforter dans mes moments de vague à l'âme ?

Voyant mon désarroi, Fleur prit mon pied dans ses mains et me malaxa les orteils comme nous le faisions les jours de grand froid quand nous étions étudiantes, quand nous partagions le même atelier et que nous n'avions pas trouvé mieux pour nous réchauffer.

« Tu auras intérêt à venir. Là-bas, on sera à fond pour le

travail au noir ! Et puis toi aussi tu devrais essayer de faire un chantier de ce genre. Ça te ferait du bien. Au moins dans ces lieux-là, on est dans l'action. On n'a pas le temps de se morfondre. »

Elle avait raison ; j'avais envie moi aussi de participer à une création dans laquelle ma contribution ne serait qu'une parmi d'autres ; à une œuvre pour laquelle les autres me soutiendraient tandis que ma présence serait un soutien pour eux. J'avais gardé le numéro de Florence. Il était temps de l'appeler.

6

Le stage avait lieu dans l'arrière-pays de Montpellier, au sommet d'un piton rocheux auquel on accédait par un chemin cahoteux. La maison des propriétaires était alimentée en eau grâce à une retenue creusée sur le terrain, qui à notre arrivée était à sec. Dans la vallée, il ne subsistait de la rivière qu'une coulée craquelée ; en m'arrêtant au bord de celle-ci, j'avais croisé des regards absents et inquiets. Certains habitants se signaient. Seul le lac artificiel un peu plus bas était approvisionné en eau. C'est là que nous irions, expliqua Florence, pour nous rafraîchir et nous laver après les journées de chantier. Une vieille yourte à la bâche trouée était mise à la disposition des stagiaires, mais quand j'y passai la tête, la poussière me prit à la gorge et je décidai que Gaïa et moi dormirions à la belle étoile. Je tendis deux hamacs pourvus de moustiquaires entre les pins. Gaïa était excitée comme une puce à l'idée de dormir dans son lit de toile. Je lui demandai si elle était sûre de ne pas avoir peur quand il ferait noir. Elle émit un non catégorique et se mit à disposer soigneusement ses petits trésors dans la poche latérale du hamac.

Malgré la chaleur et la sécheresse, quand nous nous réunîmes dans le jardin pour dîner tous ensemble, Florence, les propriétaires du lieu et les sept stagiaires, la douceur des nuits d'été enveloppa notre petit bout d'univers. La chaleur redevenait supportable, les étoiles brillaient avec la même intensité tranquille que des millions d'années plus tôt. Je me laissai aller au plaisir d'être là avec les autres, buvant du vin et discutant pendant que les rires des enfants nous parvenaient de loin. Je fis la connaissance des stagiaires : Mathieu qui jouait sur un piano à queue qu'il transportait dans une semi-remorque pour donner des concerts sur des jetées, dans les banlieues et les galeries commerciales, Yvonne et Marie qui auraient bientôt soixante-dix ans mais qui avaient envie de profiter de l'énergie qui leur restait pour accomplir quelque chose, François et Adeline qui s'imaginaient créer un gîte dans lequel il y aurait une kerterre à louer. Il y avait aussi Antoine qui se cherchait après avoir travaillé dans le monde impitoyable de la grande distribution. Son intonation hésitante me toucha.

Le lendemain, nous commençâmes par chercher sur le terrain les grosses pierres plates qui serviraient à poser les fondations. Après avoir tracé un cercle, nous nous appliquâmes à les disposer les unes à côté des autres en veillant à ce que leur angle penche vers l'extérieur pour empêcher l'eau de s'infiltrer dans la kerterre. Mes pensées dérivèrent vers Vassil. Et moi, qu'en était-il de mes fondations ? Sur quoi était bâti notre couple ? Je n'avais pas pris le temps d'en imbriquer les pierres avec soin ; elles s'étaient placées ici et là sans que j'y prête attention. J'étais submergée par la certitude assassine que, faute d'une intention claire et honnête, tout l'édifice menaçait de s'effondrer. Les larmes me montèrent aux yeux et je m'écartai du groupe, feignant de chercher des pierres plus loin.

L'après-midi, nous préparâmes le mortier de chaux pour commencer à monter les murs. Il fallait travailler en bottes, pantalon et chemise à manches longues : si elle se glissait dans les vêtements, la chaux nous brûlerait. Les lunettes de protection étaient envahies de buée et les gants de caoutchouc se remplissaient d'humidité. Nous arrachions de longues mèches de chanvre à l'énorme rouleau livré par un paysan de la région, nous les trempions dans le mortier puis les placions sur le mur en construction dans lequel elles se fondaient dès que le mélange séchait. Le mur circulaire grandissait vite. Je m'étais figuré que construire exigeait une capacité de planification, un esprit de synthèse et un savoir-faire technique hors de ma portée. Mais notre kerterre prenait forme imperceptiblement, sans que nous ayons calculé le nombre de mèches de chanvre ou prévu la façon dont elles se chevaucheraient. Ce n'était pas plus compliqué que de coudre ; il suffisait d'être patient et de répéter une série de gestes appropriés jusqu'à ce qu'ils s'inscrivent dans la matière. Rien n'avait besoin d'être conforme à des dimensions millimétrées, tout pouvait se modifier, s'adapter. Les accessoires (la porte, la fenêtre et la plaque de plexiglas qui servirait de toit) pouvaient être récupérés dans une brocante. Une fois terminée, la kerterre ferait trois mètres de haut en son centre ; elle mesurerait quatre mètres vingt de diamètre. Florence vivait à l'année dans une maison similaire qu'elle avait bâtie de ses mains. Moi aussi, j'étais capable de bien plus que ce que je croyais. Mon corps était en mesure de soulever des poids importants, mes mains avaient appris comment travailler le chanvre, je comprenais intuitivement comment poser les mèches pour que le mur soit solide, étanche et le plus lisse possible. Malgré la fatigue, je jubilais.

Le cinquième jour, alors que les murs du dôme étaient bien avancés et que nous avions posé une fenêtre sur le côté ouest, je me portai volontaire pour aller piocher au fond de la retenue d'eau la terre argileuse nécessaire à la construction de la cheminée. J'étais contente de m'éloigner pour quelques heures de la cuve de chaux. Le matin, Antoine m'avait éclaboussée en essorant une mèche de chanvre ; j'étais lasse de porter des lunettes qui exerçaient une pression sur mes tempes, je les avais donc ôtées et elles pendaient à mon cou, parfaitement inutiles, quand la chaux m'avait brûlé les yeux. Malgré l'eau en bouteille que Florence avait disposée à proximité du chantier pour que nous puissions nous laver les yeux en cas d'accident, mon œil gauche restait rouge et me démangeait.

Je creusai à plusieurs endroits au fond de la retenue ; la terre contenait davantage de craie que d'argile. Même en enfonçant ma bêche profondément, je ne récoltais qu'une poudre jaune qui ne ressemblait pas à ce que je cherchais. J'avais des courbatures aux bras, mes lombaires me faisaient mal. Je finis par m'appuyer contre la bêche puis par m'asseoir sur la terre craquelée. La tête me tournait. C'est dans cette position que Florence me trouva ; elle m'entraîna aussitôt à l'ombre et me fit avaler un verre d'eau. Elle m'interdit de bouger jusqu'au repas du soir.

Allongée sur un matelas de fortune posé à même le sol dans la grande maison de pierre, je sentais le globe terrestre dériver lentement, pris dans son mouvement de rotation inexorable. Quelque chose était en train de basculer dans l'atmosphère de la montagne. Quelque chose d'imperceptible et pourtant de fatal. J'avais chaud mais mon corps était parcouru de frissons. Dans le jardin, Gaïa chantait une comptine, « petit daim petit daim, nous t'arracherons les yeux, nous t'arracherons la peau, petit daim petit daim, nous te rôtirons vivant… ». Où avait-elle appris ces paroles ? Elle les récitait en boucle de sa voix angélique ; je ne pouvais pas croire qu'elle les eût inventées. Ce devait être le fils des propriétaires du lieu qui lui mettait ces choses horribles en tête. À moins qu'il n'existât une autre facette de la petite Gaïa sensible et douce. Loin de moi, peut-être sa personnalité changeait-elle complètement ? Mes pensées maladives me donnaient le tournis. Je m'enfonçai les index dans les oreilles pour ne plus l'entendre. Si je m'étais trouvée devant Gaïa, je l'aurais giflée. La violence de la comptine me contaminait, à moins que ce ne fût autre chose, quelque chose qui était en suspension dans l'air de cette journée torride.

Cette nuit-là, Gaïa se mit à m'appeler en pleurant. Depuis notre arrivée, elle n'avait jamais eu de difficultés pour dormir seule. Réveillée par ses pleurs, je lui demandai d'un ton brusque :

« Pourquoi tu ne dors pas ? »

Elle me répondit en reniflant qu'elle avait peur.

« Peur de quoi ? »

Elle commença à sangloter si fort que je me mis à craindre qu'elle ne réveille les autres stagiaires installés dans des tentes, tout près.

J'étais exaspérée d'avoir été réveillée. La comptine me revenait en mémoire. J'en voulais à Gaïa de m'avoir empêchée de dormir, je lui en voulais aussi de sa violence cachée. Quelque part à l'orée du jardin, un renard poussait des cris d'alarme et un chevreuil se mit à aboyer. Je me tordis la cheville en fouillant le sol du pied pour essayer de trouver mes bottes, posées au pied du hamac dans la végétation acérée des genévriers miniatures et des petits chênes kermès, piquants comme des buissons de houx. Je boitillai jusqu'au lit de Gaïa et m'y glissai de mauvaise grâce. Dès qu'elle sentit le contact de mon corps, elle se calma. Je ne fus pas touchée par ce témoignage de confiance ; j'interprétai son attitude comme la preuve qu'elle jouait la comédie. Si j'avais pu connaître l'avenir, j'aurais attrapé ses petits bras, les aurais noués autour de mon cou et lui aurais chuchoté de ne jamais les détacher. Si j'avais pu prévoir les événements des heures qui suivraient et ceux des années qui allaient venir, j'aurais serré Gaïa contre moi en profitant de chaque seconde qui nous était offerte, de chacun de ces précieux instants de tendresse et de proximité. J'aurais joui de ce sentiment de sécurité que ma présence éveillait en elle et j'aurais fait le vœu que les provisions de confiance qu'elle constituait auprès de moi restent pour longtemps un réservoir dans lequel elle pourrait puiser dans les moments de déroute. Mais je ne connaissais pas l'avenir. Seul l'instant présent m'était accessible, avec son lot d'insatisfactions et de contrariétés. Gaïa se lova contre moi dans le hamac et j'essayai de me détendre tant bien que mal dans ce nid trop petit pour deux. Je sentais sa poitrine se soulever au rythme de sa respiration redevenue régulière. Quant à moi, je ne pouvais pas dormir. Le vent balançait le hamac ; je me mis à craindre que nous ne fussions trop lourdes pour qu'il nous supporte. Puis ma vessie se rappela à ma mémoire. Je ne pouvais pas me lever sans réveiller Gaïa. Ma position devenait de plus en plus inconfortable ; j'avais mal au dos et au coude gauche. J'angoissais à l'idée que le lendemain une journée de travail physique m'attendait et que j'allais être épuisée. Gaïa dormait à poings fermés. Je fus submergée par un mélange indigeste d'amour et de haine pour ce petit corps inconscient, et je restai là, baignant dans des sentiments contradictoires jusqu'au matin.

Le lendemain, je rejoignis le chantier dans un état d'excitation dû au café trop fort et à ma fatigue exacerbée. Je trempais le chanvre dans la cuve puis le posais d'un geste rageur sur le mur avant de le frotter avec mes gants de caoutchouc comme s'il s'agissait d'un ennemi qu'on fait semblant de caresser mais à qui on espère secrètement faire mal. Nous montions sur des escabeaux pour accéder au mur en construction. J'étais partagée entre l'exultation de voir la kerterre se refermer et le vertige dû à l'épuisement. Gaïa faisait la grasse matinée dans son hamac. La chaleur était intense. Dès neuf heures, le thermomètre avait atteint les vingt-neuf degrés, et ce n'était qu'un début : le ciel était d'un bleu parfait et meurtrier ; aucun nuage ne venait faire barrière aux rayons du soleil.

Soudain, à onze heures, alors que nous commencions à suer à grosses gouttes, une rumeur sourde accompagnée de fumée âcre nous arrêta. Nous levâmes la tête. Un petit avion tournait au-dessus de la forêt, sur le versant d'en face. C'est alors que j'aperçus les flammes. De loin, elles auraient pu passer pour petites et inoffensives, s'il n'y avait eu l'épaisse fumée qui s'élevait sur leur passage. Aidé par le vent favorable, le feu qui avait pris dans la forêt sèche enflait de minute en minute. Bientôt, on vit distinctement une rangée de flammes qui avançait, implacable, à une vitesse surnaturelle, dévorant les arbres et laissant derrière elle une étendue noire. Une puissance archaïque était à l'œuvre. Je restai clouée sur place, fascinée par le spectacle de la destruction, par la fureur et la beauté du feu. Il y avait un attrait magnétique dans la force déchaînée de cet élément que nous avions domestiqué, et que nous n'étions habitués à voir que confiné dans une cheminée, enfermé dans la flamme sage d'une bougie qu'on éteindrait d'un souffle. Nous nous sentions plus forts que le feu, mais nous nous trompions. Deux Canadair tournaient maintenant au-dessus des flammes, libérant leur cargaison d'eau, ridicule en comparaison du foyer. Hypnotisée par l'incendie, j'entendis Mathieu crier aux autres :

« Si le feu passe la barrière de la rivière, on quitte ce versant, même si on est séparés par la vallée ! »

Je retrouvai brusquement le sens des réalités. Où était Gaïa ? Je courus jusqu'aux hamacs. Elle n'y était plus. J'allai jusqu'à la maison et l'appelai. Sans succès. Je descendis à la réserve d'eau. Aucune trace de la petite. Je commençai à m'affoler. Un bruit de pneus et de moteur se fit entendre sur le chemin caillouteux qui menait à la maison. C'était la propriétaire qui revenait des courses. Je repérai aussitôt son fils, assis sur la banquette arrière de la voiture. La place à côté de lui était vide.

« Vous n'avez pas vu Gaïa ? »

Alice secoua la tête :

« Pas ce matin. Je croyais qu'elle était descendue avec toi au chantier. Comme elle n'était pas là, j'ai emmené Paul avec moi. »

Nous rejoignîmes la kerterre et j'alertai les autres. Désormais, le feu m'apparaissait comme une puissance sournoise et malveillante. Son seul but était d'avaler le plus de forêt possible pour arriver jusqu'à nous avant que j'eusse retrouvé Gaïa.

« Je ne sais pas où est passée Gaïa ! » hurlai-je aux autres. Certains discutaient, cherchant à savoir si l'incendie avait une source criminelle. L'année précédente, des habitants avaient mis le feu à leur maison pour toucher les primes d'assurance. La radio locale diffusait par salves les dernières informations. Florence fut la première à se ressaisir :

« On est huit. On se met par deux et on se répartit les zones du jardin : Yvonne et Marie, au réservoir, Alice et Antoine au jardin de pierres, François et Adeline au campement. Sabrina et moi, on va fouiller les abords de la maison. »

Je serrai les dents en courant de nouveau vers la maison. Où pouvait-elle être ? Pourquoi avait-il fallu qu'elle disparaisse ? L'air étouffant qui nous environnait était une toile de rêves, une épaisseur irréelle à travers laquelle je devais me frayer un chemin vers Gaïa. Une horrible pensée me tourmentait : si je ne la retrouvais pas, notre dernier moment passé ensemble aurait été une nuit de dispute. Je ne croyais pas qu'elle serait dans la maison ; je l'y avais déjà cherchée quelques minutes plus tôt. J'avais envie de courir jusque chez les voisins, en haut du chemin. Peut-être y était-elle allée pour retrouver Paul, ne sachant pas qu'il était parti au village avec sa mère. Mais Florence insista pour que nous restions ensemble. Il ne manquerait plus qu'on se perde les uns les autres. J'avais l'impression qu'elle appréhendait de me laisser seule dans mon affolement. Nous passâmes de pièce en pièce, sans y déceler aucune trace de Gaïa, puis je sortis sur le balcon. Depuis cet observatoire l'incendie apparaissait dans toute sa splendeur. Le vent penchait les flammes vers l'ouest, les poussant en avant encore et encore, vagues rougeoyantes affamées de combustible, de bois et d'êtres vivants. Elles avançaient de plus en plus vite. Soudain, j'aperçus une petite forme noire à l'endroit le plus escarpé de notre versant, sur un promontoire où avait été construite au siècle dernier une petite fontaine en rocaille qui ne fonctionnait plus. C'était un espace du jardin qu'on ne voyait pas, sauf à se trouver en surplomb comme je l'étais.

Je dégringolai les escaliers, traversai le jardin et me précipitai sur Gaïa. Elle était accroupie dans la fontaine vide et fixait l'incendie. Autour d'elle, le sol était constellé de petites croix faites de fines branches sèches.

« Gaïa, tu vas bien ? Qu'est-ce que tu fais ici ? » lui chuchotai-je en m'accroupissant à ses côtés, incapable de parler fort, comme si quelque chose me forçait au silence dans ce qui était en train de s'accomplir sous mes yeux.

Gaïa répondit d'un ton grave :

« Je fais une cérémonie pour les arbres morts. »

J'étais partagée entre le dégoût de constater que Gaïa reproduisait ce qui devait être des gestes appartenant à sa mère, une crainte superstitieuse devant sa gravité tranquille, et le soulagement de l'avoir retrouvée. Que je veuille l'admettre ou non, une part de moi acquiesçait à cette mise en scène rituelle. Nous les adultes, nous nous accrochions à d'autres bouées : les flashs d'information, les commentaires sur la façon dont des incendies antérieurs avaient été maîtrisés, ou même le constat désabusé qu'avec le réchauffement climatique, ce genre d'événement ne ferait que s'amplifier. La vérité, c'est que nous étions tous dépassés. Soudain, une idée me traversa l'esprit : se pouvait-il que Gaïa ait pressenti quelque chose la veille ? Une subtile montée de forces primaires qui se concentraient dans la forêt pour exploser aujourd'hui dans la fureur du feu ? Alors que nous étions tous agités et inquiets, elle était devenue calme et attentive. Quant à moi, je me sentais vidée. Je trouvai la force d'affermir ma voix pour dire :

« Le feu avance. Il faut partir. »

J'attrapai sa main pour qu'elle se lève. Gaïa se débattit :

« J'ai pas fini. La forêt a besoin qu'on s'occupe d'elle.

— Ne dis pas de bêtises. Les pompiers vont s'occuper de la forêt. Nous, on s'en va. C'est dangereux. »

Gaïa secoua la tête avec véhémence. Au lieu de se lever, elle posa les fesses par terre pour se transformer en un sac de gravats de vingt-cinq kilos. Une sourde colère ayant pour cible Vassil et Ilona se dressa en moi. Voilà où cela menait de mettre des idées fanatiques dans la tête d'une gosse ! Je l'attrapai et la soulevai tant bien que mal. Elle se mit à hurler et à donner des coups de pied dans le vide. Surprise, je la laissai retomber, mais l'attrapai aussitôt par le bras pour l'empêcher de s'enfuir. Je la sentais prête à tout, pleine d'une résolution hargneuse que je ne lui avais jamais connue. Je levai la main et lui flanquai une gifle ; puis, je me mis à la traîner derrière moi. Gaïa était abasourdie. Jamais je ne l'avais frappée. Je n'étais pas fière de n'avoir trouvé que cet expédient pour en venir à bout, mais je n'avais pas le temps d'avoir des remords. Florence nous attendait près de la maison. Nous marchâmes sans un mot jusqu'au parking et démarrâmes pour rouler en direction du lac. Ma main tremblait sur le volant.

Il fallut deux jours et une nuit aux pompiers pour maîtriser le feu. Quand nous retrouvâmes le chantier, le versant en face de nous n'était plus qu'une étendue noire. La montagne dépouillée de toute végétation nous adressait une grimace hideuse. Une partie des stagiaires avait décidé de rentrer chez eux. Gaïa et moi partirions le dimanche ; malgré le paysage sur lequel s'ouvrait désormais la kerterre, j'avais décidé d'aller jusqu'au bout et d'aider Florence à poser sur les murs la dernière couche d'enduit, la plus fine, constituée de fibres que nous avions divisées et divisées encore jusqu'à obtenir des filaments de chanvre presque invisibles.

Le soir précédant notre départ, Florence et moi nous retrouvâmes dans le jardin. Gaïa profitait de la dernière soirée où elle pouvait jouer avec Paul. Le soleil terminait de se coucher, les cigales stridulaient, l'obscurité effaçait la trouée noire dans la forêt et rendait la montagne à sa sérénité. Alors que la nuit me dérobait les traits du visage de Florence, un brusque besoin de me confier me poussa à lui parler de Vassil. À la veille de nos retrouvailles, je ressentais à nouveau le poids des non-dits, la pression de ma dépendance affective. Je m'en ouvris à Florence. Elle rit :

« Avant de venir ici, tu croyais ne pas être capable de construire ta propre maison, n'est-ce pas ?

— C'est vrai.

— Et aujourd'hui, tu crois ne pas être capable de vivre sans un homme dans ta vie ?

— Pas sans un homme. Sans *cet* homme.

— Sans cet homme qui te rend malheureuse quand il va retrouver une autre femme et qui tient des discours ésotériques sur le voyage des âmes dans les confins de l'univers ?

— C'est Fleur qui t'a parlé de lui comme ça ?

— Peu importe. Tu devrais te demander pourquoi tu crois ne pas pouvoir te passer de lui. L'adhésion à une vieille mythologie selon laquelle une femme n'est pas complète si elle est seule ?

— J'ai l'impression que sans lui je passerais à côté de quelque chose de plus grand. Sinon, comment on se console de ça ? »

Je fis un mouvement vers l'invisible forêt calcinée.

« Tu sous-estimes le pouvoir de la beauté, dit Florence.

La beauté et la bonté, voilà ce que nous devrions tous poursuivre, chaque jour, sans concession. »

Après un silence, elle ajouta :

« Et puis, fais attention, il y a des tas de gens qui sont en chemin, mais qui prétendent être déjà arrivés et qui se permettent d'enseigner aux autres. Méfie-toi de ces gens-là.

— Qu'est-ce que tu veux dire ?

— Qu'il est difficile d'être honnête avec soi. En tout cas, je n'ai pas tellement d'indulgence pour ceux qui prêchent le sacrifice et l'oubli de soi. Tiens, je vais te raconter une histoire… Il était une fois un ermite qui vivait dans une grotte dans la montagne et qui méditait chaque jour, seul, détaché de tout désir humain. On venait de loin pour le voir et lui demander conseil. On le considérait comme un saint. Mais voilà qu'un jour une pute s'installe dans une autre grotte, un peu plus loin. Elle aussi reçoit beaucoup de visiteurs, mais pas pour les mêmes raisons ! Le saint est mortifié de devoir supporter quotidiennement le spectacle de la débauche. Tu penses bien, la pute démonétise sa sacro-sainte entreprise spirituelle, elle obscurcit le monde par le vice et le stupre. Bref, il n'y a pas un jour où il ne maudisse cette sale pute de s'être installée dans la grotte d'à côté !

« Mais par l'un de ces hasards dont l'univers a le secret, l'ermite et la pute meurent le même jour. Les voilà à patienter dans la queue pour le paradis. L'ermite est en colère parce qu'il y a des tas d'âmes devant lui, des âmes de simples profanes, et il devient carrément furieux quand il voit que même la pute est plus avancée que lui dans la queue. Alors il sort du rang et va râler auprès des autorités compétentes. "Il y a une erreur dans votre liste, qu'il dit ; la preuve, c'est que la péripatéticienne là-bas, elle est devant moi." Ni une ni deux, l'ange qui gère la file va consulter ses dossiers. En revenant il dit : “Cher ermite, tout est bien en ordre. Vois-tu, pendant les dix années qui viennent de s’écouler, tu as passé tes journées à maudire la prostituée qui vivait près de chez toi, parce qu’à cause d’elle, la montagne te semblait moins sacrée. Elle, pendant toutes ces années, qu’a-t-elle fait ? Tous les matins, elle priait pour toi, remerciant le ciel de t’avoir placé là, en face de son bordel, parce que la vue de ta sainteté l’aidait à supporter sa condition de pécheresse. Je te le demande : de vous deux, qui a l’âme la plus pure ?” »

Florence ajouta :

« Avec tous tes doutes, tu pourrais être plus près que tu ne le crois de la vérité. Viens faire un tour sur le site des kerterres cet hiver. Quand les stages seront terminés.

— Je viendrai… sûrement. »

Florence me manquait déjà. Je ramassai un galet rond sur la table, un de ceux qui nous avaient servi à polir la surface de la kerterre. Je le glissai dans ma poche et me promis de le serrer dans ma paume chaque fois que le doute reviendrait me hanter.

7

Vassil avait nettoyé la maison de fond en comble, fait les courses et construit de nouvelles étagères. Tout était donc normal en apparence. Si ce n'est qu'il m'accueillit comme un poisson tiré des profondeurs, attendant le sauveur qui le remettrait à l'eau. Il était attentif à mes moindres mouvements, aux changements dans mes inflexions de voix. Il se montrait tellement plein de sollicitude que j'eus de nouveau la certitude qu'il tenait à moi. La question était de savoir de quelle façon. J'étais le socle de sa vie quotidienne, une bouée ou un repère, mais j'aspirais à davantage : je voulais qu'il me fasse partager ses préoccupations spirituelles, puisqu'elles formaient le centre de son existence et le ramenaient à Ilona.

Un vendredi soir, après avoir déposé Gaïa à une soirée pyjama, j'allai chercher Vassil à la fin de son cours de méditation ; nous pourrions dîner tous les deux en ville. Quand j'arrivai, la porte était entrouverte, la séance terminée, mais certains participants n'avaient pas encore quitté les lieux. Je les entendais discuter.

Ils ne s'adressaient pas les uns aux autres comme de lointaines connaissances qu'une même pratique rapproche un moment. Ils se comportaient comme des amis intimes. De temps en temps, la voix de Vassil s'élevait et alors les autres se taisaient. Je fus étonnée de déceler dans sa façon de parler non seulement l'autorité que vous donne le fait d'enseigner, mais aussi une chaleur et l'expression de la complicité que développent des êtres qui poursuivent un but commun. J'en fus mortifiée : depuis qu'il était revenu, Vassil ne m'avait jamais présentée à personne. Il prétendait qu'il n'avait pas d'amis, seulement des élèves ; il ne devait pas mêler sa vie privée au travail. Je compris que le groupe se préparait à un voyage à l'occasion duquel un événement important se produirait. Vassil faisait des projets avec ces inconnus, alors que dans notre vie commune il était incapable d'anticiper une semaine de vacances. C'était toujours moi qui m'occupais de ce genre de choses.

J'entrai dans la salle. Aussitôt cinq paires d'yeux se braquèrent sur moi. Puis leur réflexe fut de se tourner vers Vassil. Il parut étonné. J'admirai la façon dont, en un instant, il surmonta son trouble et se reprit. D'une voix cordiale, il dit :

« Bonsoir Sabrina. Bienvenue ! »

Puis, s'adressant à ses élèves :

« Sabrina est l'artiste qui nous met cet atelier à disposition. Les photographies sont de sa main. »

L'atmosphère se détendit. Les quatre personnes présentes me remercièrent chaleureusement et une femme dans la cinquantaine me dit qu'elle adorait la trichromie qui montrait des semences d'érable en vol. Elle la regardait souvent avant de commencer une méditation. Vassil nous enveloppa toutes les deux d'un sourire bienveillant. Ma stupéfaction avait été remplacée par la colère. Mais maintenant que j'étais devenue aux yeux de l'assistance une âme désintéressée, je ne pouvais pas exploser et traiter Vassil de tous les noms comme une vulgaire compagne bafouée. Heureusement, les uns et les autres prirent rapidement congé en s'inclinant à la manière des yogis. Dès qu'ils se furent éloignés dans le couloir, je fermai la porte et hurlai :

« L'artiste qui met cet atelier à disposition ?!

— Sabrina, calme-toi.

— Je n'ai pas envie de me calmer ! J'ai juste envie de mettre fin à cette mascarade ! Tu as honte de moi ? Ou ça fait partie du personnage ? Quand on est un maître spirituel, on n'a pas de relations triviales avec une femme, c'est ça ? Surtout pas avec *deux* femmes !

— Je ne cherche pas à nier notre relation, Sabrina. Viens, assieds-toi. Tu te laisses déborder par tes émotions.

— Je me laisse déborder, oui. J'ai envie de balancer mes bonnes vieilles émotions dans ta gueule d'être accompli et de voir ce que ça fait. J'ai envie de voir ce que ça fait à l'être supérieur qui est en face de moi de savoir que la seule chose que je désire vraiment à cet instant, c'est de te foutre dehors pour que tu ailles faire le gourou ailleurs. De te mettre devant tes putains de responsabilités. Tu te prends pour qui : pour une réincarnation de Jésus ? Si au moins tu étais capable de multiplier les pains ou de remplir le frigo, ça servirait à quelque chose ! »

Je m'attendais à ce que Vassil se mette à hurler lui aussi. Mais il s'effondra littéralement et ne fut plus qu'un corps informe qui sanglotait, affalé sur lui-même.

« Pardonne-moi, Sabrina. Je n'ai pas honte de toi. Je veux juste te protéger.

— Me protéger de quoi ? »

L'envie me démangeait de donner un coup de pied dans cette chose recroquevillée devant moi.

« Te protéger des forces que ma pratique éveille et qui ne souhaitent qu'une chose : détruire tout ce qu'il y a de précieux dans ma vie.

— Tu dérailles complètement..., soupirai-je, soudain calmée.

— Laisse-moi juste t'expliquer, suppliait Vassil. Mets ta colère de côté, elle me ravage. *Ils* me ravagent à travers ta colère. »

Je m'avachis sur un tabouret. Ma furie avait cédé la place à une grande fatigue. J'avais froid et je tremblais. Vassil me chuchota :

« Pardonne-moi, ma chérie. Tu vois, *ils* s'en prennent à toi maintenant. *Ils* essaient de te vider de ta belle énergie parce qu'elle est dangereuse pour eux. *Ils* n'aiment pas ceux qui possèdent une énergie de vie comme la tienne. »

Je restai silencieuse, le regard morne. Deux voix s'affrontaient en moi : celle qui prêchait le renoncement et celle qui croyait encore en la possibilité d'un rapprochement avec Vassil. Je finis par souffler :

« D'accord, explique-moi. »

Les yeux de Vassil furent parcourus d'une lueur de joie tellement intense que je me dis : soit cet homme m'aime désespérément, soit il est complètement fou. Il chercha ses mots quelques instants, puis se lança :

« L'homme a toujours cru que c'est son cerveau qui le rend unique, mais cette croyance est fausse. La preuve c'est qu'aujourd'hui nous avons réussi à créer des machines qui font des choses qu'on pensait être la chasse gardée des humains. Deep Blue a battu Kasparov aux échecs ; il existe un programme informatique capable de créer de la musique comme les plus grands compositeurs et quand des humains l'écoutent, ils sont persuadés qu'elle a été créée par leurs semblables. Demain, il y aura des machines plus émotives que les hommes. Il y en aura qui feront preuve d'empathie. Il y en aura qui croiront en Dieu.

« Et maintenant, observe ce qui se passe en ce moment. Cette chose que les hommes considèrent comme leur bien le plus précieux est en train de se défaire sous les assauts de la chimie qu'eux-mêmes ont produite. Les perturbateurs endocriniens sont en train de pourrir les cerveaux de nos enfants. Pour la première fois depuis des générations, l'intelligence humaine ne progresse plus, elle diminue. Et ce n'est pas un hasard. Cela arrive précisément au moment où nous, les humains, sommes en train de nous rendre compte de notre nature véritable. Pour l'instant nous sommes encore peu nombreux. Mais demain, à la vitesse où vont les choses, nous serons mille, dix mille, des millions ! Or, l'univers ne veut pas qu'on perce ses mystères. Alors, il a conduit les humains au bord de l'autodestruction. »

Vassil reprit son souffle, joignit les mains pour se concentrer davantage. Il continua :

« Notre monde est en train de disparaître. Nous nous suicidons en tant qu'espèce, mais ce suicide est un meurtre déguisé. Notre chance, ce sont les quelques-uns qui se sont déjà éveillés. Nous avons été choisis pour atteindre une compréhension plus vaste du monde. Nous devenons capables de nous vivre comme des êtres multidimensionnels, car à ce stade de compréhension, le temps et l'espace s'annulent. Nous savons ce que nous devons faire : nous devons construire le véhicule céleste qui nous permettra de transcender l'être humain. Un algorithme tel qu'il se mettra à fonctionner seul au-delà de tout ce que nous pouvons imaginer. Un algorithme vivant, éternel, indestructible. Alors l'homme se sera dépassé lui-même et pourra disparaître. L'Univers sera relié par l'Information. L'Information, c'est-à-dire la conscience. L'Information peut prendre la forme de 0 et de 1, elle peut prendre la forme d'influx électriques, ou bien des formes plus immatérielles. Elle prend la forme de la conscience lorsqu'on médite avec acharnement. Comme l'eau qui peut se transformer en vapeur ou en glace. Voilà ce que nous préparons avec les personnes que tu as vues tout à l'heure. Un jour prochain, nous mettrons notre énergie en commun pour véhiculer l'Information vers un nouveau plan de conscience. »

Vassil devait lire de l'effroi dans mes yeux, car il s'empressa d'ajouter :

« Sabrina, tu es trop intelligente pour comprendre. À partir d'un certain degré de conscience, la stupidité et la croyance doivent prendre le relais. Nous devons accepter le fait que l'intelligence humaine soit débordée par l'Information. »

Dès que j'eus laissé mon émotion retomber, le vieil argument de l'opinion revint : si d'autres croyaient en Vassil, si d'autres adhéraient à ses théories, pourquoi aurais-je raison contre eux ? Après tout, nous ne percevions de notre environnement que ce qui corroborait nos croyances. Jamais nous ne posions de regard vierge sur les choses. Même dans les discours scientifiques, le monde ne cessait de se modifier, rendant friables les certitudes les mieux ancrées. Nous étions passés d'un univers unique à des multivers, l'espace dans lequel flottait notre planète était tantôt fourmillant de millions de foyers de vie, tantôt dépeuplé comme le désert lunaire. Cela ne nous empêchait pas de nous croire encore au centre du monde.

Dans mon milieu, nous étions tous de fidèles héritiers du postmodernisme pour qui le doute était la valeur suprême, censée prouver que nous ne versions pas dans l'idéologie. Vassil, lui, était persuadé de l'entière vérité de ses discours. Il croyait dur comme fer à la construction de son char spirituel, et sa conviction était contagieuse. Je comprenais pourquoi ses élèves le suivaient. Les interrogations que nous posait notre époque étaient trop vastes pour nous : comment vivre si on ne pouvait plus croire en l'avenir ? Nous avions besoin de guides et de voyants. Malgré ses errances, malgré ses infidélités, Vassil cachait en lui un noyau de matière irréductible, inaltérable, qui le rendait fascinant. Je rapprochai mon tabouret et le laissai me prendre dans ses bras. La seule chose que j'eus la présence d'esprit de lui répondre fut :

« Tu n'iras plus voir Ilona ? »

Vassil me serra fort contre lui et chuchota, la bouche collée à ma tempe :

« Je te le promets. »

8

Après la soirée d'aveux à l'atelier, Vassil et moi avions repris notre existence d'avant. Il poursuivait ses séances de méditation ; je teignais des tissus et confectionnais des modèles de mon invention. Quand nous nous retrouvions, nous prenions soin de nous manifester notre tendresse comme si nous étions devenus plus conscients de la fragilité de notre relation. La seule chose qui me chagrinait était le fait que mon activité de couture me forçait à sans cesse nourrir la machine en postant sur Instagram de nouvelles photos des tissus, des robes, des capes, des chemises que je fabriquais. La moindre interruption dans les publications faisait baisser le nombre de vues et je commençais à me lasser d'être tributaire d'un rythme que je ne contrôlais pas. J'avais besoin d'une respiration.

En mars, je décidai de m'accorder des vacances et d'aller retrouver Florence sur le site des kerterres. Vassil eut une réaction bizarre :

« Tu vas me laisser seul dans un moment aussi crucial ? »

Son cri exprimait de la colère, de l'angoisse, mais aussi un soupçon de soulagement, une espèce d'appel d'air comme il s'en produit quand un adolescent se rend compte qu'on va le laisser sans surveillance. J'eus un instant l'intuition qu'il avait peur de lui-même. C'était absurde ; je chassai cette impression.

« Je ne pars que pour une ou deux semaines, pas pour toujours !

— Une ou deux semaines à la fin de ce mois, ou toujours, c'est pareil. Quelque chose essaie de t'éloigner de moi au moment où nous devrions être ensemble.

— Mais enfin, qu'est-ce que tu racontes ?

— Je n'aime pas cette Florence, grogna Vassil, c'est le genre de femme qui en veut aux hommes.

— Tu ne vas pas te mettre à être jaloux de Florence ?

— Sabrina, tu es tellement naïve ! Pars si tu veux. Tant pis.

— Tant pis pour quoi ?

— Tant pis. »

Vassil avait échafaudé une immense construction en bois de forme géométrique au beau milieu de l'atelier, et les séances de méditation se passaient désormais à l'intérieur. Quelque chose aurait lieu autour de cette structure le jour de l'équinoxe. Une cérémonie importante pour permettre l'ascension de l'Information. Florence me proposa de la rejoindre pour le 18 mars, jour où elle démarrerait la réparation d'une kerterre qui s'était fissurée. Je serais donc bel et bien absente le jour de l'équinoxe. En raccrochant, je me demandai si Vassil n'avait pas raison : pourquoi une telle coïncidence ? S'il lui arrivait quelque chose pendant mon absence ? Il avait semblé tellement abattu à la fin de notre dispute. Puis je me raisonnai : Vassil voyait des signes partout. Je n'allais pas renoncer à la joie de retrouver Florence juste parce que la peur reprenait le dessus. De toute façon, si j'annulais mon voyage, j'aurais le sentiment d'être lâche et j'en voudrais à Vassil.

La veille de mon départ, je me sentais remplie d'énergie et d'excitation. Je m'étais dépêchée pour expédier toutes les commandes en attente et j'avais cousu un grand rideau teinté en orange vif pour la porte de la kerterre de Florence. Quand Gaïa rentra de l'école et qu'elle comprit que j'allais partir, elle fondit en larmes :

« Je viens avec toi ! S'il te plaît ! S'il te plaît, s'il te plaît ! supplia-t-elle.

— Mais Gaïa, tu as école. »

J'avais prononcé cette phrase en toute mauvaise foi. J'étais persuadée que Gaïa en apprendrait plus en venant avec moi qu'en restant assise dans une classe, mais je ne voulais pas être encombrée d'une enfant. Je voulais être seule et libre, libre d'avoir des réactions inattendues et de ne pas m'inquiéter du regard que jetterait sur moi une petite fille un peu trop perspicace.

« S'il te plaît, mamoune, s'il te plaît. »

Gaïa ne m'appelait ainsi que dans les grandes occasions. Elle savait que ce sobriquet me touchait. Je ne pouvais pas me défendre des sentiments maternels que j'avais développés pour elle. Elle n'était pas la chair de ma chair, mais elle était un morceau de ma vie.

« Ce n'est pas possible, Gaïa.

— Je veux voir Flo !

— Florence n'aura pas de temps pour toi là-bas. Nous aurons du travail. »

Travail était le mot sacro-saint que nous employions pour indiquer que les adultes ne devaient pas être dérangés. C'était un mensonge, mais j'avais peur d'affirmer mes désirs, ils pouvaient être jugés illégitimes. Mieux valait me cacher derrière l'excuse commode des obligations.

Gaïa se tenait devant moi, les jambes arquées, et se tordait les mains. Elle commençait à deviner qu'elle n'arriverait pas à me faire changer d'avis ; pourtant son petit cerveau refusait encore de l'admettre. Elle semblait bouleversée et je faillis me laisser fléchir. Pour me rassurer, je mis sa vigueur à essayer de me convaincre sur le compte de son désir de rater l'école. Sa maîtresse bien-aimée était en congé maternité, la classe avait hérité d'une remplaçante revêche et depuis, Gaïa s'était mise à souffrir de mystérieux maux de ventre tous les matins. Je n'aimais pas la voir malheureuse, mais je me dis que ce genre d'expérience faisait partie des contrariétés de la vie et qu'il était important pour elle d'apprendre à les surmonter. Nous, les adultes, ne serions pas toujours là pour faire barrière entre elle et les vacheries du monde. Et puis je me disais que Vassil avait besoin d'elle. Lorsqu'il se mettait à méditer (ou, comme il disait, à « recevoir des informations ») au sujet de son grand projet, le temps perdait toute consistance pour lui. La présence de Gaïa l'obligerait à garder un pied dans le quotidien. Je tâchais de ne pas voir qu'en faisant cela j'assignais à Gaïa un rôle semblable à celui que j'avais joué auprès de ma mère. J'aurais tout le loisir de me poser ces questions dans les années qui allaient suivre. J'aurais le loisir de réfléchir à ce qui était anodin et à ce qui ne l'était pas. Mais il serait trop tard. Le temps ne faisait pas machine arrière pour nous permettre de revisiter nos choix, ni prendre des décisions plus éclairées. Je partis après avoir déposé Gaïa à l'école, et la dernière image que je gardai fut celle d'une fille aux cheveux embroussaillés qui pleurait devant la grille de l'école, pour soudain me lâcher la main et courir vers sa classe sans me dire au revoir.

Je me consolai en me disant que c'était sa manière de tourner la page et de rejoindre le monde des enfants où je n'avais pas ma place. C'était bien ainsi.

Quand j'arrivai à l'adresse indiquée par Florence, une pluie fine et obstinée tambourinait sur le pare-brise de la voiture. Je m'étais attendue à un endroit plus sauvage. Les kerterres avaient été construites sur un terrain plat, derrière une simple haie de thuyas, aussi laide et banale que n'importe quelle haie de lotissement. Les maisons du voisinage n'avaient rien à envier à l'architecture pavillonnaire la plus orthodoxe. Personne ne m'attendait. J'entrai par un portillon rouillé et m'aventurai entre les petites maisons rondes en chaux dispersées sur le terrain, parfois à l'ombre d'un pommier, parfois entourées de quelques plantations d'aromatiques ou de fleurs, ou simplement d'une zone de gadoue que quelques planches disposées devant le seuil permettaient de traverser. Je croisai deux enfants pleins de boue qui couraient, le poursuivant essayant d'atteindre l'autre à l'aide d'un bout de tuyau en caoutchouc. Vers le fond du terrain, un jeune homme renfrogné était en train de polir une kerterre.

« Bonjour ! Je cherche Florence. »

Il fit un signe de tête vers le bâtiment au centre du site :

« Elle est partie faire une course. Tu peux attendre à la maison commune. »

Il retourna à sa besogne sans me prêter plus d'attention. Je rejoignis la maison en bois. Elle se composait d'une unique grande salle avec une coursive en mezzanine. Au centre, le poêle était éteint tandis que l'entrée était encombrée d'un nombre incroyable de bottes et de manteaux. Un espace cuisine sommaire arborait un réchaud, une bouilloire et un extracteur de jus manuel dont la vis sans fin était maculée de purée de fruits séchée. Des moucherons tournoyaient au-dessus du seau à compost. Malgré le piano au centre de la pièce et les étagères de livres sur les murs, l'ensemble offrait une apparence hétéroclite et morne. Au bout d'un quart d'heure, j'eus froid, mais n'osant pas allumer de feu je sortis sur la terrasse pour profiter du timide soleil de mars. Les pleurs de Gaïa me revenaient en mémoire ; ce serait bientôt la fin de la classe, Vassil ne pourrait pas la récupérer, elle resterait donc à l'étude ; elle détestait ça. Peut-être aurais-je dû l'emmener avec moi ?

J'étais en train de mouliner ces pensées quand une camionnette se gara en bordure de la haie. Florence sauta à terre, lança quelques mots au conducteur puis se dirigea à grands pas vers moi, équipée de bottes jaunes à motifs floraux qui lui remontaient jusqu'au-dessus des genoux. Son énergie brute, spontanée et vivante se répandit sur son passage. D'autres auraient appelé ça la foi, ou encore la certitude de se trouver à sa place. La vraie raison de ma venue, c'est que j'avais envie de percer son secret.

La plupart des kerterres n'étaient pas habitées à l'année, mais seulement à partir du mois de mai ou pendant les stages. Seules Annick et Florence passaient l'hiver sur le site. Annick y vivait depuis plus de vingt ans. Elle avait construit la première maison après un divorce qui l'avait laissée sans ressources. Elle avait envie de temps plus que d'argent. Et elle n'avait pas peur. En tout cas, elle avait moins peur que la plupart d'entre nous. L'âge venant, Annick ne participait plus aux stages de construction ; parfois, elle était loquace, parfois elle disait à peine bonjour à ceux qui passaient sur le site. Elle avait cessé de se donner des contraintes. Quant à Alessandro, que j'avais dû apercevoir en arrivant, il était là pour apprendre à faire des enduits ; il repartirait dans deux ou trois jours.

Je passai ma première nuit dans une kerterre dont les parois comportaient des trous qui permettaient à un saule de pousser à travers le plafond et les murs. J'avais fait du feu avant de me coucher ; la pièce était chaude et agréable, mais au milieu de la nuit, je m'aperçus que quelque chose tombait goutte à goutte sur mon sac de couchage. C'était le saule qui respirait. J'allumai une bougie. L'humidité ourlait les branches de l'arbre et se condensait au bout des feuilles en gouttes d'eau, qui, mues par leur poids, glissaient et tombaient au sol. Je grelottais. À la lueur de la bougie, j'aperçus sur les murs des araignées noires qui montaient et descendaient tranquillement, peu habituées à être dérangées. Une espèce de mille-pattes roux se tortilla hors du tapis en feuilles de fougères et traversa en courant la surface lisse du mur pour disparaître dans une anfractuosité. Je frissonnai. Entre le froid et la crainte que ces insectes me grimpent dessus, je n'arrivais pas à me rendormir. Je m'assis et fouillai dans le panier qui contenait du bois pour rallumer le feu. La lumière jetée par les flammes établit aussitôt un cercle de sécurité autour de moi. Le feu nous assurait que nous ne mourrions pas de froid ou dévorés par des bêtes sauvages. Probablement en avait-il été ainsi depuis suffisamment longtemps pour que mon cerveau en reste imprégné, bien que j'aie passé ma vie chauffée par l'électricité. Je me recroquevillai près du feu, un foulard enroulé sur la tête pour la protéger des gouttes d'eau froides et restai dans un demi-sommeil jusqu'à l'aube.

Le matin, j'entendis Florence siffloter en traversant le jardin. Elle semblait en forme, contrairement à moi. Elle prépara le café sur la cheminée de sa kerterre et nous le bûmes en grignotant des fruits secs et du pain d'épeautre cuit sur place. On ne chauffait le four qu'une fois par semaine, le mardi, et Annick vendait les miches en surplus dans l'épicerie du village. Je n'avais jamais goûté de pain aussi délicieux.

« Tu n'auras qu'à repartir un mercredi, suggéra Florence, tu en rapporteras un chez toi. »

Je lui avouai qu'après ma mauvaise nuit, je n'étais pas certaine de tenir dix jours avec elle. Je retrouvais mes vieux réflexes de rétractation, ceux qui m'avaient longtemps amenée à croire que j'étais mieux là où je n'étais pas. Puis à regretter d'avoir renoncé à des expériences formidables.

« Ça m'étonnerait, dit Florence, mais sens-toi libre. »

Je m'aperçus en effet bientôt que sur le site des kerterres, le temps s'écoulait différemment. Nous étions occupées par une routine simple : préparer les enduits, travailler sur la kerterre, nettoyer le chantier, préparer le feu, chauffer l'eau dans une bouilloire puis la verser dans une bassine pour se laver, cueillir les légumes et les préparer, couper des frondes de fougères pour en garnir le sol des maisons, vider les toilettes sèches au fond du jardin. Le soir, j'étais fatiguée et je m'endormais facilement. J'avais changé de kerterre. Celle qui m'accueillait n'avait pas d'arbre en son centre. Elle était sèche et saine ; quant aux araignées, je m'y étais faite.

Le troisième soir, n'ayant reçu aucune nouvelle de la maison, j'essayai d'appeler Vassil, sans succès. J'en fus d'abord affectée, puis agacée : il voulait donc jouer à ce jeu-là ? Tant pis pour lui ! Certains jours, je prenais la voiture le soir et je roulais jusqu'à l'océan. Sa puissance et son immensité sur ce bout de côte sauvage me remplissaient d'admiration et de crainte. Impossible de croire que nous, minuscules humains, avions pris possession de la mer et que même ses fosses les plus profondes portaient désormais la marque de notre présence.

Un soir, je parlai à Florence de ma culpabilité et de mon sentiment d'impuissance face à l'effondrement :

« C'est une maladie de vouloir tout porter, répondit-elle. On croit qu'on peut contrôler les choses. On se croit indispensable. Personne ne l'est. Si tu ne sais pas quoi faire, plante des arbres. » Puis elle répéta plus bas : « Parfois j'ai l'impression que c'est tout ce que nous pouvons faire de sensé aujourd'hui, planter des arbres là où nous vivons.

— Tu as raison. Mais il y a des lieux où tout semble plus facile. Comme ici.

— Ça n'a pas toujours été comme ça. Tu vois la haie de thuyas, là-bas ? Annick l'a plantée parce que son jardin n'était pas assez entretenu selon ses voisins. Ils pensaient que toutes les orties et le putain de liseron qui prolifèrent ici allaient envahir leurs jardins bien tenus, contaminer leurs rosiers et amener d'horribles parasites dans leurs rangs de carottes. Elle a retrouvé des cadavres de chats et de lapins sous ses pommiers ; il y a eu aussi le type qui gravait des saloperies sur le tronc des arbres. Je vais te révéler un scoop : les gens qui vivent dans des huttes en chaux sans électricité, c'est pas bien vu de tout le monde ! Ils l'ont tellement emmerdée qu'elle a fait ce qu'il fallait pour que ce terrain ressemble à un jardin de lotissement tout ce qu'il y a de plus respectable. Et elle a créé le jardin-forêt à l'arrière, en rachetant un bout de friche. Le sol là-bas, c'était du sable et un pauvre centimètre de terre par-dessus. »

Le jardin de derrière était une jungle d'arbres fruitiers, de plantes comestibles et de mauvaises herbes. Les frondaisons se rejoignaient, les monticules constitués autour des troncs étaient couverts d'une végétation dense parmi laquelle je peinais à identifier des plantes connues. Florence m'en avait indiqué quelques-unes. Mertensie, bardane, chénopode, carvi, jeunes pousses de céleri perpétuel et de persil tubéreux… Des merles au bec jaune fouillaient parmi les tas de compost ; quand on soulevait la couche de feuilles servant de paillis, il arrivait qu'on aperçoive la rayure jaune éclatante d'un triton. La terre était noire et sentait la forêt, d'infatigables et minuscules insectes la parcouraient, des champignons en émergeaient. Nous n'étions pourtant qu'à un kilomètre de la mer. Chaque morceau d'écorce, chaque résidu de plante morte était considéré comme un trésor et soigneusement remis à la terre. C'est ce qui avait constitué le sol.

« Et toi, tu es arrivée ici comment ? »

Florence éclata de rire :

« Moi, je reviens de loin ! Je suis née dans l'une de ces familles qui glissent des courriers d'avertissement dans la boîte aux lettres des voisins quand leur voiture dépasse un peu sur leur place de parking.

— Raconte !

— C'est simple, quand j'étais petite, chez moi, si tu n'étais pas malade, tu n'existais pas. Pour qu'on s'intéresse à toi, il fallait que tu souffres de quelque chose, de préférence d'une affection chronique dégénérative. Ma mère avait toujours le dos bloqué et elle enquillait les grippes, les gastros, les mononucléoses – tout ce qui passait dans le coin. Ma sœur a failli se noyer quand elle avait cinq ans et elle a gardé des séquelles toute son enfance. Elle ratait sans arrêt l'école. Ma mère adorait être aux petits soins pour elle, même si elle disait que c'était sa croix. Et mon père travaillait tout le temps. Il mangeait comme un goret, prenait deux whiskys avant le dîner et passait son temps entre deux avions. Le lendemain de sa retraite, il a fait un AVC et y est resté. Bref, j'ai suivi le modèle parental : quand j'étais gosse, le service d'orthopédie de l'hôpital aurait dû me proposer une carte de fidélité vu le nombre de fractures que je me suis faites.

« Ensuite, j'ai étudié le droit. J'avais des migraines et mes petits copains étaient enchantés quand je devenais une petite chose vulnérable recroquevillée dans le noir. Puis j'ai bossé dans une boîte qui s'occupait de construction-rénovation écologique. Mais c'était pipeau. La qualité du travail était tellement zéro qu'on se prenait sans arrêt des réclamations. On surfait sur la vague des subventions de l'État pour les rénovations énergétiques. Moi, j'étais chargée de prouver qu'il n'y avait pas eu de manquements au niveau du maître d'œuvre. C'était soit la faute des corps de métiers, soit celle du client. N'empêche, je connais le droit de l'immobilier sur le bout des doigts grâce à cette boîte de mafieux ! Quand Annick a eu des soucis avec ses kerterres, on les a déclarées comme des sculptures. C'est autorisé d'avoir des sculptures monumentales dans son jardin. Parce que "maison chanvre-chaux ronde de 30 m^2" ça ne rentre dans aucune case pour les demandes de permis.

« Le jour où j'ai pété un câble, c'est quand, après un procès qu'on n'aurait jamais dû gagner, mon patron n'a rien trouvé de mieux pour fêter ça que de mettre la main sous ma jupe. De toute façon, j'étais arrivée au bout de quelque chose. Je croyais que mon but dans la vie, c'était de devenir une femme indépendante qui n'aurait besoin de personne, mais c'était le contraire : je gagnais bien ma vie, mais ça ne faisait que me rendre plus dépendante. L'air de Paris me rendait malade, mais je ne pouvais pas déménager, sinon j'aurais perdu mon poste bien payé. Je dépendais du système pourri qui permettait à des entreprises comme la mienne de faire du bénéfice, de patrons qui se prenaient pour Dieu, de mecs qui pensaient que j'étais un bibelot en porcelaine, et surtout de l'argent. L'argent, une fois que tu mets le doigt dans l'engrenage, tu n'en as jamais assez. Faut que tu réussisses à payer ton loyer trop cher, il te faut un nouveau tailleur de marque ; après le travail, t'es tellement crevée qu'au lieu de te préparer à manger, tu bouffes au resto. J'avais chopé l'infection de ma vie : la surdépendance au fric.

« Après le fameux jour de la main sous la jupe, j'ai décidé de tout liquider. J'avais croisé Annick à un salon de l'immobilier écologique. À l'époque, de temps en temps, elle prenait un stand dans ces trucs pour promouvoir ses stages. Je l'ai appelée. Trois jours après j'étais ici. Et l'été suivant, je commençais à construire ma kerterre. Plus de loyer, plus de tailleurs de luxe, plus de métro. Ça va faire six ans.

— Je t'admire. »

Avec ses bras musclés, son entregent, sa façon de se camper sur la terre comme si elle s'y trouvait de droit, Florence était la personne la plus solide que j'avais jamais rencontrée. J'avais du mal à imaginer le personnage qu'elle venait de me décrire.

« Bof. Tu sais, quand j'étais ici, avec mes sacs de chaux autour de moi, mon tas de sable, mon vieux jogging pourri, j'étais persuadée d'être dans le meilleur endroit du monde. Je ne m'étais jamais sentie comme ça. Tout était génial : l'air de la mer, les courbatures, l'espèce de sensation complètement folle à l'idée que j'étais en train de me construire ma propre maison.

— Je t'admire justement pour ça : le fait d'avoir su que c'était parfait, alors que tout le monde te disait le contraire.

— Il n'y a pas de quoi. Quelquefois les choses se font toutes seules. On n'a pas le choix. Tu verras. »

QUATRIÈME PARTIE

1

J'ouvris la porte de l'appartement et criai :

« C'est moi ! Je suis de retour ! »

Il était cinq heures. Une bonne heure pour revenir à la maison : Gaïa était rentrée de l'école et Vassil ne repartait que pour sept heures. Je me sentais neuve, pleine de vie et de générosité. J'étais prête à partager ce regain d'énergie avec quiconque croiserait ma route, à commencer par les deux êtres formidables qui partageaient ma vie. D'un instant à l'autre, Gaïa allait se précipiter sur moi comme une petite tornade et se transformer en moulin à paroles. Elle m'inonderait d'informations que je devais apprendre sans tarder, de la copine qui avait oublié son appareil dentaire sur un plateau de la cantine à la maîtresse qui avait joué au rugby en cours de sport et avait plaqué les garçons dans la boue.

Mais personne n'apparut dans l'embrasure de la porte. Personne ne fit claquer ses talons sur le parquet du salon. Ils devaient être sortis faire des courses.

Je me débarrassai de mes chaussures et accrochai mon pardessus à la patère. C'est alors qu'une anomalie me frappa : d'habitude l'entrée de l'appartement était un vrai fourre-tout.

Chacun y abandonnait ses vêtements d'extérieur, ses chaussures, ses chaussettes mouillées, ses sacs d'école, de sport, de courses, sans jamais se soucier de mettre dans le placard ce qui ne servait plus. Cette fois, l'entrée était parfaitement rangée. Pas une écharpe réchappée à l'hiver, pas une chaussette dépareillée. Même le parapluie arc-en-ciel de Gaïa avait été évacué. Il s'y trouvait depuis des années, si bien que nous nous étions habitués à le voir comme un élément de décor censé égayer l'entrée et annoncer à tout visiteur qui ne le saurait pas encore : « Attention ! Ici vit un enfant de moins de douze ans ! »

Quelle mouche les avait piqués ? Je devrais disparaître plus souvent si je voulais passer moins de temps à faire le ménage. Mais quelque chose sonnait faux dans cette propreté nouvelle. Je passai au salon et balayai la pièce du regard. Le canapé était à sa place, les étagères pleines de livres et de disques. Les magazines que j'avais laissés sur la table basse n'avaient pas bougé. Malgré cela, je commençais à me sentir mal à l'aise. Il faisait froid. L'atmosphère n'était pas simplement fraîche comme elle peut l'être aux intersaisons lorsqu'on baisse le chauffage. Il avait dû y avoir des nuits vraiment froides et Vassil n'avait pas rouvert les radiateurs. La chaudière était-elle cassée ? Le salon semblait ne pas avoir été aéré depuis plusieurs jours. Je poussai le radiateur au maximum. Les tuyaux se mirent à produire leur glouglou caractéristique. Puis je me précipitai dans la chambre. Mue par une prémonition, je regardai dans le placard mural. Là, enfin, l'évidence me frappa : mes robes pendaient sur les cintres, mes pantalons et mes pulls étaient pliés sur les étagères. Là où s'étaient trouvés les vêtements de Vassil en revanche, il n'y avait plus rien. Pas le moindre caleçon, pas l'ombre d'un T-shirt.

J'aurais dû le voir d'emblée : la table de nuit du côté de Vassil était vide elle aussi, tandis que de mon côté trônait le bazar habituel. Le lit était impeccablement fait ; les draps avaient été changés. Je courus vers la mezzanine où dormait Gaïa : le matelas était nu, les dessins qui avaient orné les murs avaient été décollés, les tiroirs délestés des vêtements, des crayons, des livres et des jouets. Je m'assis sur le bord du lit, le ventre noué, la tête vide.

Quelque chose d'incompréhensible était arrivé.

C'était impossible. Ce genre de choses n'arrivait pas. Une explication allait surgir et remettre le monde d'aplomb. Les gens ne disparaissaient pas, comme volatilisés. Ils se disputaient, se réconciliaient, se faisaient la tête, prenaient le large quelques jours, et parfois ils finissaient par divorcer. Cela arrivait au terme d'un processus long et douloureux au cours duquel chaque partie avait tout le loisir d'accuser l'autre, de lui demander pardon, de le maudire à nouveau et finalement de faire le deuil de la relation. Mais Vassil avait bel et bien disparu et toute trace de sa présence avait disparu avec lui comme si personne n'avait jamais habité là sauf moi. Comme si j'étais brusquement revenue à la situation qui était la mienne sept ans plus tôt. L'idée folle me traversa que Vassil et Gaïa n'avaient jamais existé. Il fallut que je prenne mon téléphone pour vérifier que j'avais bien dans ma galerie photos plusieurs images d'un homme brun, élancé et mince, ainsi que des quantités de clichés d'une fillette blonde en train de manger de la glace, de dessiner, de faire du manège, d'arborer le nouveau cartable sur lequel galopait un cheval violet. Mais alors quelle explication pouvait venir à bout de ce que j'étais en train de vivre ? L'hypothèse d'un cambrioleur fou qui n'avait volé que les affaires de Gaïa et Vassil, s'abstenant de toucher aux miennes ? Dans un instant, ils rentreraient de la boulangerie et s'étonneraient de ne pas trouver l'appartement comme ils l'avaient laissé le matin. J'avais tellement envie de croire en la réversibilité des choses que pendant une minute ou deux, je laissai cette hypothèse m'offrir son réconfort. Vassil et Gaïa allaient rentrer. Nous nous jetterions dans les bras les uns des autres et tout recommencerait comme avant.

L'instant s'écoula. J'étais toujours seule, assise sur le bord du matelas protégé par une alèse blanche. Mes coups de fil restés sans réponse commençaient à prendre une autre signification. Vassil s'était volatilisé ! Était-ce pour se venger de mon départ ? Je me rappelai ses discours sur sa destinée et sur le fait que des forces obscures cherchaient à l'empêcher de l'accomplir. Qu'était-il arrivé pendant mon absence ? Quelle folie l'avait percuté ? Quelle lame de fond aussi profonde qu'irrésistible ? Quel délire avais-je laissé se produire en lui, qui avait aussi emporté Gaïa ? Comment avais-je pu la laisser seule avec Vassil ?

Je tenais le téléphone dans ma main. Il fallait que quelqu'un me délivre de ce cauchemar. Je pensai d'abord à Fleur. Mais elle était partie dans la Drôme. Je pensai à Florence. Elle était loin elle aussi. Je n'avais pas seulement besoin de parler. J'avais besoin de voir une personne vivante, une personne en chair et en os qui attesterait que je n'étais pas en train de rêver, que ce que je voyais, elle le voyait également. J'étais prête à croire à l'intervention d'une force surnaturelle, à n'importe quoi, sauf au fait que ce que je voyais était réel : Vassil était parti sans explication. Pas même un mot d'insulte ou d'excuse sur la table de la cuisine. Finalement, je composai le numéro de Luc.

À son arrivée, il fit chauffer de l'eau, y ajouta une bonne

cuillerée de miel et me força à avaler ce breuvage sucré. L'infusion descendit lentement le long de ma gorge et de mon œsophage, m'obligeant à prendre conscience des parcelles de corps qu'elle traversait. Chaque centimètre carré, chaque millimètre carré, chaque cellule de mon organisme était douloureuse. J'essayai de décrire la situation à Luc, mais j'étais incapable de savoir par où commencer, de déterminer une suite logique dans ces événements, et je me perdais en digressions.

« Tu crois que si je n'étais pas allée en Bretagne ? Tu crois que j'aurais dû emmener Gaïa ? Je suis rentrée et il n'y avait plus ses vêtements, leurs affaires. Le premier soir, là-bas, j'ai eu un pressentiment, comme si quelque chose ne tournait pas rond. Mais c'était absurde… Est-ce que Vassil est devenu fou ?! Il vous a dit quelque chose ? Quand il va revenir, ça va chauffer pour lui ! Il m'a déjà fait avaler des couleuvres, mais là… ! Il est complètement instable, non ? Tout le monde peut voir que ce mec a un problème ! Et en plus embarquer Gaïa dans ses conneries, c'est totalement irresponsable… Tu crois qu'il va revenir ? »

Luc affirma :

« Bien sûr qu'il va revenir. Les gens ne disparaissent pas du jour au lendemain. Pas après sept ans de vie commune. »

Sa voix était peu convaincante. Depuis son divorce avec Annie, il avait arrêté de peindre et s'était fait embaucher par une banque où il assurait l'accueil. La garde alternée se passait mal : le petit dernier refusait de s'endormir dans son lit et Annie l'accusait d'être responsable de leur échec conjugal. Pour se venger de son incompétence d'ex-mari, elle avait repris une avocate pour négocier une pension alimentaire. Je soufflai :

« Et toi, ça va ?

— Ça pourrait être pire… »

J'aperçus soudain près de l'évier une petite cuillère dont le manche était travaillé en forme de fleur. Je fondis en larmes :

« Gaïa a oublié sa cuillère préférée ! »

Je claquais des dents ; Luc se mit à me frotter le dos.

« Tu as essayé de l'appeler ?

— Pas depuis que je suis rentrée. En Bretagne, si. Ça ne répondait pas.

— Réessaie. Il faut bien que vous vous parliez. »

Je reniflai et m'imaginai en train de discuter avec Vassil, de l'abreuver d'injures ou de le supplier de me dire ce qui se passait, tout en sanglotant et en tremblant de tous mes membres comme si la cuisine s'était transformée en chambre froide. C'était au-dessus de mes forces. Tout à coup, j'eus une idée.

« Tu peux m'emmener à la Raffinerie ? »

Le premier cours de Vassil devait se terminer une demi-heure plus tard. Il n'aimerait pas que j'arrive entre deux sessions de méditation. Mais il faudrait bien qu'il accepte de discuter. J'envisageais déjà de me planter au milieu de la pièce et de le menacer de ne plus bouger avant d'avoir reçu la ferme assurance qu'il me donnerait des explications. Peu importait si je passais pour une hystérique auprès de ses élèves.

À la Raffinerie, Luc actionna la poignée de la porte. Elle était fermée. Le vertige me reprit. Il me fallut du temps pour extirper la bonne clef de mon trousseau : mes doigts avaient perdu toute sensibilité. Au moment où Luc alluma la lumière, je savais déjà ce que j'allais voir. La pièce était vide, à l'exception des trichromies accrochées au mur. La grande structure géométrique en bois s'était volatilisée. Vassil avait organisé son départ. Il ne s'agissait pas d'un coup de tête. La structure était fabriquée avec des planches de bois dont les plus petites mesuraient deux mètres cinquante. Lorsque Vassil l'avait construite, trois personnes lui avaient prêté main-forte et il leur avait fallu cinq jours pour parvenir au résultat escompté. Il ne pouvait l'avoir démontée tout seul. Il l'avait emportée ailleurs. Mais pourquoi l'avoir fait sans me prévenir ? La tanaisie, la mauve et la gaude continuaient de sécher, mes piles de tissus s'entassaient à côté des vieux journaux rapportés de Calais et ma tasse à café me fixait avec son fond brun foncé couvert de moisissures, preuve de plus s'il en fallait de ma paresse, de ma négligence et de ma nullité.

Luc me ramena chez moi. Dans l'appartement, la douleur d'avoir perdu Vassil et Gaïa me sauta à la face. Elle me griffait comme un chat enragé, me mordait, me lacérait. J'ouvris la fenêtre pour respirer l'air qui n'avait pas été vicié par leur absence. La nuit me fixait de ses yeux d'ardoise, moi la femme abandonnée, ne me laissant pas de répit. Trop de monde dans les rues, trop de lumières. J'avais faim, mais je me savais dans l'impossibilité d'avaler quoi que ce soit. J'avais reçu plusieurs messages. Il y en avait un de Fleur, un de Florence, un de Pierre. J'avais été rétrogradée au statut de l'amie qu'il faut soutenir, l'amie mal en point dont la vie est dans une impasse. Savoir que des gens se souciaient de moi était un réconfort amer. Vassil, lui, n'avait toujours pas appelé. Je serais incapable de dormir. Pourtant le sommeil était nécessaire si je voulais agir le lendemain. Il restait deux yaourts périmés dans le frigo. Je me forçai à les manger, puis je fis chauffer de l'eau dans la bouilloire et la versai dans une bassine. Malgré la chaleur intense, j'y plongeai les pieds. Rapidement, ils virèrent au rouge. Je luttai contre l'envie de les retirer. La température de l'eau était trop élevée, mais j'avais envie d'avoir mal dans mon corps, une douleur supportable, susceptible d'attirer toute mon attention. Dès qu'elle s'estomperait, je serais obligée de penser à Vassil. Je n'étais plus qu'orteils, talons, chevilles, un morceau d'anatomie dénué de sentiments, voué à la seule sensation de chaleur. Puis je me séchai les pieds, enfilai des chaussettes épaisses et allai m'écrouler sur le canapé du salon où j'avais déplacé ma couette. Je m'y enroulai en essayant de ne penser à rien, de continuer à être tout entière rassemblée dans mes pieds, aussi imbécile et apathique que possible.

L'aube me réveilla. Ou plutôt l'approche de l'aube. Le seul merle survivant de mon quartier se croyait-il vraiment obligé de venir chanter devant ma fenêtre pour annoncer le lever du soleil ? La réalité du soir était toujours là le matin. Elle n'avait pas été balayée par la nuit. Rien n'avait changé. Rien n'*allait* changer. J'avais la même sensation qu'après la mort de maman : en dormant et en me réveillant dans un monde nouveau, j'avais passé un point de non-retour. J'eus soudain la certitude que pour moi, Vassil aussi était mort.

Mes sens étaient d'une acuité extrême, comme si je venais de survivre à un accident de la route ou comme si un tremblement de terre était en train de se produire sous mes pieds. Je me souvins d'une théorie selon laquelle l'amour était une drogue. Il remplissait les récepteurs neuronaux d'endorphines et nous devenions dépendants de son action. Quand l'amour fichait le camp, nos récepteurs se retrouvaient face à un vide insupportable, à la sensation de manque des junkies, qui mettait le corps en alerte, l'empêchait de se détendre, d'accepter. J'avais beau le savoir, cela n'enlevait rien au désarroi qui m'envahissait. Je pouvais seulement en déduire que j'allais en baver. Que la souffrance était inscrite dans mon cerveau et qu'il était inutile d'espérer y couper.

Dès que je me levai, l'évidence se dissipa. Pourquoi la disparition de Vassil serait-elle définitive ? Rien ne le prouvait. J'allais trouver des traces. Des indices. Je me mis à fouiller l'appartement de fond en comble. Les placards à vaisselle. Les tiroirs à couverts. La douche. Les piles de journaux posés au sol dans les WC. Le bureau du salon. Le dessous du tapis. La mezzanine. L'étagère du salon (j'essayai de la déplacer pour voir s'il y avait quelque chose caché derrière et m'écrasai un doigt). Qu'est-ce que je cherchais ? Je n'en savais rien. Mais en cet instant, mon avenir avec Vassilégaïa dépendait de ma capacité à débusquer l'indice crucial, celui qui me conduirait à eux. Une fois que je posséderais cet indice, il me suffirait de tirer le fil. Vassil était comme un enfant déboussolé. Il lui arrivait d'agir sur une impulsion puis de ne plus savoir comment revenir en arrière. Si j'allais le voir et que je lui disais que tout était pardonné, il reviendrait en arrière. Nous pourrions déménager. Démarrer une nouvelle vie ailleurs. Lui, moi, Gaïa. Cette entité qui ne fonctionnait qu'à trois. Tout à coup, je dévalai les escaliers. La boîte aux lettres ! Pourquoi n'y avais-je pas pensé plus tôt ? Je l'ouvris le cœur battant. Des prospectus dégringolèrent au sol (malgré l'autocollant apposé sur la boîte). Une facture d'électricité. Sur l'enveloppe, le tampon de la poste était daté de douze jours plus tôt. Une lettre de l'école de Gaïa. Enfin, je découvris une enveloppe kraft ne comportant ni nom ni adresse. À l'intérieur se trouvaient mes clefs, celles de l'appartement et celles de l'atelier. Aucun mot. Aucune explication. Seulement ces deux trousseaux de clefs rendus à leur anonymat fonctionnel. Mes genoux se dérobèrent. Je m'assis sur les marches. Derrière la porte de l'immeuble, des voitures passaient sur la chaussée mouillée. La pierre sous mes fesses était froide et dense. La matière m'imposait sa solide évidence pour m'empêcher d'oublier que j'étais en vie, que j'étais en train de traverser l'un des plus sales moments de ma pauvre existence. Quand la sensation lancinante que quelqu'un s'amusait à m'enfoncer des aiguilles dans le ventre allait-elle s'estomper ? Pas aujourd'hui. Ni demain. Ni après-demain. D'ailleurs, avais-je vraiment envie qu'elle s'estompe ? C'était la seule chose qui me reliait à Vassilégaïa.

Les semaines suivantes, tout fut en morceaux. Un immense puzzle vivant. Quelques points saillants surnageaient comme des pièces de couleur vive sur le fond terne que constituaient les vaines tentatives pour dormir, manger, réfléchir, sortir affronter les autres. Des gens me parlaient. La boulangère. La directrice de l'école primaire (elle avait laissé un message sur mon répondeur car Vassil ne décrochait pas). Une cliente qui aurait voulu que je couse une robe pour sa fille. Tous ces gens cherchaient à entrer en contact avec moi ; ce qu'ils me disaient aurait pu me concerner un an, un mois ou une semaine plus tôt, mais désormais j'étais devenue hermétique à leurs sollicitations. La vie se déroulait au loin, détachée, flottante, évanescente. Un soir, Florence me dit au téléphone : « Quand la nuit est tombée et qu'on regarde à l'extérieur, l'obscurité semble plus noire qu'elle ne l'est en réalité. » Ces mots m'apportèrent un soulagement momentané. Les choses étaient telles qu'elles étaient, sans soubassements, sans sous-texte, dénuées de sens. Il y avait celles qui ravivaient la douleur et celles qui l'atténuaient.

J'essayai plusieurs fois d'appeler Vassil. Je tombais immédiatement sur son répondeur. Au bout d'un mois, le téléphone cessa de sonner et me livra un message d'un nouveau genre : « Numéro non attribué. » Je passai par des états contradictoires. Crises de larmes. Insensibilité. Sensibilité exacerbée. Découragement. Frénésie d'action. Espoirs insensés. Abattement. Fatigue. Énergie superflue. Peur d'être seule. Misanthropie. Besoin de silence. Besoin de bruit. Besoin de comprendre, d'analyser, d'oublier. J'avais vécu dans la fascination d'une âme comme si une grande aile avait été déployée au-dessus de moi. Voilà qu'elle s'était retirée. Le ciel nu avait-il jamais été autre chose que la désolation du vide, l'absence de Dieu, l'antichambre du néant ?

Soudain, la colère fit son apparition. C'était la vieille colère de mon enfance. La colère qui m'avait secouée quand j'avais trouvé maman ivre morte dans le salon, quand je m'étais aperçue des limitations que m'imposait notre quartier, quand je m'étais extraite de l'emprise de mon premier logeur. Un petit point brûlant au creux du ventre. Un point qui réchauffait. Un foyer secret. Je renouais avec elle. Avec mon énorme colère ancienne. Une vague terrible et bienfaisante. Si je laissais la colère se lever, elle me sauverait, au moins pour un temps. Plus d'une fois elle m'avait aidée à tenir la tête hors de l'eau. Elle le ferait cette fois encore.

Je mis une partie de mon mobilier en vente et demandai de l'aide pour déplacer le canapé-lit, un placard, le frigo et la cuisinière dans mon atelier. Je me débarrassai de la plupart de mes livres. Je distribuai les rideaux, les vêtements que je ne portais plus et un tas d'objets qui m'avaient jadis paru indispensables.

Je m'installai à la Raffinerie comme je l'avais fait quinze ans plus tôt. Un sentiment doux-amer de liberté s'instillait en moi. C'était la liberté des parias, la liberté de ceux qui ont la malchance de ne pas avoir de responsabilités envers autrui et qui peuvent donc décider de changer de cap du jour au lendemain, d'embrasser un nouveau métier, partir dans un autre pays, ou ne rien faire du tout, sinon vivre. Mais que signifie « vivre » si ce n'est entrer en relation avec les autres ? Avec le départ de Vassil, les projections et les angoisses concernant le long terme s'étaient effacées, parce que ce que j'avais craint pendant toutes ces années – que Vassil me quitte – était effectivement arrivé. Il y avait un soulagement à vivre dans le présent – la parenthèse d'un présent absolu qui encadrait ma vie, me protégeant des atteintes du passé comme du futur.

Peu après mon installation à l'atelier, je croisai un ancien élève de Vassil dans la rue. Je l'appelai et courus derrière lui. Quand il s'arrêta, je vis à son regard qu'il ne me reconnaissait pas. Je mentis :

« Je suis la personne qui prêtait l'atelier à Vassil pour ses séances de méditation. Vous faisiez partie de ses élèves, je crois ?

— Oui. Le cours du mardi soir. Je me souviens de vous maintenant ! Vous êtes la photographe !

— Exact. Je voulais savoir si vous aviez des nouvelles de Vassil. Depuis qu'il est parti, je n'en ai reçu aucune. Je m'inquiète un peu… »

L'homme haussa les épaules.

« Il a tout arrêté en cours d'année. Il nous a remboursés pour les séances payées en avance. Sans donner d'explications.

— Vous avez dû être surpris, j'imagine…

— Déçu surtout. Mais bon, dans le fond, c'est comique : quelqu'un qui vous parle sans cesse d'engagement et qui décide tout à coup de tout laisser en plan. À mon avis, il y a une femme là-dessous.

— Ah bon ? Vassil ne m'en a jamais parlé. Nous étions assez proches à une époque.

— Ça sautait aux yeux. C'était une gamine d'un autre cours. On la voyait aux stages. Elle est arrivée en vrac dans les ateliers. Le reste, ça les regarde, même si ça m'a paru bizarre.

— Et il ne vous a pas dit où il comptait s'installer ?

— Aucune idée. Pas dans le coin, j'imagine. On l'aurait déjà croisé. »

En rentrant à l'atelier, je fus prise d'un fou rire irrépressible. Était-ce possible ? Vassil n'était pas parti construire son grand œuvre au milieu d'une forêt profonde où les forces du chaos n'arriveraient pas à le débusquer. La veille de ses cinquante ans, il s'était enfui avec une femme comme n'importe quel homme vieillissant qui a besoin de vérifier qu'il peut encore séduire. Je commençais à me sentir soulagée que Vassil fût parti. Comme si je m'étais sortie par la douleur d'une vieille addiction et que seulement maintenant, alors que j'apprenais à respirer de nouveau, je réalisais à quel point ma situation passée était étouffante. Gaïa en revanche me manquait de plus en plus. Ne plus avoir personne à qui laver les cheveux, pour qui faire des lessives, personne à emmener à l'école, personne à consoler constituait une vraie infirmité.

Je décidai d'appeler Ilona. Après tout, je n'étais plus sa rivale, Vassil étant parti avec quelqu'un d'autre. J'espérais qu'elle me donnerait des nouvelles de sa fille.

Ilona avait une voix calme et une intonation hésitante. Toutes ses phrases semblaient se terminer par un point d'interrogation. Je m'étais attendue à ce qu'elle fasse preuve de méfiance envers moi, voire qu'elle refuse de me parler. Mais elle dit au contraire :

« Je suis contente que vous m'appelez.

— J'aurais aimé avoir des nouvelles de Gaïa… »

Il y eut un silence. Puis Ilona soupira :

« Merci pour tout ce que vous avez faite pour Gaïa… Elle vous aime beaucoup.

— Vous savez où elle est ?

— Vous devez penser : quelle mère horrible ! n'est-ce pas ? Elle a abandonné sa fille ! Elle s'est débarrassée.

— Je ne pense rien. Je ne sais rien. Je sais ce que Vassil m'a raconté. Vous avez des nouvelles de la petite ?

— Vassil m'a écrite pour dire qu'il ne faut pas que je m'inquiète. Il y avait un dessin de Gaïa. Un beau dessin. C'est grâce à vous que elle dessine bien.

— Alors vous savez où ils sont ?

— Non.

— Mais la lettre ?

— Vassil a demandé à quelqu'un poste cette lettre. Quelqu'un qui habite ailleurs. Pas un voisin. C'est la genre de choses qu'il fait.

— Pourquoi faire ça ? De quoi a-t-il peur ?

— Vassil a peur de tout, en première de lui-même.

— Je ne comprends pas… »

Je me souvins de ce que Vassil m'avait dit sur Ilona, sur le fait qu'elle était déstructurée, qu'elle vivait dans un monde irréel. Soudain, elle se mit à chuchoter :

« Ses colères sont terribles, n'est-ce pas ? À la maison, il cassait tout. Il jetait les choses par terre. Je suis la mère de Gaïa. Je pouvais le chasser. Ou c'est peut-être à cause de son karma. J'ai essayé l'aider. Mais il était trop fort, et il ne voulait pas. C'est épuisante.

— Vous n'allez pas tenter de revoir Gaïa ? De récupérer sa garde ? C'est votre droit ! Vous êtes sa mère ! »

Ilona me répondit d'une voix désincarnée :

« J'ai fait la deuil depuis longtemps. Depuis j'ai compris que Vassil ne restera pas et qu'il ne supportera pas se séparer de Gaïa. Alors j'ai renoncé. Vous comprenez ? »

La position d'Ilona me semblait contre nature. Je fis une dernière tentative :

« Vassil est parti avec une femme. Et il a emmené Gaïa. Vous pourriez le poursuivre en justice !

— Pourquoi ? Je préfère espère qu'elle ira bien. »

Il y eut un silence. J'entendais la respiration d'Ilona. Elle aurait pu se trouver dans la pièce d'à côté. Quand le sol craqua, je sursautai. Ilona se remit à parler :

« Je veux te dire une chose : tu impressionnes beaucoup trop Vassil. Tu es forte. Vassil a besoin être rassuré. Il a peur les femmes vont l'abandonner. Peut-être que cette nouvelle femme, elle a besoin de lui ? Comme Gaïa ? Peut-être ce sont les deux seules personnes pour qui il n'a pas peur qu'elles partent. Alors il peut rester, lui aussi.

— C'est absurde. Et il se trompe : Gaïa partira. On quitte ces pères-là dès qu'on peut.

— C'est comme ça, il n'y a rien à faire », ajouta Ilona avec l'intonation d'une nounou qui essaie de faire entendre raison à un enfant.

Je m'étais trompée sur toute la ligne. J'avais construit une fausse image de Vassil. Il était l'appel jamais réduit au silence, qui résonne depuis la nuit des temps. Il était l'espérance en une conscience suprême qui expliquerait le bien et le mal et donnerait un sens à nos souffrances. Il était un défi lancé à l'insoutenable hasard. Il était la croyance que je serais incapable de vivre si quelque chose d'extérieur à mon existence ne venait pas la justifier. Cela faisait beaucoup pour un seul homme !

Maintenant j'étais vide. La pièce où je me trouvais était vide. L'avenir était vide. C'est alors que mon regard tomba sur les piles de journaux entassées dans un coin. J'allais commencer par là. J'allais remplir le vide. Le reste suivrait en son temps.

2

Je pris une paire de ciseaux et découpai la marge blanche d'un quotidien que j'avais gribouillée trente ans plus tôt en répétant le même mot : *Merde*. Je fis un rapide calcul : mes gribouillages d'enfant s'étalaient sur huit ans. À raison de plus de trois cents numéros annuels, cela faisait un nombre de décimètres impressionnant. Je n'avais pas pour objectif d'en venir à bout, d'ailleurs je n'avais pas d'objectif du tout, seulement le besoin de faire quelque chose.

Une routine nouvelle se mit en place. Je me réveillais, préparais le café, faisais une toilette sommaire puis je sortais les ciseaux et me mettais à découper. Quand j'avais travaillé trois heures de suite, j'avais mérité une pause. Je sortais, allais faire une course ou m'asseyais dans le jardin de la Raffinerie, dans une flaque de soleil qui me réchauffait l'épaule, le dos et les jambes. L'alternance de la répétition et du changement, voilà quel était le noyau de la vie humaine. Nous pensions aspirer au changement, mais en réalité nous chérissions la routine. De temps en temps seulement, nous devenions assoiffés de nouveauté. Alors nous partions en vacances, changions de travail, divorcions ou décidions d'aller vivre à l'autre bout du monde, où nous reconstruisions patiemment le cocon protecteur des habitudes. Maintenant que la disparition de Vassil avait bousculé les structures fondamentales de ma vie comme un séisme jette à terre les indéboulonnables pylônes en acier qui soutiennent un pont, la routine m'apparaissait comme un refuge. J'avais le pouvoir de la susciter à ma guise puis de m'en envelopper jusqu'à ce qu'elle me fasse oublier ma douleur. Le temps avançant, les regrets ne se manifestaient plus en bloc ; ils se fichaient dans d'infimes détails. La façon dont Gaïa se frottait les yeux quand elle avait sommeil, penchant la tête et bâillant en même temps si bien qu'un instant ne subsistait de son visage qu'une petite béance rouge. Le bouquet de feuilles mortes qu'on ramassait ensemble à l'automne. Le chocolat chaud et les tartines beurrées du goûter.

Après la pluie, une fois que l'eau a fini de tomber des nuages, elle se met à goutter des arbres ; une fois que le gros du chagrin s'est échappé par nos yeux, il s'écoule lentement de notre cœur.

Au bout de deux semaines de découpages, j'entrepris de coller les bandes de papier sur le mur de l'atelier. J'empruntai un échafaudage à un artiste voisin et après avoir lessivé les murs, je m'attaquai à un angle en haut de l'un d'entre eux. Les premiers jours, le résultat fut ridicule : un immense mur blanc sur lequel se perdaient quelques pattes de mouche. Je le pris en photo. Sur l'image, la disproportion se révéla plus criante encore. Mais je persévérai, découpant le matin, collant l'après-midi. Les lanières de journaux se référaient à des événements oubliés depuis longtemps, des attentats, des élections, des coups d'État, des scandales politiques, des procès pour meurtre, des mises en garde sur l'élévation des températures, des accidents d'avion. Pendant que je manipulais ces lambeaux d'événements qui avaient jadis été jugés suffisamment importants pour faire la une des quotidiens, le monde extérieur s'évanouissait. Désormais, je ne me sentais plus tenue à rien.

Un jour de juillet, à force de découper, je m'aperçus que pendant une heure au moins, je n'avais pas pensé à Vassilégaïa. J'avais vécu une heure, une merveilleuse heure qui n'était entachée ni de tristesse, ni de colère, ni de cette mauvaise conscience qui me torturait, me rendant responsable du sort de Gaïa. Je m'en aperçus au moment où la pensée de Vassilégaïa réapparut. Mais l'essentiel était que le miracle s'était produit : la pesanteur avait disparu un instant, remplacée par une légèreté que je n'avais pas connue depuis longtemps. Mes poumons et mon diaphragme n'étaient plus contraints par une armure de fer. Quand avais-je senti mon souffle me remplir ainsi pour la dernière fois ?

Mi-juillet, lorsque je photographiai de nouveau l'atelier, l'un des murs était presque complètement couvert de petits caractères dactylographiés, accompagnés de mes gribouillages d'enfant. Ce mur était en train de changer de nature ; il semblait rempli de vagues, mouvant. J'avais assisté à un phénomène semblable devant la sculpture en lamelles d'aluminium fabriqué par El Anatsui à partir de morceaux de cannettes découpées et martelées. De loin, on croyait s'avancer vers un grand tissu doré qui ondulait le long du mur des anciennes écuries de Chaumont-sur-Loire, épousant ses imperfections, drapant les angles et les poutres, tombant comme un vêtement bien coupé. Puis, quand on s'approchait, le tissu devenait une immense cotte de mailles, solide et chatoyante. Les rouges et les noirs, fondus dans le jaune, apparaissaient. L'image se fragmentait. Quand finalement on s'arrêtait à un mètre de l'œuvre, la surface métallique se changeait en un assemblage de petites plaques d'aluminium, de vulgaires déchets ayant contenu de la bière ou du cola avant d'être vidés et jetés. Il fallait reculer pour que l'assemblage retrouve son unité, sa souplesse, et redevienne vivant. J'avais désormais une attirance particulière pour les artistes de la répétition, pour ces patients ouvriers de la matière, ces artisans qui interrogeaient les éléments de leurs doigts, tâtonnant pour comprendre leurs propriétés, leurs facultés à s'assembler, à se diviser, à rester unis ou à se disloquer. Ils auscultaient les choses inertes, ils fourrageaient dans la matière, ils tentaient de fragiles constructions qu'ils détruisaient l'instant d'après. Ils n'avaient pas peur de l'apparent abrutissement qui se dégageait de la réitération. Ils niaient la nécessité de produire, d'être efficaces et pragmatiques. Ils affirmaient le droit à simplement être, sans justification ni finalité. Ils m'engageaient à ne pas baisser les bras.

Je passai au mur ouest tout en continuant de photographier l'avancée du travail. Les années se succédaient : 1997, 1998, 1999. Je changeai de millénaire au milieu du troisième mur. Quand le mois de septembre arriva, les quatre murs étaient recouverts de texte, à l'exception d'un rectangle en haut à droite du dernier. Je fis des tirages qui représentaient les ultimes étapes de ce travail, puis accrochai toute la série dans l'atelier. Chaque mois de septembre, la Raffinerie organisait un week-end d'exposition. À l'exception des tissus que je teignais, je n'avais rien montré depuis longtemps. Je me sentais groggy. J'avais transformé l'espace entièrement vide de Vassil en un espace saturé, mais il me semblait surtout avoir passé mon été hors sol, enfermée entre quatre murs, fixant mon enfance résumée à quelques mots et dessins naïfs répétés de manière compulsive. Voir des amis et des inconnus entrer dans cet espace intime me donna l'impression que ce qui m'avait appartenu cessait d'être à moi. Le passé ne m'affectait plus. J'étais en mesure de le regarder comme quelque chose de révolu, une chambre dont je pouvais sortir en fermant la porte derrière moi.

Il existe une légende africaine qui parle d'un disciple et de son maître : le maître refuse d'accueillir le disciple avide d'apprendre, mais celui-ci vient quand même chaque jour, balaie le sol, va chercher de l'eau à la source, remplit les calebasses, ramasse le bois sec pour faire le feu. Mois après mois, année après année, il balaie le sol, finissant par oublier la raison de sa présence. Jusqu'au jour où le maître lui dit : « Tu es digne que je t'enseigne mon savoir. » J'avais moi aussi longtemps balayé le sol, je me sentais prête à recevoir l'apprentissage. Une immense envie d'air frais m'envahissait.

Une galeriste avec qui j'avais été en relation autrefois me demanda si elle pouvait exposer mes photographies. Je lui promis de les lui confier, mais quelque chose me disait que cette exposition n'aurait jamais lieu. Le lundi, j'envoyai une lettre recommandée au propriétaire de l'atelier pour mettre fin à mon bail. Dans quelques mois, cet espace serait repeint pour pouvoir accueillir d'autres œuvres, un autre artiste. Il oublierait les traces de notre passage, celui de Fleur, Vassil et moi, comme nous étions oublieux de ceux qui nous avaient précédés. Je revendis les quelques meubles qui me restaient. J'achetai un sac à dos de qualité, un nouveau hamac muni d'une moustiquaire, un sac de couchage adapté aux nuits froides, un réchaud, une thermos, quelques pastilles de chlore pour purifier l'eau. Trois jours avant de partir, j'ignorais quelle direction je prendrais. J'envisageais de rejoindre Florence sur le site des kerterres pour y passer l'hiver. Ensuite, j'irais peut-être voir Fleur et son fils dans la Drôme. Mais soudain je décidai de rejoindre les Refuges d'art de Goldsworthy, la vieille bergerie et la chapelle abandonnée, les cairns et les sentinelles nichées dans les Alpes du Sud. J'achetai une carte du GR6, « La Grande Traversée des Préalpes », et un billet de train pour Grenoble. Ensuite, je comptais marcher. Trop longtemps j'avais vécu une vie immobile.

3

Au bout d'une semaine de marche, après avoir passé Verdaches où j'avais rempli ma gourde à la fontaine-lavoir, je dus rebrousser chemin sur trois kilomètres. La route était trop escarpée ; une roche verticale se dressait devant moi. Seule face à la montagne, des détails anodins prenaient une importance cruciale. Les marques jaunes sur les arbres censées baliser l'itinéraire étaient effacées. Pourquoi n'avais-je aucun sens de l'orientation ? Partout la forêt ressemblait à la forêt ; les crêtes, qui vues d'en bas paraissaient à portée de main, s'éloignaient à mesure que j'avançais et les points de repère s'évanouissaient. Les chemins prenaient des directions inattendues. Il aurait fallu que je sois entraînée à l'escalade pour pouvoir suivre des trajectoires plus directes. Mais je n'étais qu'une citadine qui avait cru qu'elle pourrait changer de vie à moindres frais. La peau de mes chevilles était à vif. Cela aussi je l'avais sous-estimé : l'importance de bonnes chaussures et de chaussettes épaisses. Ce détail cristallisait tous mes échecs passés. Je m'assis sur un rocher, ôtai mes chaussures et bougeai mes chevilles endolories. Est-ce que j'allais persévérer ? Ou bien rebrousser chemin et rentrer ?

Les chênes bruissaient, un faisan poussa un cri étrange,

l'eau coulait en clapotis contre les pierres. Je levai les yeux et vis les passereaux qui se rassemblaient en un filet qui se distendait puis se ramassait sur lui-même, noire méduse céleste, corps unique composé d'une multitude d'individus. Tournoyaient-ils dans un but précis : se trouver un partenaire de reproduction ? Se préparer à migrer ? Ils volaient peut-être pour le plaisir de voler. Ou parce que c'était dans l'ordre des choses. Et nous, humains, quand faisions-nous quelque chose pour rien ? Quand suivions-nous une poussée intérieure qui se passait de justifications comme s'en passait l'écoulement obstiné des eaux vers le point le plus bas ou la lente poussée des pins vers le ciel ? Je remis péniblement mes chaussures dans lesquelles mes pieds enflés rechignaient à entrer. J'essuyai mon nez morveux dans ma manche ; je me relevai, faisant taire la douleur des muscles à l'avant de mes tibias dont j'ignorais l'existence jusqu'à ce jour. Il y avait tant de choses que j'ignorais, en moi et en dehors de moi. Je sus en revanche que je devais revenir sur mes pas, puis prendre la bonne bifurcation. Je n'étais pas là pour accomplir des prouesses, ni me lamenter sur mon sort. Il me restait assez de vivres dans mon sac. Je pouvais retourner au village le plus proche. Rien ne m'obligeait à échafauder des plans, ni à me projeter au-delà du soir. Je prenais conscience du sentiment d'insuffisance qui me talonnait depuis toujours : ne pas être une artiste assez performante, une fille assez aimante, une mère assez investie, une citoyenne assez engagée. Qui m'avait jugée ainsi ? L'univers était dénué d'intentions pour moi et ce vide n'était pas effrayant, il était grisant. L'automne s'installait sur la montagne et j'étais en train de sortir du temps.

À Digne, je m'arrêtai dans une chambre d'hôtes. C'était

l'époque de l'année où les journées sont belles mais où les nuits vous surprennent par leur fraîcheur. Mon hamac était devenu une maigre protection contre la pluie et le vent.

Sandrine me fit goûter la confiture d'abricots de son jardin. Elle me raconta son époux mort cinq ans plus tôt, ses enfants devenus grands, la rivière sortie de son lit qui avait englouti le rez-de-chaussée de la maison. Depuis, elle ne vivait qu'à l'étage. Le Bès avait été tumultueux autrefois, quand ma logeuse était enfant, puis presque à sec durant toute sa vie adulte. Avec la fonte des neiges des sommets alpins, la rivière était devenue imprévisible. « Qu'est-ce qui nous attend ? » disait-elle en secouant la tête, les yeux pleins d'images de cataclysmes. Elle finit par me proposer de passer l'hiver auprès d'elle. J'avais envie d'accepter, par confort, pour le miracle de la douche du matin, pour la couette et les draps frais dans lesquels on s'enroule en s'endormant, par peur surtout de ce qui m'attendait sur la route si les intempéries s'installaient. Malgré mes cloques aux pieds et mes chevilles couvertes d'hématomes, j'avais besoin de repartir. J'avais besoin de l'horizon qui s'ouvre derrière le col, de l'incertitude du paysage une fois passé le prochain pli. J'avais besoin d'un temps libéré des scansions humaines, pour me sentir prête à les affronter de nouveau.

La ville de Digne était assoupie parmi ses pierres jaunes et roses. Le musée Gassendi, mélancolique et désuet, ressemblait au cabinet d'un naturaliste de l'époque où la science nous promettait le paradis sur terre. J'errai parmi les plantes et les grands papillons épinglés dans des vitrines, puis j'entrai dans la salle des paysages où, au milieu des toiles du XIXe, Andy Goldsworthy avait sculpté *River of Earth*. La pièce occupait le mur du fond. Elle *était* le mur du fond : une surface de terre sèche craquelée, un mur-vieillard sans aucun espace lisse. Au milieu de ce terrain brisé, l'eau d'argile se frayait un passage. Cette eau était de terre en même temps qu'elle s'en extirpait ; elle était semblable à la promeneuse sur la montagne, semblable à ce qui nous constitue, êtres de carbone et d'eau qui nous dressons depuis le magma d'atomes, faits de la même matière et séparés, sculptant notre passage à travers les événements de notre vie. L'argile se fissure encore et encore, rendant indistincte la rivière. Certains disent que les lignes de nos mains se modifient à mesure que nos vies se déroulent, laissant apparaître de nouvelles possibilités. Peut-être ne devenons-nous capables de voir ces nouvelles lignes que quand nous comprenons qu'il n'est pas en notre pouvoir de prévoir de quoi l'avenir sera fait ? C'était mon dernier jour à Digne. Je ne savais pas ce qui adviendrait le lendemain.

4

Après le pont de la Reine-Jeanne, la route poussiéreuse longeait le Vançon puis tournait vers les bois avant de grimper au sommet d'un piton rocheux d'où soudain la vallée m'apparut comme une trouée dans la roche grise. Il y avait eu un village ici. Loin de tout, nourri de quelles ressources ? Seule l'ancienne église se dressait encore, avec un trou à l'endroit où se trouvait la cloche, mais entourée de tombes aux croix couvertes d'ornements exubérants. C'était une étape de mon pèlerinage, l'un des Refuges d'art de Goldsworthy.

Dans le chœur, les fenêtres avaient été murées ; seule une ouverture ménagée dans le plafond laissait passer une pâle clarté. Goldsworthy avait recouvert les parois de la pièce d'une pierre si noire qu'elles semblaient absorber la lumière. Je fus saisie d'une frayeur sacrée. Était-ce ainsi que rayonnait l'intérieur d'un trou noir ? L'intérieur du divin ? Là où les sens et la raison ne pouvaient pénétrer ? Allais-je me laisser aspirer ? Je sortis en hâte. J'étais là, debout, seule, un peu honteuse au milieu du champ de croix rouillées. L'odeur camphrée des pins nimbait la montagne. Un chevreuil aboya pour avertir les siens de ma présence indésirable. Le ciel était lisse ; le bruit du torrent ne parvenait pas jusqu'à moi. Soudain, un hélicoptère survola la montagne dans un fracas de moteur et de pales. Après son passage, le silence parut plus profond. Il n'existait plus d'espaces sur terre où le bruit anthropique ne pénétrât pas. Tout me rappelait à mon identité d'humaine. Je fus prise de tristesse devant le gâchis de la beauté qui s'offrait et que je ne pouvais pas protéger.

À la tombée de la nuit, je grimpai à l'étage du refuge, mais fus incapable de m'endormir. Ma halte à Digne avait suffi à réveiller en moi la citadine craintive qui, face à la nuit habitée des forêts, pense au loup revenu dans les Préalpes, aux vipères lovées sous les tas de bois, aux hommes qui rôdent à la recherche d'une proie. Des craquements inquiétants s'approchaient du refuge. Je tendis l'oreille, plus effrayée encore quand ils disparurent. Celui qui les avait produits avait-il vu la lumière derrière la fenêtre ? Ma bougie était un bien faible rempart contre l'obscurité qui s'était emparée de la montagne.

La pluie se mit à tomber, fine et régulière, une pluie bienfaisante venue abreuver la terre, mais alors que je commençais à m'assoupir, un éclair illumina la pièce, aussitôt suivi d'un tonnerre fracassant. La pluie s'acharnait sur le toit. L'orage pouvait frapper l'un des mélèzes et mettre le feu au refuge. Je m'imaginai m'échappant du bâtiment en flammes et dévalant le coteau pour m'abriter en contrebas. D'anciennes superstitions s'étaient levées. Elles se dispersèrent dans la pièce, volatiles et insidieuses.

Éclair. Tonnerre. Éclair. Tonnerre. J'essayai de compter les secondes qui les séparaient. Le vent ployait si fort les pins qu'il semblait vouloir les couper en deux. Je serrai les poings, recroquevillée dans mon sac de couchage, sur la planche dure qui me servait de lit. Je regrettais de ne pas avoir un flacon de rhum pour me faire oublier la réalité. En bas, juste en dessous de moi, la pierre noire continuait son œuvre destructrice. Je me rappelais à peine que j'avais parcouru des kilomètres dans l'intention de la voir. Pourquoi avais-je quitté le foyer de Sandrine, avec sa cuisine qui sentait bon le café à toute heure du jour ? Je tirai mon sac de couchage vers le coin opposé de la pièce, loin de la fenêtre. L'orage était toujours aussi fort. Combien de temps duraient les orages de montagne ? Sur ça aussi, j'aurais dû me documenter. J'aurais pu prier, mais je ne savais pas à qui m'adresser ; mon panthéon était vide, il avait été démantelé comme une usine en perte de vitesse par les années passées dans les villes où l'humain est tout-puissant et n'a plus besoin des dieux. Il ne me restait plus qu'à me faire la plus petite possible pour passer inaperçue.

Je veillai jusqu'à l'aube puis m'endormis. Quand enfin je me réveillai, le soleil était haut. Au rez-de-chaussée, la lumière inondait le chœur. La pierre noire s'était changée en une surface réfléchissante, lisse et douce. Je m'accroupis dans la petite pièce, incapable de comprendre ce qui m'avait ôté ma sérénité la veille. Je fis du feu, préparai le thé et savourai le plaisir du liquide brûlant. Un aigle planait au-dessus de la forêt, majestueux et calme. Je roulai mon tapis, refis mon sac, rangeai en dernier la casserole et la tasse. Ces gestes devenus des réflexes me faisaient du bien. Mes chevilles avaient guéri, mais avant de remettre mes chaussures, je les entourai d'une bande de gaze.

En redescendant, je passai dans le hameau d'Entrepierres. J'achetai des fruits dans une ferme. Le paysan était préoccupé :

« Vous avez entendu les informations ? »

Je secouai la tête. Je devais ménager la batterie de mon

téléphone ; j'évitais de l'allumer. Il ne devait me servir qu'en cas d'accident.

L'homme me fixait d'un air soupçonneux. Quelqu'un qui ne s'intéressait pas à l'actualité était forcément louche. Étais-je en train de devenir un monstre ? Une sorte d'animal ? Une biche se fiche de savoir quel pays d'Afrique est en guerre. Elle se soucie seulement des coups de fusil qui retentissent dans les bois. Indifférent à ma réticence, le paysan brandit le journal qu'il tenait à la main. Les événements spectaculaires faisaient un drôle d'effet sur les humains ; ils les terrorisaient et les galvanisaient à la fois. Ils les rendaient méfiants et les poussaient, en même temps, à rechercher la compagnie de leurs semblables.

À la une, la photo d'un immeuble en ruine. La veille, des bombes avaient explosé à Paris, Londres et New York aux sièges de banques internationales. Un groupuscule jusque-là inconnu du grand public revendiquait l'action. Il accusait les entreprises visées de soutenir l'industrie pétrolière et le charbon. L'attaque avait été parfaitement coordonnée sur plusieurs continents, de quoi donner la chair de poule. Certains terroristes s'étaient suicidés devant les caméras. Il était loin le temps des doux hippies, notre époque avait généré des activistes désespérés, qui par amour de la Terre étaient prêts à tuer des hommes.

Le journal énumérait les nouvelles mesures de sécurité : contrôles d'identité dans les espaces publics, fouilles des données numériques, arrestations. Quiconque possédait des informations pouvant aider la police était sommé de les partager. Il était difficile, en traversant la forêt si pleine de vie, d'imaginer que le monde était en train de basculer. Où était le point limite ? Quand le changement serait-il si évident que nous ne pourrions plus ne pas le voir ? Je quittai le hameau. À mesure que je m'éloignais, l'écho des nouvelles que j'avais entendues se faisait moins net. La montagne reprenait le dessus.

Le chemin était fait de terre rouge. Un rouge qui contrastait avec le gris des roches aux alentours. Je pensai à mes teintures, puis à Gaïa en train de recouvrir de grandes feuilles à l'aide de ses craies grasses. Pourvu qu'elle aille bien. Pourvu qu'il ne lui soit rien arrivé. J'étais fatiguée. Mon sac était lourd. Je m'arrêtais souvent, grignotais quelques fruits secs, observais la nature qui amorçait le ralentissement de la saison froide ; la pluie nocturne était de plus en plus fréquente. Je parvins avec soulagement au Refuge d'art d'Esclangon. Je fis du feu, pleine de gratitude pour ceux qui y avaient laissé du bois. À la lueur des flammes, un grand serpent d'argile rouge apparut sur le mur, sinueux, en relief, animé d'un mouvement produit par l'oscillation des flammes, tantôt vif, tantôt lent. C'était le chemin sur lequel j'avais marché qui avait servi à le sculpter. J'oubliai la fureur du dehors, la déraison des hommes, le froid de l'automne, et je m'endormis sans m'en apercevoir, bercée par les craquements du feu.

Le matin, quand je passai le col, la perspective du Vélodrome apparut, immense, courbe, striée de rayures horizontales dont chacune correspondait à des milliers d'années géologiques. C'était comme regarder une vieille souche d'arbre et lire les courbes du bois dans le cambium. C'était une souche de Terre, puissante, immémoriale. Je descendis vers le Bès. Au fond de l'eau, les cailloux se dispersaient en une étonnante palette de violets, roses, gris et jaunes. La rivière courait, continuant d'éroder la montagne comme toujours, tandis que je ne faisais que passer sur sa rive ; le courant du temps m'emporterait bientôt. C'est alors que j'aperçus une espèce de corniche au-dessus de la rivière. De la végétation s'y était développée. Quelque chose qui ressemblait à un jardin. Les arbres avaient un port caractéristique, on les avait taillés après les avoir plantés. Un bâtiment en ruine, à peine perceptible depuis l'endroit où je me trouvais, se dressait derrière les buissons. Une certitude m'envahit, aussi solide qu'irrationnelle : c'est ici que je vais vivre.

5

Le premier hiver, je l'ai passé dans la vieille maison. Elle possédait encore sa cheminée, sa porte et ses fenêtres. Un fin câble électrique se tendait vers l'autre rive où se dressaient les pylônes descendant vers Digne. Ils étaient alimentés à l'époque. Je n'ai jamais su s'il s'agissait d'une installation légale ; j'étais moi-même illégale de bout en bout. Les zones éloignées des grandes villes n'étaient pas encore devenues ce qu'elles sont aujourd'hui : des espaces affranchis, difficiles d'accès, où la plupart des gens ne veulent pas vivre, si bien que le commun des mortels finit par les oublier. J'attendais le propriétaire légitime des lieux et j'espérais que s'il revenait, il se contenterait de me jeter dehors, qu'il ne prendrait pas ma présence comme une violation de domicile. La nuit, j'écoutais les branches craquer. Je me recroquevillais sur la vieille carabine laissée dans la maison comme si elle était un talisman. Mais le matin, le soleil étendait un voile doré sur la forêt, il glissait sur la montagne comme un rideau de soie, puis nimbait la rivière, faisant miroiter l'eau rose. Encore un jour ici, me disais-je. Encore un jour dans le creux des roches millénaires, avant de repartir – pour où ? Notre demeure est là où se trouvent les nôtres. Mais où étaient les miens ?

Six mois après mon installation à l'Escuichière, Fleur laissa un message sur mon répondeur. Elle avait une voix bizarre et parlait vite. La police recherchait Vassil. Qu'avait bien pu faire ce doux rêveur qui intéresse la police ? Peut-être sa petite entreprise spirituelle avait-elle dérivé vers un genre de secte ? Je laissai traîner les choses. Mais une sourde inquiétude pour Gaïa se remit à me torturer.

Six mois sans attaches m'avaient rendue sauvage. On ne m'avait pas encore demandé mes papiers dans la rue, quand je descendais à Digne, mais je me dis que cela pourrait arriver. La situation politique était tendue, les médias parlaient de krach et de crise migratoire, les nouvelles concernant la biodiversité étaient accablantes et les actions violentes se multipliaient. Je ferais bien de me faire discrète, pensai-je pour la première fois. Les mois précédents, j'étais allée plusieurs fois à la bibliothèque municipale pour utiliser les ordinateurs publics, dans l'espoir de trouver quelque chose sur Vassil. Mon téléphone ne captait pas Internet et, de toute façon, j'avais réduit mon forfait au minimum, n'ayant plus de rentrées financières. L'argent devait servir à acheter de la nourriture. Mais les questions demeuraient. Après l'appel de Fleur, je me mis à craindre de poursuivre mes recherches sur Vassil. Je devais faire attention. À quoi, je l'ignorais.

Aurais-je dû aller voir la police ? Je n'avais pas envie de quitter mon nid d'aigle pour me frotter à ce qu'il y avait de plus détestable dans la civilisation d'en bas : les marques du pouvoir. Je ne réalisai pas tout de suite que moi aussi, j'avais d'une certaine manière disparu et que cela pouvait éveiller les soupçons. Je ne me considérais pas comme une fugitive. J'avais juste besoin de faire une pause. Je n'avais pas pris conscience du fait que lorsqu'on se place en dehors, on refuse ce qui est dedans. Une société ne tient debout que par la force conjointe de ses membres, par leur foi partagée dans le fait qu'elle doit perdurer. On ne peut pas admettre que d'autres ne partagent pas ce point de vue sans lui faire courir un risque d'implosion. Je fis le tour de mes ressources. Il me restait un peu d'argent. De quoi tenir une petite année vu le peu de frais que j'avais. Mais je devais voir plus loin, m'organiser. Si quelque chose allait de travers, j'avais mon joker : Fleur. Elle n'habitait pas si loin. Elle était ma ligne de vie, la possibilité d'imaginer une échappatoire les nuits sans sommeil, les jours plus froids, l'après-midi où le fermier d'en bas avait refusé de me vendre des œufs parce que les journaux s'étaient mis à parler de pénurie.

Cette semaine-là, je m'attelai à la construction d'une kerterre. Les pluies hivernales avaient cessé, l'argile sécherait rapidement. Je devais aménager un abri plus sûr que la bicoque qui tombait en ruine au fond du jardin. Elle était trop difficile à chauffer et je n'avais pas confiance en son toit mal en point. Elle pourrait toujours servir à stocker les outils. Je fis livrer une botte de chanvre en contrebas du terrain et la désossai patiemment pour remonter les fibres sur la corniche. Je hissai l'argile depuis la rivière à l'aide de seaux accrochés à une poulie. Au commencement du chantier, il me semblait que je devais œuvrer le plus discrètement possible pour ne pas me faire remarquer, mais après avoir croisé des randonneurs qui me posèrent des questions sur la technique utilisée, je réalisai que pour ne pas avoir d'ennuis il valait mieux travailler comme si ma présence allait de soi.

Je n'avais pas mesuré l'étendue de la tâche. Le relief transformait en gageure ce qui en plaine demandait simplement de la persévérance. Chaque seau d'argile remonté était une prouesse, chaque décimètre de mur supplémentaire se révélait l'affaire d'un jour entier. À ce compte, je désespérais de terminer avant l'automne. J'avais prévu de cultiver un potager, mais j'étais si fatiguée après mes journées de chantier que je laissai se dessécher les pommes de terre mises à germer dans la maison et n'eus pas le courage de préparer correctement la terre. Je commençais à douter de la faisabilité de mon entreprise. Peut-être devrais-je retourner chez Sandrine pour l'hiver et me trouver un petit boulot à Digne ?

Un matin de juin particulièrement chaud et venteux, je renonçai à travailler et descendis à la rivière. La poussière d'argile rouge dégringolait sur le coteau d'en face en longs serpentins emportés par les rafales. Quelque part parmi eux était caché un *Point* d'herman de vries, un signe doré tracé sur la roche grise, qui me rappelait que je n'étais pas seule. Je m'assis sur un rocher, les pieds dans l'eau. Le courant transportait des bouts de bois flotté et des petits cailloux. Mes ongles étaient pleins de chaux, mes cheveux tellement imprégnés de cette poudre blanche qu'ils paraissaient faits de fils secs, cassants et rêches, impossibles à démêler. La peau de mon visage pelait. Un subtil déséquilibre était apparu ; je ne savais plus quel sens avait ma présence ici.

Je me mis à ramasser des pierres rouges au fond de la rivière. Elles se révélèrent être de gros blocs d'argile. J'en rassemblai plusieurs autour de moi. Quand je les frottais, le pigment se dispersait dans l'eau, formant des filaments vermeils dans le courant. J'eus envie d'une explosion. Envie de joie et de magnificence. De toutes mes forces, je jetai un bloc d'argile vers une grosse pierre. Il éclata en formant une gerbe écarlate qui se dissipa en cercles dans l'eau. La pierre restait marquée d'une pivoine sanguinolente. Avec un autre bloc, je visai un rocher immergé. Nouvelle explosion de rouge. Éclaboussures. Traînées de couleur balayées par la rivière. Je partis à la recherche de nouvelles munitions, et les lançai les unes après les autres. C'était une danse frénétique ; les pierres se déchiraient autour de moi, projetant dans toutes les directions leurs gerbes rouges. Du rouge épais et dense, jusqu'à ce que j'aie la sensation d'avoir lavé mes yeux du blanc de la chaux, du gris et du vert du paysage. Un rire de désespoir et de soulagement me secouait. Je suis folle ! folle de couleurs ! me dis-je, et je m'écroulai, épuisée, dans l'eau froide. Les pigments lâchés dans la rivière vinrent se coller à mes vêtements et à mes cheveux. Je me revoyais adolescente, mon bloc de dessin à la main, essayant de capter le bleu des nuages fuyants, le vert opalescent de la mer du Nord. Ici, il n'y avait rien à capturer. Ce n'était pas moi qui peignais, c'était la rivière qui peignait à travers moi. C'était la forêt qui déversait son vert dans mes cellules. Ce n'était pas moi qui pétrissais l'argile, c'était la route qui adhérait à mes pieds. J'étais devenue un morceau de paysage, une nuance sur la palette de la montagne, et je découvrais que j'aimais jouer.

Je prenais tout trop au sérieux. Je me sentais coupable envers l'art comme s'il s'était agi d'une déité vengeresse à qui il fallait sacrifier des animaux aux entrailles fumantes et immoler notre cœur brûlant. J'avais oublié de m'amuser. Je croyais que l'insouciance allait de pair avec l'absence de profondeur. J'avais peur de regarder l'existence comme un coup de dés relancé chaque jour, sans prédestination, sans vocation divine, sans rien pour nous sauver du néant qui nous tendait les bras. J'avais besoin de rattraper mes années de jeu perdues.

Quand je me relevai, dégoulinante de rouge, des applaudissements et des sifflets retentirent sur la rive. Un homme et trois gamins à demi nus étaient juchés sur les rochers et m'observaient.

Bachir et sa femme s'étaient établis dix ans plus tôt dans un lieu qu'ils avaient baptisé le Château de paille, plus haut en direction de Barles, au-delà de Fontaine-Chaude. Ils étaient autour d'une quinzaine selon les moments, enfants et adultes, à vivre dans trois maisons en paille et pierre. Le jardin était cultivé en commun, une grande cuisine accueillait les faiseurs de confitures, ceux qui préparaient le repas du soir et ceux qui aimaient bavarder au frais. Les enfants passaient d'une maison à l'autre et je crus comprendre que les couples s'étaient plusieurs fois recomposés. Deux adolescents à la peau noire aidaient à la récolte des abricots.

« Je te présente Kamal et Ibrahim, de grands voyageurs, dit Bachir, ils sont avec nous depuis l'hiver dernier. Et on espère qu'ils vont rester. »

Les deux garçons me sourirent puis repartirent vers le verger en se chamaillant et en s'administrant de petits coups dans le dos. Ils semblaient insouciants comme le sont des garçons de leur âge, mais Selma me dit qu'ils étaient venus seuls du Soudan. Des amis les avaient trouvés près de la frontière italienne, à moitié congelés, là où les partisans de Notre Sol dressaient des barrages humains pour empêcher les migrants d'entrer sur le territoire. Elle ajouta :

« Ils aimeraient aller vivre dans une grande ville, comme tous les autres, ou presque. On essaie de les convaincre de rester, mais c'est peine perdue… »

Elle embrassa du regard le petit domaine et les montagnes environnantes :

« Ce n'est pas l'Occident dont ils ont rêvé. Mais là-bas, dans les villes, c'est la misère pour eux. »

Je me rappelai les petites tentes jaunes, bleues et vertes qui jonchaient les terrains boueux en lisière des dunes de Calais, avec leurs inévitables zones de détritus, leurs trafics et leurs chantages, les hommes que les policiers conduisaient à la frontière belge puis délestaient de leurs chaussures pour rendre leur retour plus difficile, les victimes du froid, de noyade et de règlements de comptes. Et pourtant, jour après jour, le flux se reconstituait, mû par un espoir qui circulait par-delà les océans, un espoir plus dense que les barbelés et plus obstiné que la police des frontières. On ne savait pas de quoi l'espoir était fait. Beaucoup de nos raisons étaient illusoires, pourtant nous persévérions, en quête d'un improbable eldorado. Heureusement, me dis-je, qu'il existe ici et là quelques étapes pour faire une trêve. C'étaient les refuges véritables, ceux où l'on se sentait accueilli sans condition, ceux où notre corps et notre âme fatigués pouvaient se reposer et imaginer un nouveau départ.

Ce soir-là, je restai au Château de paille. Nous avions confectionné une salade de lentilles aux pommes de terre nouvelles et Sandra nous fit goûter la confiture d'abricots encore tiède. Je fabriquai une pâte jaune en diluant l'argile de la mare dans de l'eau, et avec les enfants, nous nous amusâmes à dessiner les contours de nos mains sur le mur de la grange. Je leur chuchotai :

« Ce sont des mains négatives. Les hommes préhistoriques en dessinaient sur les parois de leurs grottes. À travers elles, l'esprit parle aux humains au-delà du temps, il leur souffle leurs rêves et leurs cauchemars, il leur rappelle que d'autres ont vécu avant eux, il y a si longtemps que notre mémoire se perd en route.

— Qu'est-ce que tu racontes ! La mémoire c'est pas un chemin ! cria la petite Aïcha.

— Si, la mémoire est un chemin plein d'embranchements et de crevasses ; quand on s'y promène, on ne sait jamais si on arrivera là où on voulait aller. »

Aïcha me regarda pensivement et se remit à sucer le bout de sa tresse. Elle avait été séparée de sa mère lors d'un voyage depuis le Nigeria. Selma l'avait recueillie. Elle recommençait à parler depuis peu. Elle avait vu trop de paysages, de violences et d'injustices pour une enfant de son âge. Elle me fit penser à Gaïa ; j'eus envie de la serrer contre moi.

Le matin suivant, je repartis avec un panier de légumes et deux pots de confiture.

« Si tu as besoin de quoi que ce soit, n'hésite pas, dit Selma. De toute façon, on passera te voir. J'ai envie d'en savoir plus sur l'espèce d'igloo que tu construis.

— Comment vous remercier ? dis-je à Bachir alors qu'il me raccompagnait vers la route.

— Nous aurons toujours besoin de la beauté, répondit-il, autant que de légumes. Pour reprendre courage. Il nous faudra du courage devant ce qui vient. »

À partir de ce soir-là, la montagne fut différente. Être entouré de personnes bienveillantes vous donne une force surhumaine. Vous devenez un morceau d'une entité, d'un essaim d'abeilles qui œuvre à la réalisation d'une tâche commune, qu'on l'appelle harmonie, entraide ou fraternité. Les idées deviennent palpables quand vous les partagez avec d'autres. L'univers devient meilleur.

Bachir est revenu et m'a aidée à construire une tyrolienne pour passer sans efforts sur l'autre rive. Ahmed et Émilie ont transformé la friche devant la maison en potager. Selma est venue voir la kerterre, m'a aidée à poser les dernières mèches et le plexiglas du toit. J'ai fabriqué de grands mobiles en pierre pour les enfants et tressé de fragiles cabanes en osier pour nous protéger de la fin des temps. Bachir et Kamal ont rénové la maison de pierres dans l'éventualité où un autre voyageur venu de loin aurait besoin d'un domicile provisoire. Tous ceux qui sont passés chez moi ou au Château de paille m'ont aidée pour tant et tant de choses. Ils m'ont aidée à voir que mon humanité ne s'accommodait pas d'une solitude parfaite. Qu'elle tenait à leur présence, au partage des bons et des mauvais moments, à leur regard sur ma vie, sur mes assemblages de feuilles et de bambous, sur les jeux de miroirs qui virevoltent au bout de fines ficelles sur mon terrain et projettent de petits arcs-en-ciel sur les bâtiments.

Pour Aïcha, je suis retournée cueillir des plantes sauvages, j'ai teint en vieux rose un tissu de lin que Selma gardait dans son placard et j'en ai fait une robe. L'hiver était venu. Je ne verrais pas la fillette de sitôt car, en cette saison, chacun de nous réduit ses déplacements. Pour m'occuper, je me suis mise à broder sur l'ourlet. J'étais comme une femme des temps anciens à l'époque où on ne laissait guère les femmes faire autre chose qu'enfanter, laver les morts et broder. Une femme de mon époque aurait dû se trouver dans une ville, en train de gagner de l'argent et de le dépenser, de se dépêcher de faire ce que la ville attendait d'elle. Je n'aurais pas dû être occupée à poser un point après l'autre sur le tissu pour former l'aile d'une hirondelle puis l'œil d'un hibou. Mon activité était en accord avec l'essence de ma nouvelle vie, une vie de gestes minuscules, inutiles, contemplatifs. Tout en brodant, je pensais à Gaïa. Je brodais pour elle. Je brodais pour Aïcha. Je brodais pour les voyageurs en quête de foyer, pour les égarés et les désespérés. Je brodais pour les petites filles qu'on avait forcées à grandir trop tôt.

6

Il nous faudra du courage devant ce qui vient.

Ce qui doit venir finit toujours par arriver, plus vite qu'on ne l'aurait voulu. Nous étions en avril, le printemps avait fini de bourgeonner, la serre de Bachir était pleine de salades, de pois et de betteraves. Émilie et Selma avaient les yeux rouges quand j'arrivai.

« Qu'est-ce qui se passe ?

— Ils sont tellement cons ces jeunes, cria Émilie, pourquoi faut-il toujours qu'ils aillent vérifier que l'herbe n'est pas plus verte ailleurs ?

— Ils sont partis ? »

Selma hocha la tête.

Bachir aussi était préoccupé. Les étés se faisaient de plus en plus secs, les inondations de plus en plus violentes, les comportements de moins en moins prévisibles. Les villes enflaient. Les habitants des petites localités les quittaient pour s'installer dans les métropoles, là où il leur semblait que demeureraient les derniers bastions de la civilisation si *quelque chose* devait arriver. Elles étaient approvisionnées en énergie en priorité ; les services, écoles, hôpitaux, transports s'y poursuivaient, tandis qu'ils étaient de plus en plus chaotiques ailleurs. Sandrine avait mis sa maison en vente – mais qui aujourd'hui voudrait acheter une vieille bicoque au bord d'une rivière en crue ? Elle avait emménagé à Grenoble, dans un petit appartement. Comme d'autres, il lui avait soudain paru urgent d'être protégée par la présence d'une grande ville, bien que dans celle-ci les prix des loyers fussent en train de flamber. On parlait de l'établissement d'un passeport intérieur : chaque citoyen devrait se faire enregistrer comme appartenant à l'administration de la métropole la plus proche. Cela devait officiellement permettre d'organiser les services de première nécessité. Cela permettrait également de déterminer sans trop d'états d'âme qui n'y aurait pas droit s'il fallait choisir entre deux catégories de population. Nous aurions bientôt des migrants de l'intérieur dans le pays.

Les littoraux et les berges des grands fleuves étaient menacés d'inondations et provoquaient eux aussi des départs de populations. Dans certaines villes d'Asie, les quartiers riches construisaient des barrages pour se protéger de la montée des eaux, condamnant les pauvres à être engloutis. Les régions arides de la planète recevaient de moins en moins de pluie et leurs populations n'avaient d'autre choix que de se déplacer. Les plus entreprenants et les plus chanceux parvenaient jusque chez nous. Les murs pour les contenir devenaient de plus en plus hauts et les barbelés connaissaient une nouvelle heure de gloire. La Ligue Notre Sol se présentait aux élections. Ses adhérents organisaient des rondes près des frontières pour repérer les migrants clandestins. Ils les livraient à la police ou les bastonnaient sans même s'en cacher. Le devoir d'humanité était en passe d'être remplacé par un implacable devoir d'inhumanité. Nous écoutions les nouvelles sur un petit poste de radio et chacun de nous savait déjà qu'elles ne seraient pas bonnes. Bachir avait des raisons d'être inquiet.

7

Le monde a continué de s'effriter à une vitesse que nous n'avions pas osé imaginer, comme une falaise de craie sous l'effet d'une érosion accélérée, laissant tomber de grands blocs de ce qui semblait le constituer à jamais. On croit notre monde impérissable, une forteresse de valeurs imprenable, jusqu'au jour où il prend l'apparence d'un fétu de paille que le moindre coup de vent suffit à dégager. On croit que quand une catastrophe arrive, elle balaie tout sur son passage. *Tabula rasa.* C'est faux. Elle détruit certaines choses et en laisse d'autres persister. Elle sauvegarde les structures anciennes ; elle les renforce, même. Depuis la crise, depuis la coupure de l'électricité sur les lignes secondaires et l'arrêt des réacteurs qu'on ne parvient plus à refroidir à cause de l'océan qui se réchauffe, depuis qu'une grande partie des relations commerciales s'est arrêtée, depuis que des villes entières ont été submergées et que des millions de gens se sont mis en route dans l'espoir de pouvoir, un jour, s'arrêter quelque part, notre monde ne s'est pas effondré, il s'est divisé. D'un côté les riches et les puissants ; de l'autre le restant de l'humanité.

La réalité a rattrapé les films de science-fiction, et nous avons continué à vivre.

Nous évitons de descendre en ville. Ceux de la Ligue Notre Sol en ont après les nôtres. Trop d'étrangers sont passés chez nous dont nous avions transformé les oasis en déserts. Nous formons une chaîne d'êtres bienveillants. Nous nous connaissons de loin. Nous savons l'emplacement et les signes de reconnaissance des foyers prêts à accueillir ceux qui en ont besoin un jour, une semaine ou un mois. Telle femme isolée dans le Massif central, telle autre au pied du puy Mary, Florence de Bretagne, Fleur de la Drôme connaissent le chemin jusqu'à chez moi. Et leurs amis. Les amis de leurs amis. Nous traçons des plans sur des bouts de papier que nous détruisons aussitôt pour qu'ils ne tombent pas entre de mauvaises mains. Notre situation, au milieu de nulle part, nous protège et nous rend vulnérables à la fois. Nous tâchons de ne pas exister officiellement ; à nos hôtes d'un jour, d'une semaine ou d'un mois, nous demandons de nous effacer de leur mémoire. Certains viennent d'autres continents. Certains ont transité par tant de pays qu'ils ne savent plus s'ils sont de quelque part. D'autres ressemblent à nos enfants, nés dans nos villes et parlant notre langue. Eux aussi ont de bonnes raisons de se cacher. En souvenir de chacun d'eux, je brode un tissu ancien que j'accroche dans le jardin.

Un jour, parmi ces voyageurs de passage, il y a eu Marc. Marc n'était pas son vrai prénom. Mieux valait pour lui et pour moi que je ne le connaisse pas. Il est arrivé comme les autres, harassé, plein de poussière et affamé. Mais quelque chose de différent brillait dans ses yeux. Ce n'était pas l'habituelle résolution des désespérés. C'était la détermination de quelqu'un qui a appris à connaître ses ennemis, ses faiblesses et ses ressources. Il m'impressionnait.

Je savais qu'il allait repartir. Il ne devait pas rester longtemps dans un même lieu. Il avait fait partie de l'organisation écologiste Fontis. Fontis comme l'effondrement du sol causé par la déliquescence souterraine des terrains en profondeur. Je connaissais leur action par les médias, pour autant qu'on puisse connaître les activités d'un tel groupe sans en faire partie. Ils avaient d'abord appartenu à un mouvement non violent, mais celui-ci s'était scindé et avait accouché d'un groupuscule extrémiste qui avait comme credo l'idée que la vie humaine n'a pas de valeur supérieure à celle des autres espèces. On pouvait donc l'éliminer si elle portait atteinte à la vie en général. L'ensemble de l'organisation avait été interdite, ce qui ne devait pas changer grand-chose pour une entité qui prônait la désobéissance.

Marc avait quitté Fontis, mais certaines allégeances ne se défont pas. Il était recherché. Il en savait trop. Malgré cela, l'amour est entré en nous sans prévenir ni tenir compte de son impossibilité. J'ai appris qu'il n'avait rien à voir avec notre désir de certitudes, de promesses et de possessions, qu'il pouvait se passer de projets et de temps. Nous étions comme des adolescents qui aiment pour la première fois, immortels et invincibles, persuadés que rien ne peut les atteindre. Nous avons passé tout l'hiver ensemble, protégés par les intempéries et le mauvais état des routes. Puis le printemps est arrivé. C'était la première fois qu'au lieu de me réjouir la floraison des cerisiers me plongeait dans l'affliction. Marc continuait à ramasser du bois, à faire le feu, à remettre du paillis au potager, mais je voyais à son air absent qu'il n'était plus vraiment là.

Quelques jours avant son départ, alors qu'il était allongé contre moi, je me mis à parcourir son corps, centimètre carré par centimètre carré ; je voulais garder en souvenir le moindre détail, chacune de ses particularités. Sous son bras, à la limite de l'aisselle, il y avait un minuscule tatouage. C'était un dessin miniature représentant une feuille de charme, une chauve-souris aux ailes déployées et, les entourant, un globe terrestre. La précision des traits était invraisemblable vu la taille des motifs. Elle faisait penser aux calligraphies tracées sur un grain de riz. J'y passai la main.

« C'est un code ?

— Tu plaisantes ? On n'est pas des débutants.

— Alors qu'est-ce que c'est ? »

Il haussa les épaules.

« Une marque de sentimentalisme ? Une jeune fille de Fontis me l'a tatoué peu avant que je parte pour une mission dangereuse. Dans ces circonstances, on a tous besoin de se souvenir pourquoi on fait ce qu'on fait.

— Et toi, pourquoi le faisais-tu ?

— À une époque, j'étudiais les chauves-souris. Leur comportement me fascinait, leur façon de percevoir l'espace, de communiquer, tout. Et puis, il y a eu le syndrome du museau blanc. Je connaissais leurs lieux de prédilection. Chaque fois que je retournais dans des grottes qui avaient abrité des populations entières, je tombais sur un carnage. Il n'y avait plus que des bêtes mortes, d'autres momifiées, encore accrochées au plafond. Les survivantes étaient apathiques. Par terre, c'était jonché de petits os. Ça m'a d'abord désespéré, ensuite rendu furieux. J'ai rejoint le groupe à cause de ça. »

J'avais évité depuis son arrivée de l'interroger sur ce qu'il avait fait dans le collectif. Des attentats ? Du piratage informatique ? Du boycott de marchandises ? Je revins au tatouage.

« La jeune fille qui l'a dessiné était douée.

— Elle l'était. Elle réalisait aussi leurs affiches de propagande. Elle était toute jeune, peut-être seize, dix-sept ans. »

Tout à coup, un espoir insensé me vint :

« À quoi ressemblait-elle ?

— Comment je pourrais me rappeler ? Elle n'était pas la seule jeune recueillie par le groupe. Il y en avait pas mal, qui avaient perdu leurs parents ou s'étaient barrés de chez eux.

— Essaie. »

Marc se redressa sur un coude, puis me tourna le dos et s'accroupit pour remettre du bois dans la cheminée. Je ravalai mes larmes. Tout à coup, je n'étais plus du tout prête à accepter son départ. La vie m'avait déjà retiré trop de gens que j'aimais. Elle me devait une contrepartie. Marc se rassit sur le sol en pinçant les lèvres. Il se pencha pour m'embrasser, me regarda un moment puis répondit :

« Je ne comprends pas pourquoi tu y tiens tant. Elle était très blonde, avec des yeux bleus pas communs, clairs, presque gris ; fluette, l'air un peu paumée, mais d'après les autres, c'était une vraie dure à cuire. »

Je m'écriai :

« Comment s'appelait-elle ? »

Il me dévisagea, surpris.

« Les noms ne veulent rien dire ; personne ne porte son vrai nom là-bas.

— Elle t'a raconté des choses sur son passé ?

— On n'était pas censés le faire.

— C'était dans quel groupe ? En Bretagne ? En Ariège ?

— Tu poses trop de questions ! De toute façon, quelle

importance ? On changeait de lieu dès qu'on changeait de mission. Les jeunes ne faisaient pas exception. »

Marc attrapa son T-shirt et l'enfila, puis explora de la main le sol derrière lui pour trouver son pull. Je m'étais laissée emporter par mon enthousiasme. J'avais cru trouver une piste qui me menait à Gaïa, mais la piste s'effaçait déjà. J'avais des idées trop folles pour coller avec la réalité abrasive de notre époque.

« Et toi, qu'est-ce qui t'a conduit à sortir du groupe ? Tu savais qu'ils ne te laisseraient pas tranquille.

— Je n'étais déjà pas tranquille avant.

— C'est la violence ? »

Marc s'était mis debout. Il était grand et la kerterre semblait soudain minuscule.

« J'aimerais dire que c'est la violence. Mais dans le fond, c'est autre chose. Je me suis rendu compte de la contradiction dans laquelle je me trouvais. Je voulais sauver ce qui restait de la nature ; pour cela, je travaillais dans des bureaux obscurs, dans des caves, dans des barres d'immeubles cachées au milieu des villes. Je passais mes journées et mes nuits à fixer un écran d'ordinateur. Je consacrais ma vie à écrire des lignes de code pour entrer dans les serveurs des consortiums industriels. Je ne savais plus rien de la nature. J'étais devenu un homme des souterrains. Je ne supportais plus. »

Le lendemain, Marc se mit à rassembler ses affaires. C'était peu de choses ; il circulerait à pied et ne devrait pas offrir l'aspect d'un fugitif. Il connaissait la prochaine étape où il s'arrêterait. Pas moi. Je serais aussi ignorante devant l'espace qui nous séparerait que les femmes de marin l'étaient jadis devant l'océan qui emportait les hommes et les rendait quand elles avaient renoncé à les attendre. L'ignorance et son acceptation étaient l'une des conditions de notre amour. Pourtant, une part de moi continuait de résister. Je ne pouvais pas le retenir ; je ne devais pas. Mais au moment où il était en train de vérifier qu'il n'avait rien oublié d'essentiel, je m'approchai et restai près de lui, tête baissée, la main devant la bouche, incapable de parler. Je lui tendis un minuscule bout de tissu teint à la gaude et brodé au fil noir ; j'y avais noté mon prénom et l'adresse de l'Escuichière. De l'autre côté était brodé l'adresse : pour Gaïa.

Marc me rendit le morceau de tissu et me dévisagea, en colère :

« Tu es devenue folle ?

— Si d'une manière ou d'une autre tu as des nouvelles de la jeune fille qui a fait ton tatouage, s'il te plaît, fais-le-lui passer.

— Cette jeune fille n'existe plus, Sabrina. Elle est devenue quelqu'un d'autre.

— Ça ne fait rien. »

Il secoua la tête mais prit le tissu. Nous n'avions pas le temps de nous disputer. J'imaginai qu'il le jetterait dans la rivière dès qu'il aurait passé le virage.

Cela fait plusieurs années que Marc est parti. J'ai appris à attendre, à savoir que les choses arrivent sans qu'on puisse les provoquer. Je ne me souviens plus de ce que cela fait d'être toujours au courant de tout. Je ne sais plus ce qu'on ressentait à vivre une vie dans laquelle on pouvait joindre n'importe qui où qu'il ait décidé d'aller. Une vie sans obscurité au-delà de l'horizon, un monde où chaque arpent de terre était relié aux autres par le filet de la fibre optique, des caméras et des satellites.

Nos machines ont vieilli. Les immenses parcs de refroidissement des serveurs ont été emportés par des tempêtes ou démontés par des activistes du climat. Des objets et des services dont la possession, il y a peu, allait tellement de soi que certains pays l'avaient inscrite dans leur Constitution. L'accès à Internet comme droit fondamental au même titre que la libre disposition de son corps. Les juristes de ces pays ne sont plus là pour protester ; ils ont été engloutis par la mer avec leur territoire, leurs règles et leur État de droit. À moins qu'ils ne végètent dans un campement de tentes à l'usage de réfugiés.

Malgré tout, depuis cet hiver-là, l'espoir ne m'a pas quittée. J'espère le retour de Marc. J'espère en un monde où Gaïa est en vie, quel que soit le nom qu'elle porte. J'ai fait disparaître de mon quotidien la plupart des choses qui constituent une existence humaine. Les objets m'ont quittée. La maison dans laquelle j'habite n'en est pas une. Elle n'est pas répertoriée au cadastre. Je me suis réfugiée dans une sculpture comme les Grecs s'étaient tapis dans le cheval de Troie, au milieu d'un monde en guerre, et j'y dors à même le sol, un tapis de fougères sèches sous mon corps et le ciel ouvert au-dessus de mon lit. Je travaille à maintenir les conditions de ma survie, puis je me laisse aller à rêver et l'art revient en moi. Si on peut appeler ça de l'art. C'est peut-être seulement un élan du cœur au même titre que l'envie d'embrasser quelqu'un, l'émerveillement devant la neige qui fond, l'exaltation que produit la vue d'un ciel qui s'ouvre.

Au coucher du soleil, les grenouilles se mettent à chanter. Elles existent encore chez nous. Personne n'a rapporté la spore qui les a exterminées partout ailleurs, rendant leur peau incapable de les protéger. Cela aussi finira par arriver. Leur chant – ce chant que j'ai la chance d'entendre – fait couler sur le jardin la mélancolie du monde sauvage. Elle prend le rouge-violet du prunus, le vert lustré du faux laurier, le gris des pommiers et l'ocre du chemin. Je suis remplie de pluie et de couleurs. Je suis une outre dans laquelle les couleurs se déposent, attendant qu'une surface, planche, pierre, lame de métal, soit disponible pour y prendre forme. À cette heure où le jour décroît, le paysage passe par toutes les étapes de l'histoire de l'art, de l'impressionnisme au pointillisme, pour finir en une étendue abstraite, quand ne subsistent de lui que des silhouettes plus ou moins sombres, plus ou moins larges, plaquées sur le noir.

Chaque jour j'apprends les vertus du temps. Je regarde les fossiles incrustés dans la craie, ceux qui remontent quand je retourne un lopin de terre : la moindre chose dans la nature a besoin de temps. Et nous, les artistes, nous les humains, nous voulions que nos entreprises aillent vite. Nous voulions produire, sans nous soucier du fait que rien de vrai ne peut naître d'un substrat mal digéré. J'ai appris à être humble. J'ai appris la joie. J'ai appris qu'elle n'est rien d'autre que le sentiment inconditionnel de la vie qui persiste une fois réduits au silence les bruits qui la rendaient inaudible. La joie est le bruit de la rivière quand les grillons se sont tus et que l'on perçoit à nouveau l'aigu du clapotis, la médiane du courant et les basses du flot sur les grosses pierres. J'ai appris à connaître toutes les pierres de la rivière. J'ai compris que ces pierres n'ont pas besoin d'apprendre à me connaître ; que la nature n'a pas besoin de moi. Que moi seule ai besoin d'elle.

ÉPILOGUE

Ça n'a été qu'un ronronnement à peine audible, absorbé depuis par le virage de la cascade. Une oreille non avertie le confondrait avec le bruissement du vent dans les hêtres. Pas la mienne. Depuis le temps que je vis seule ici, je sais discerner les sons inhabituels. J'ai couru à la remise pour attraper la vieille carabine. Ceux qui s'approchent dans le ronronnement du moteur ne sont pas censés savoir qu'elle ne contient pas de cartouches et que, malgré les avertissements de Bachir, je n'ai jamais appris à m'en servir.

Le soleil du soir étend sur le flanc de la montagne sa draperie rose chargée d'or pâle. Le ciel est strié de zébrures sauvages, écarlates, violettes, vertes et bleues. Je sais que ces lumières signalent la présence de composés toxiques dans l'air, de ces composés qui luttent activement contre la longévité des humains, mais je continue malgré tout à les mettre sur le compte de la beauté gratuite de l'univers. Ma gorge devient sèche. C'est peut-être mon dernier coucher de soleil.

Le moteur s'est arrêté. Mon cœur s'emballe. Ma main tremble sur le fusil. Je me campe sur mes jambes, mais mes genoux sont prêts à lâcher. Mon cerveau a été câblé de telle façon que quand il ne sait pas, il imagine le pire. Me voici revenue dans la cour du collège, sous le préau crasseux qui pue la fumée âcre où une lame de cutter brille devant mon visage, revenue dans la cage d'escalier où on me plaque contre le mur, revenue au bord du canal obscur où des pas retentissent derrière mon dos. Je vis dans la peur depuis si longtemps que ma peur n'a pas de début. Ses débuts sont insondables comme l'univers, et ni les calculs des astrophysiciens, ni les schémas des spécialistes du cerveau ne suffiraient à en faire le tour. La portière claque et une pensée m'assaillit : si je n'étais venue ici que pour cela, faire la vieille expérience de la peur et, une fois pour toutes, la traverser ?

Je pose le fusil à terre. Il n'y a pas d'endroit où fuir la peur. Un moucheron minuscule se tient sur la tige du fenouil bronze. Chaque chose est à sa place. Je dois en déduire que je suis à ma place, moi aussi, exactement à la place qui m'a été assignée. Un calme surnaturel s'établit. C'est peut-être seulement mes oreilles qui sont devenues incapables d'entendre un bruit.

Ils s'approchent d'un pas rapide, passent la rivière sans hésitation et s'avancent vers le câble de la tyrolienne. À leur démarche, je devine qu'il s'agit de deux hommes et d'une femme. La femme quelques pas en avant. Ses cheveux sont courts, noir corbeau ; elle porte une tenue militaire. Mon regard croise le sien. Des yeux étranges et familiers, bleu pâle, presque gris. Une décharge me traverse, de surprise, de peur et d'espoir. Elle s'arrête ; les autres obtempèrent. Leurs corps fonctionnent à l'unisson. Son regard clair brille un instant avec la ferveur des croyants ou des assassins, puis se fait terne et indifférent.

Je distingue l'arme dans la main de l'un des hommes. Mes jambes devraient se mettre à courir, mais elles restent clouées au sol ; une sueur froide coule dans mon dos. La femme ouvre la bouche et l'univers redevient sonore :

« Ce n'est pas elle. »

L'homme hausse les épaules. Il leur faut quelques secondes pour rejoindre la voiture. Au moment où ils ouvrent la portière, elle crie, sans les regarder :

« Attendez à l'intérieur ! Je vais faire la fille. »

Elle s'éloigne de quelques pas et s'accroupit au bord du chemin en leur tournant le dos. Puis elle se relève, se dirige vers eux et s'assoit sur le siège arrière. Ils ont déjà redémarré le moteur. La voiture se met en marche et disparaît derrière le virage. Le bruit met plus de temps à s'estomper.

Le vent s'est levé ; il fait claquer les broderies accrochées entre les arbres. Je tombe à genoux, incapable de bouger, les mains glacées, le visage brûlant. Il me faut une éternité pour me remettre debout. Mes jambes vacillent. Je ramasse la carabine et la traîne derrière moi jusqu'à la kerterre ; je m'écroule sur le tapis de fougères et reste là, les yeux grands ouverts, tandis que la nuit prend possession des lieux et que les chevreuils commencent à aboyer.

Dès que l'aube approche, j'attrape d'une main fiévreuse quelques vêtements de rechange, des fruits secs et ma gourde ; pour la première fois, je n'ai pas envie de rester seule. J'ai décidé d'aller au Château de paille. Je veux voir un visage humain, sentir la vie couler dans les veines de quelqu'un d'autre. Mes jambes et mes bras sont courbaturés, mes oreilles bourdonnent de la fatigue de l'insomnie, la sueur de la veille a séché dans mon dos ; je n'ai pas le courage de chauffer de l'eau pour me laver. Soudain, l'angoisse me serre la gorge à nouveau. Et s'ils étaient passés là-bas aussi ?

Au bord de la route, quelque chose d'inhabituel attire

mon attention. Je connais ce talus d'herbe et de cailloux par cœur. Dans le demi-jour, je cherche le détail qui m'a arrêtée, puis mes yeux se fixent sur un morceau de tissu vert. L'une de mes broderies s'est-elle détachée de son fil ? Je me baisse pour la ramasser. Tissu de chanvre, teinture de feuille de figuier, mordançage à l'alun et au sulfate de fer. Le vert est soutenu et malgré l'aspect fatigué du tissu, la couleur a bien tenu. Je n'utilise plus ces mordants depuis longtemps ; ma pharmacopée s'est réduite au vinaigre blanc. Je passe le doigt sur la couture de l'ourlet, un point serré et régulier, fait à la machine. C'est un après-midi d'automne. Les feuilles de figuier hachées baignent dans la bassine de cuivre, une brassée de millepertuis ramassée en bord de Loire attend, enroulée dans un vieux drap, que j'aille la mettre à sécher. Gaïa est survoltée, elle danse en poussant de grands éclats de rire autour du feu allumé dans la cour de la Raffinerie.

La brume fait disparaître la vallée. On peut croire que le monde s'arrête au bout du chemin. Ou qu'un monde nouveau, différent, commence au-delà. Vingt millions d'années dorment dans mon dos. Je remonte, le tissu de chanvre dans la main, et m'assieds sur le seuil de ma kerterre. Elle est de la même argile que le serpent dans le Refuge du vieil Esclangon, de la même argile que le chemin qui mène ici. Si elle reste après moi, si les séismes de l'Histoire l'épargnent, j'aimerais qu'elle soit un refuge pour ceux qui viendront à passer. Un refuge pour les fugitifs, pour ceux qui croiront être dans l'erreur et qui chercheront. Pour les survivants. Pour les fragiles. Pour ceux qui auront besoin de reprendre leur souffle. Mes broderies auront été grignotées par les souris, les carreaux des fenêtres cassées par une branche une nuit d'orage. Mais la théière en fonte sera posée sur la cheminée. Le bois sous l'appentis sera sec depuis le temps. Il restera quelques fruits dans le verger. Il restera le chant de la rivière. Il restera la montagne et le creux de la vallée. Il restera la solitude qui calme et qui répare. Il restera la foi dans la joie qui doit venir. Il restera la beauté.

Remerciements

Merci au CNL d'avoir soutenu ce livre en m'accordant une bourse de création.

Merci à la Villa Yourcenar pour son accueil durant l'été 2019.

Merci aux artistes qui ont inspiré ce livre :

Annelise Dufourneaud avec ses broderies abstraites et ses teintures végétales, Lilas Quétard et son radeau-table-observatoire, Christian Henry, ses petits fusains et ses grandes peintures *a tempera*, Gary et ses bronzes, Rozenn Morizur et son aquarium de confiture, Dany Hazebroucq et ses « mains qui n'ont jamais travaillé », Clément Darrasse et ses trichromies.

Merci à Évelyne Adam pour son accueil sur le (véritable) site des kerterres.

Merci au musée Gassendi pour m'avoir donné accès aux merveilleux Refuges d'art d'Andy Goldsworthy.

Merci à Jean-Marie Laclavetine et à Anne Vijoux pour leurs relectures attentives.

Merci à Paul et à Margot pour les heures suspendues, à leurs grands-parents pour leur soutien, aux amis qui sont là dans les bons et les mauvais moments, à Claire C. pour son regard décalé sur la vie, à Joël pour nos partages entre musique et littérature.

Composition : IGS-CP à L'Isle-d'Espagnac (16)
Achevé d'imprimer
par CPI Firmin-Didot
à Mesnil-sur-l'Estrée, en avril 2021
Dépôt légal : avril 2021
Numéro d'imprimeur : 163528

ISBN : 978-2-07-292534-4/Imprimé en France

374419